니나 대장
실종사건

SPACED OUT

니나 대장
실종사건

스튜어트 깁스 지음 ◎ **이도영** 옮김

미래인

니나 대장 실종사건

1판 1쇄 발행 2018년 3월 30일
1판 3쇄 발행 2024년 5월 10일

지은이 스튜어트 깁스
옮긴이 이도영
펴낸이 김민지

펴낸곳 미래M&B
등록 1993년 1월 8일(제10-772호)
주소 04030 서울시 마포구 동교로 134 미진빌딩 2층
전화 02-562-1800(대표)
팩스 02-562-1885(대표)
전자우편 mirae@miraemnb.com
홈페이지 www.miraeinbooks.com
블로그 blog.naver.com/miraeibooks
인스타그램 @mirae_inbooks

ISBN 978-89-8394-836-6 (03840)

"인간에겐 우리가 안심할 수 없는 것들이 많이 있어.
울론, 지금 너하고 그런 문제를 따지자는 건 아니야.
바로 이 기지만 보더라도 그런 것들은 알 수 있으니까.
폭력성, 탐욕, 시기, 오만, 잔인함…."
— 본문에서

차례

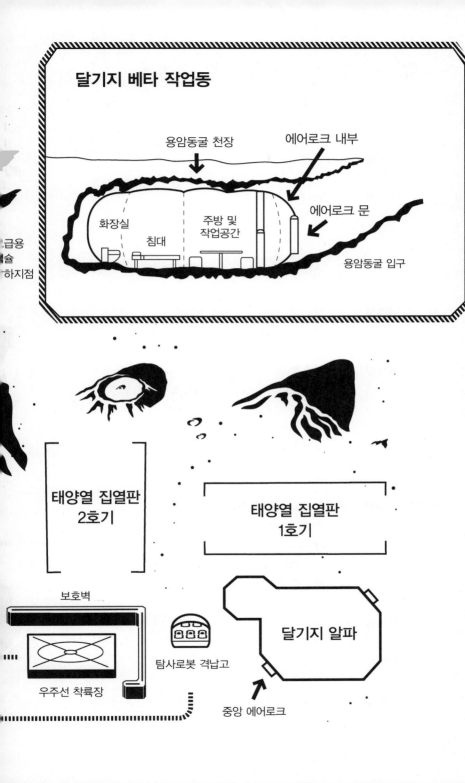

달기지 알파 내 거주구역 구성표

상층

1호실   니나 스택 (달기지 알파 대장)

2호실   해리스-깁슨 부부 가족
– 로즈 해리스 박사 (달 지질학 전문가)
– 스티븐 깁슨 박사 (채굴 전문가)
– 대실(대시) 깁슨 (12세)
– 바이올렛 깁슨 (6세)

3호실   맥스웰 하워드 박사 (달 공학 전문가)
키라 하워드 (12세)

4호실   마르케스 부부 가족
– 이리나 브라마푸트라 마르케스 박사 (천체물리학자)
– 티모시 마르케스 박사 (정신과 의사)
– 세사르 마르케스 (16세)
– 로드리고(로디) 마르케스 (13세)
– 이네스 마르케스 (7세)

여행객용 특실   현재, 쇼버그 가족이 사용 중
– 라스 쇼버그 (기업인)
– 소냐 쇼버그 (아내)
– 패튼 쇼버그 (16세)
– 릴리 쇼버그 (16세)

5호실   여성 전용 임시 숙소

6호실   남성 전용 임시 숙소

7호실   이전에 로널드 홀츠 박사가 거주하던 숙소였으나, 새로 오게 될 담당 의사의 숙소로 사용하기 위해 비워둠.

하층

8호실 이전에 가스 그리산 씨가 거주하던 숙소였으나, 새로 오게 될 유지·보수 전문가의 숙소로 사용하기 위해 비워둠.

9호실 윌버 얀크 박사 (우주생물학자)

10호실 다프네 메릿 박사 (로봇 전문가)

11호실 창 코왈스키 박사 (지구화학자)

12호실 골드스타인–이와니 부부 가족
－ 샤리 골드스타인 박사 (달 농업 전문가)
－ 푸지 이와니 박사 (천문학자)
－ 카모제 이와니 (7세)

13호실 킴–알바레스 부부 가족
－ 제니퍼 킴 박사 (지진 지질학자)
－ 센주 알바레스 박사 (용수[用水] 추출 전문가)

14호실 빅토르 발니코프 박사 (천체물리학자)

15호실 첸–파투켓 부부 가족
－ 자스민 첸 박사 (달기지 베타 건설을 위한 수석 공학 코디네이터)
－ 세스 파투켓 박사 (우주생물학자)
－ 홀리 파투켓 (13세)
*도착 일정이 연기되어, 이곳은 그때까지 임시 체류하는 기지 노동자를 위한 숙소로 사용됨.

니나 대장
실종사건

부록 A : 건강과 안전에 관한 잠재적 위험 요소

달기지 알파(이하 'MBA'로 줄임)는 주민들이 최상의 건강 상태를 유지할 수 있도록 모든 노력을 기울이고 있습니다만, 각자의 건강한 삶을 위해 여러분 스스로 각별한 주의를 기울이고, 방심하는 일이 없기를 강력하게 권고합니다. MBA의 진료실은 수많은 응급 의료장비들과 최신의 의학기술 체계를 갖추고 있으므로, 심각한 응급의료 상황이 발생하더라도 전혀 문제없이 대처할 수 있습니다. 하지만 모든 주민들께서는 달 위라는 특수한 환경에서 언제 어디서 위험이 닥칠지 모른다는 점, 그리고 가장 가까운 병원은 이곳으로부터 약 40만 킬로미터 떨어진 지구에 있다는 점을 유념하시기 바랍니다. 그러므로 운동을 할 때에도 항상 각별한 주의를 기울여야 하며, 혹시라도 위험 요소들이 있는지 잘 살펴야 합니다.

이를 위해, 잠재적인 위험이 있다고 판단되는 구역, 시설, 장비, 환경 등에 대하여 앞으로 소개할 내용들을 참고하시기 바랍니다. 다만, 해당 내용은 절대적인 것은 아니므로 참고용으로만 활용하십시오. MBA에는 앞으로 소개되는 내용에 포함되지 않은 위험 요소들도 많이 있다는 점을 명심하십시오. 달 위에서 생활하는 동안에는 항상 안전에 유의하고 위험이 발생하면 즉시 알리시기 바랍니다. 문제가 발생하는 것을 피하는 최선의 방법은, 애초부터 빌미를 제공하지 않는 것입니다!

외계인과 함께 영화를

지구년 2041년

달 생활 216일째

잠자리에 들 시간

　만약 내가 외계 종족에게 영화 〈스타워즈〉를 보여주지 않았더라면, 쓸데없이 화장실에서 패튼 쇼버그와 치고받으며 싸울 필요는 없었을 것이다.

　하지만 그때만 해도 팔자에도 없는 외계인 친구를 둔 덕분에 내겐 골치 아픈 일이 한두 가지가 아니었다. 골치가 아파도 너무 아팠다. 쉽게 말하면, 하나부터 열까지 모든 것을 일일이 설명해야만 했다.

　잔은 뭐가 그렇게 이상하고 유별나다고 생각하는지, 내가 뭘 하든 빼놓지 않고 그 이유를 궁금해했다. 하지만 막상 설명하려 하면, 딱히 어떻게 설명해야 좋을지 모르는 것들이 태반이었다.

예를 들면, 재채기를 한 사람에게 축복을 비는 말 같은 것.

한번은 우연히 내가 그런 말을 하는 것을 듣고 잔이 이유를 물었다.

나는 잠시 고민해봤지만, 딱히 해줄 말이 없었다.

"글쎄요. 그냥, 사람들이 으레 하는 말이에요. 그게 예의니까요."

"음식을 먹다 얼굴에 뭐가 묻으면, 냅킨으로 닦는 것처럼?"

"뭐, 비슷해요."

"근데 '축복을 빌어요'라는 말까지 하는 이유는 뭐야?"

"그거야… 뭐, 좋은 일이 생기라는 마음이겠죠."

"그럼 일부러든 아니든, 재채기하는 사람을 볼 때마다, 너희 인간들은 그 사람한테 좋은 일이 생기라는 말을 한다는 거니?"

"뭐… 그렇죠."

"자기도 어쩔 수 없는 다른 행동을 할 때도 그래? 예를 들면, 누가 트림을 해도?"

"아뇨."

"그럼, 방귀를 뀔 땐?"

"말도 안 되죠."

"왜?"

"방귀 뀌는 건 왠지 예의가 없어 보이잖아요."

"그럼, 재미있어는 하고?"

"누구나 그런 건 아니에요."

"네 여동생은 재미있어 하던데?"

"그거야, 걘 겨우 여섯 살짜리 애니까 그렇죠."

"너희 아빠도 막 웃던데? 너희 아빠가 여섯 살은 아니잖아."

"듣고 보니 그러네요."

"그렇다면, 누군가의 장에서 어쩔 수 없이 나쁜 가스가 분출될 때, 왜 어떤 사람은 재미있어 하고, 어떤 사람은 예의가 없다고 생각하는 거지?"

"글쎄요."

"혹시, 소리랑 상관있는 건 아니고?"

잔은 '뿡뿡이 방석'이 무엇인지부터, 다른 사람에게 "내 손가락 좀 잡아봐~" 해놓고 손가락을 잡는 순간 방귀를 뿡 뀌는 장난에 이르기까지, 이후로도 20분 동안이나 온갖 것들을 물어보면서 나의 진을 빼놓았다. 그래서 나는 기회가 될 때마다 잔에게 영화를 대신 보여주는 게 차라리 낫겠다고 마음먹었다. 실제로 공룡에서부터 제2차 세계대전, 더 나아가 프로 스포츠에 이르기까지, 영화를 활용했더니 잔에게 온갖 것들을 설명해주기가 쉬워졌다.

외계인과의 대화를 고작 그런 식으로밖에 할 수 없었다고 하면, 영락없이 정신 나간 녀석 소리를 들을 법하다는 걸 나도 잘 안다. 하지만 나는 미치광이가 아니다. 내 이름은 대실 깁슨이고, 어찌하다 보니 지금은 달에서 살고 있지만, 12년이란 세월을 줄곧 멀쩡하게 살아온 사람이다. 여러분은 내 이름을 한 번쯤 들어봤을 거다.

이곳에 사는 사람들은 우주 개척지에 거주하게 된 최초의 가족들이라는 이유로 꽤나 유명하니까. 그 아래, 지구에서는 우리에 대한 언론 보도가 제법 많기 때문에, 지구 사람들은 우리에 대해 속속들이 다 안다는 착각을 하고 있을지도 모르겠다.

하지만, 천만의 말씀. 사람들은 정부에서 알리고 싶은 것들만 알고 있을 뿐이다. 그리고 그중 상당 부분은 사실이 아니다. 예를 들면, 달기지 알파(MBA)가 정말 믿기 힘들 정도로 멋진 곳이라는 얘기? 이곳 사람들이 너무나도 사이좋게 지내며 인생 최고의 경험을 하고 있다는 얘기? 그야말로 말도 안 되는 헛소리들일 뿐이다.

게다가, 우리 스스로 입 밖에 내지 않고 있는 비밀도 있다. 예를 들면, 보스코 행성에서 온 외계인과 접촉 중이라는 사실 같은 것.

사실, 잔이 살고 있다는 '보스코'는 진짜 이름이 아니다. 그 행성의 이름을 제대로 발음하기란 나로서도 쉽지 않다. 언젠가 잔이 자기 행성의 언어로 그 이름을 말해준 적이 있는데, 내겐 돌고래들이 헬륨 가스를 들이마시고 내는 소리로 들렸다. 소리도 어찌나 고음이던지 귀가 따가울 정도였다. 그래서 우리는 그냥 '보스코'라고 부르기로 했다.

MBA 주민들 중에서, 내가 잔과 접촉하고 있다는 사실을 아는 사람은 아무도 없다. 그녀를 볼 수 있는 사람은 나뿐이다. 그녀의 말을 듣고 그녀에게 말을 걸 수 있는 사람도 나뿐이다.

거기엔 그럴 만한 이유가 있는데, 잔이 실제로 이곳에 존재하는 것은 아니기 때문이다. 그녀의 종족 역시 아직까지 행성 간을 마음대로 이동할 수 있는 수준은 아니다. 그래도 잔의 종족은 좀 더 쉬운 방법을 찾아냈는데, 바로 '생각'만으로 자신을 다른 장소로 이동시키는 것이다.

나는 그 원리를 도무지 알 수가 없었다. 잔이 그 방법을 설명해준답시고 나름대로 애썼지만, 설명을 들으면 들을수록 내가 점점 더 바보가 되는 기분이었다. 그녀의 설명을 듣고 있노라면 제아무리 아인슈타인 박사라도 바보 신세를 면치 못할 것 같다.

잔이 모습을 보이는 기술의 핵심은, 나의 두 눈을 통해 실제로 보는 것이 아니라는 것이다. 대신, 그녀는 내 머릿속과 직접 연결되어 그녀의 생각을 내게 전달한다. 나는 잔의 실제 얼굴도 모른다. 내가 보는 그녀의 모습은 그녀가 내게 보여주고 싶은 모습이니까. 놀랍도록 푸른 두 눈과 검은색의 머리카락을 가진, 나이 서른쯤 돼 보이는 아름다운 인간 여성의 모습.

잔과 의사소통을 하는 것 자체는 그렇게 어렵지 않다. 그녀가 영어를 할 줄 아는 것은 물론이고, 내가 아는 웬만한 사람들보다도 더 잘하기 때문이다. 오히려 가장 힘든 부분은, 그녀가 우리의 관계를 계속 비밀로 유지하고 싶어 한다는 점이었다. 물론, 그녀에겐 그럴 수밖에 없는 이유가 있었다.

잔이 나를 만나기 이전에 알고 지냈던 유일한 인간은, 달기지 알파의 담당 의사인 로널드 홀츠 박사님이었다. 홀츠 박사님은 잔의 존재를 모든 인류에게 공개하고 싶어 했지만, 결국 그 기회를 놓치고 말았다. 박사님 말고도 잔의 존재를 알고 있었던 가스 그리산이란 사람 때문인데, 그는 국방부를 위해 스파이 짓을 하던 극단적 피해망상증 환자로, 인류는 자신들이 온 우주를 통틀어 유일한 생명체가 아니라는 사실을 받아들일 준비가 되지 않았다고 믿었다. 그래서 비밀을 유지하기 위해 홀츠 박사님을 죽이고 사고로 위장했다. 하지만 나는 잔의 도움을 받아 그 사실을 밝혀냈고, 결국 그는 살인 혐의에 대한 재판을 받기 위해 지구로 송환되었다.

그런 사건을 겪었기 때문에, 잔은 자신의 존재를 공개하는 걸 주저할 수밖에 없었다. 하지만 우리의 관계를 계속 비밀로 유지하는 게 말처럼 쉬운 일은 아니었다.

지구에서라면 문제가 이처럼 복잡하지는 않을 것이다. 지구에서라면 잔과 비밀리에 만나야 할 필요가 있을 때, 그저 내 방으로 들어가 문을 걸어 잠그면 그만이다. 하지만 달에서는 나만의 공간이 전무하다. 좁아터진 방 한 칸짜리 숙소에서 가족들과 함께 지내야 하고, 그나마 나만의 공간이라 부를 만한 곳은 벽 안을 파내고 만든 수면 캡슐뿐이다. 지구에서라면 집 밖으로 산책을 나가면 그만이지만 이곳에서는 그럴 수도 없다. 게다가 우리에겐 사생활도 보장되지 않는다. 엄청나게 많은 보안용 감시 카메라가 곳곳에 깔려 있고, 심지어 화장실조차 공용이니까.

그래서 나는 잔과 진지하게 대화를 주고받아야 할 때면 다른 사람들이 잠자리에 들고 난 뒤인 늦은 밤 시간을 활용할 수밖에 없었다.

내가 잔에게 〈스타워즈〉를 보여준 것도 늦은 밤이었다. 엄마와 아빠는 바이올렛을 재운 뒤 체스를 두고 있었고, 기지 안의 다른 무니(NASA에서는 우리를 '달 탐사 우주인'으로 호칭할 것을 권장했지만, 일반인들은 그 말 대신 '무니Moonies'라고 불렀다)들도 마찬가지로 각자의 숙소에서 쉬고 있었다.

나는 잔을 다목적실로 데려가서 〈스타워즈〉를 슬림 스크린 모니터로 불러 올렸다. 잔에게 영화를 보여주는 동안, 나는 웬만하면 설명을 삼갔다. 굳이 설명이 필요한 경우에만 한 마디 거들었을 뿐이고, 그녀 역시 영화에만 집중하고 싶어 했다.

그런데 뜻밖에도 잔은 마치 코미디 영화를 보는 것처럼 〈스타워즈〉를 보는 내내 미친 듯이 웃어댔다. 그녀의 웃음소리를 정확히 표현하긴 어렵지만, 아무튼 우리 인간의 웃음소리와는 사뭇 달랐다. 그녀는 고막이 찢어질 것만 같은 고음의 쇳소리를 내며 웃었다. 게다가 안구가 비치볼처럼 부풀어 오르는 기이한 부작용까지 보였다. 그런 모습을 가만히 지켜보고 있자니 불안하기 짝이 없었다. 결국 나는 영화를 반쯤 봤을 때 재생을 중지하고 그녀에게 말했다.

"이건 코미디 영화가 아니에요."

그녀가 쇳소리 내는 것을 멈추자, 안구도 정상 크기로 돌아왔다.

"코미디 영화가 아니라고?"

"아니라니까요. 이건 공상과학영화라고요."

"우주선이든 무기든, 어느 것 하나 안 웃기는 게 없는데? 레이저 총만 해도 그래. 광선이 나가는 게 보이잖아. 실제론 빛이 얼마나 빠른데, 저게 보일 리가…."

"음… 그러게요." 그런 말은 처음 들었지만, 나는 마지못해 수긍했다. "하지만…."

"그리고 우주선이 갑자기 엄청난 속도로 날잖아. 빛보다 빠른 속도로. 말이 되니?"

"그거야 방법을 몰라서 그렇지, 불가능한 건 아니잖아요."

"맞아. 하지만 가능하다 해도, 이 영화 속 우주선처럼 터무니없진 않겠지. 네가 타고 온 우주선만 봐도 알겠지만, 어지간한 우주선들은 가장 기본적인 엔진을 달고 있는 것 같은데 말이야. 고작 그런 엔진으론 순식간에 몇 광년을 날아가는 건 고사하고, 중력이나 이겨낼 수 있을지 모르겠다."

"그거야…."

"그리고 또 있어. 우주 생명체들이 하나같이 어쩜 저리도 우스꽝스럽게 생겼니? 몸의 형체가 수천 가지가 넘는데도, 인간들처럼 죄다 두 팔과 두 다리를 가지고 있잖아."

"네?"

"당장 너희 행성만 봐도 그렇잖아. 곤충들만 해도 수십 억 종류는 될 테고, 인간의 형태는 한 종뿐이잖아. 그런데 영화에선 곤충의 몸을 가진 생명체가 하나도 없어."

"그럼 〈스타워즈〉 속 츄바카가 초대형 바퀴벌레처럼 생겼다면 훨씬 덜 웃길 거란 말인가요?"

"아무래도, 사실감은 더 있어 보이겠지. 우키족은 물론이고, 어느 은하계 소속인지도 모르는 루크 스카이스토커나 레오 공주 같은 인물들도 생김새가 인간하고 똑같잖아."

"그건 그 사람들 이름이 아니…."

"아무튼, 내 말 무슨 뜻인지 알잖아. 솔직히 말해서, 영화 전체가 지구 중심으로 만들어진 것도 우습고, 과학 이론도 얼토당토않은 것투성이야."

나는 모니터 전원을 껐다.

"아무래도 이 영화를 보여준 건 제 실수였나 봐요."

"아니야!" 잔이 큰 소리로 말했다. "그렇지 않아. 난 정말 재밌게 봤어. 이렇게 웃어본 게 얼마 만인데."

그녀가 킥킥거리는 동안, 그녀의 두 눈이 또다시 부풀어 올랐다.

"혹시 초대형 바퀴벌레처럼 생겼어요?"

그녀의 웃음소리가 멈췄고, 두 눈은 원래대로 돌아왔다.

"그건 왜 물어?"

"그야, 제가 당신에 대해 아는 게 하나도 없으니까 그렇죠. 그동안 우리가 나눈 얘기는 항상 나, 지구, 그리고 인간에 대한 것들이었지, 당신에 대한 얘기를 나눈 적은 없잖아요. 저는 당신이 실제로 어떻게 생겼는지도 모른다고요."

"난 네가 아직 내 진짜 모습을 볼 준비가 되지 않았다고 생각해. 지금으로선, 내가 인간 모습으로 네 앞에 나타나는 게 훨씬 나을 거야."

"왜요?"

"외계인 모습보다는 너랑 비슷한 모습으로 마주해야 얘기하기가 편할 것 같으니 그렇지."

"그걸 어떻게 알아요?"

"네 안에서 불만스러운 감정이 느껴지는구나."

"맞아요."

나는 아니라고 대답할 이유가 없었다. 잔이 내 머릿속에 직접 연결될 때의 부작용 중 하나는 그녀가 내 감정을 고스란히 읽을 수 있다는 것이다. 어떤 때는 나 자신보다 더 명확하게.

"왜?"

"처음에 저한테 인간과의 교류 운운하실 때만 해도, 이 일은 꽹장히 중요한 일이라고 하셨어요." 나는 예전 일을 떠올리며 말을 이었다. "제가 이해할 수 있는 수준 이상으로 중요하다고 하셨죠. 그런데, 저한테 정작 그 이유는 아직 말해주지 않으셨어요. 얘기해주신 게 아무것도 없어요. 당신에 대해서든, 당신 가족이나 행성에 대해서든 말이죠. 반면에, 저는 온갖 것들을 얘기했죠. 뭐든 물어보시는 족족 대답했으니, 다 합치면 백만 가지는 될 거예요."

"대시. 우리가 이런 관계를 시작하기로 했을 때, 이미 난 쉬운 일은 아닐 거라고…."

"우리가 여기서 무슨 일을 하는지를 대답 못 하시는 거예요? 아니면, 우리의 관계가 얼마나 중요한지를 대답 못 하시는 거예요?"

"처음으로 인간과 외계 종족이 접촉했다는 사실이 가장 중요하다는 것만 알아줬으면 좋겠구나."

"알아요. 하지만 그것 말고도 다른 게 더 있죠, 안 그래요? 제가 이해하기 힘들 만큼, 그렇게 중요한 게 뭐예요?"

"얘기해봤자 넌 이해 못 할 거야."

"그래요? 그럼 제가 왜 불만인지 아시겠네요! 적어도 얘기해볼 마음이라도 있어야 하는 거 아니에요?"

"나한테는 그럴 권한이 없어."

"지구가 위험에 처해 있다, 뭐 그런 거라도 돼요?"

잔은 그 말에 대답을 하지 않았다. 하지만 그녀의 마음에 동요가 있는 듯했다. 그게 뭔지는 나도 콕 집어 말할 수 없었지만, 그녀의 모습이 순간적으로 살짝 일그러지는 것 같았다. 나는 그녀가 뭔가에 놀라면 그런 모습을 보인다는 걸 알고 있었다.

"제 말이 맞죠, 그렇죠?" 나는 따지듯이 물었다. "지구가 지금 위험에 빠진 거죠?"

"아니야. 그럴 정도까지는 아니야."

"거짓말하지 마세요."

"거짓말하는 거 아니야."

잔은 그렇게 말했지만, 나는 그녀가 거짓말을 하고 있다는 걸 분명히 느낄 수 있었다. 적어도, 뭔가를 숨기고 있는 것만큼은 확실했다.

"도대체 무슨 일이 벌어지고 있는 거냐고요!"

잔이 무슨 말을 꺼낼 겨를도 없이, 다목적실 밖 복도에서 누군가 이쪽으로 다가오는 소리가 들렸다.

나는 그제야 나도 모르게 잔에게 큰 소리로 따졌다는 사실을 깨닫고는 아차 싶은 생각에 짜증이 났다. 그동안 우리 둘의 대화를 머릿속에서만 나누기 위해 항상 신경을 곤두세웠지만, 이번엔 끝까지 집중하지 못한 것이다. 그녀가 다른 사람들처럼 진짜로 느껴지다 보니, 그녀가 단순히 내 머릿속에 연결된 형상이라는 사실을 자꾸만 까먹게 된다. 머릿속으로만 소리를 내고 있다고 생각하는데, 실제로는 나도 모르게 입으로 떠들어대는 경우가 종종 있었다.

잔이 급히 문 쪽을 쳐다봤다.

"이 얘기는 더 이상 하기 힘들겠다. 가봐야겠어."

"안 돼요. 잠깐만…."

"미안해."

잔은 그렇게 말하고 사라져버렸다.

잠시 후, 쌍둥이 남매간인 패튼과 릴리가 다목적실 안으로 쳐들어왔다. 달기지 알파의 최고 꼴통들인 두 사람은 무슨 영문인지 화가 잔뜩 나 있었고, 화풀이할 대상을 찾고 있는 듯 보였다.

불행하게도, 그들의 눈에 띈 건 바로 나였다.

동료 주민들과의 관계

안타깝게도, MBA에서 여러분의 동료들 때문에 발생할 수 있는 피해는 기술적으로도 손을 쓸 수 없는 것들이 대부분입니다. 모든 주민들은 온화한 성격, 타인의 의견에 대한 수용 능력, 친화력 등을 기준으로 선발되었지만, 제한된 공간에서 예정보다 오랜 시간 동안 함께 생활하다 보면 서로 의견이 충돌하거나 언쟁을 벌일 수도 있고, 심하면 물리적인 폭력이 발생할 가능성을 배제할 수 없습니다. 따라서 모든 주민들은 갈등이 발생할 경우, 가능하면 차분하고 평화적으로 문제를 해결하기 위해, 평소보다 자신의 업무에 더 집중하실 것을 권장합니다. 만약 이러한 방법으로도 갈등이 해결되지 않는다면, 기지 대장에게 도움을 요청하여 중재를 받으시기 바랍니다. 또한, 기지 내 정신과 전문의의 도움을 받는 것도 현명한 방법입니다.

MBA에서 거주하는 동안, 정해진 규율을 잘 따르고 동료 주민들과 원만하게 협조할 수 있도록 최선의 노력을 기울여주시기 바랍니다. 그러한 마음가짐은 단순히 신체적인 건강뿐만 아니라, 정신건강에도 지대한 영향을 끼칠 것입니다!

끝내주는 일격

달 생활 216일째
절박한 시간

달에서 살면서 마음에 들지 않는 것이 한두 가지가 아니지만, 그
중에서 최악을 꼽으라면, 나는 주저 없이 쇼버그 가족이라고 말하
겠다. 화장실이 아무리 끔찍하다고 한들, 그들에 비하면 양반이다.
패튼과 릴리는 부모인 라스 씨, 소냐 아줌마와 함께 여행을 목적
으로 달에 왔다. 쇼버그 가족은 엄청난 부자인 데다, 못된 것으로
치면 타의 추종을 불허한다. 그들이 MBA에 오기 위해 NASA에 퍼
준 돈은 자그마치 5천억 원에 이른다. 그렇게나 많은 돈을 투자했
지만 이곳에서의 생활은 그들의 기대치에 한참 모자랐고, 결국 그
들은 그 불만을 다른 사람들에게 돌리기 시작했다. 그들은 하루라

도 빨리 지구로 돌아가고 싶어 안달이었다. 물론, 우리 역시 그들을 되돌려 보내고 싶은 마음이 간절했다. 하지만 그게 말처럼 쉬운 일은 아니었다. 지구와 달 사이를 오가는 우주선의 비행 일정은 마음대로 변경할 수 있는 것이 아니기 때문에, 쇼버그 가족은 예정대로 남은 3개월 동안 이곳에서 옴짝달싹 못할 처지에 놓이고 말았다. 릴리가 좋아하는 세사르 마르케스를 제외하고, 나머지 사람들은 혹시 쇼버그 가족과 마주칠까 봐 항상 마음이 편치 못했다.

그날 밤, 패튼과 릴리는 기분이 몹시 안 좋아 보였다. 무슨 일인지 몰라도, 누군가 그들의 심기를 제대로 건드린 게 분명했다.

"너, 방금 누구랑 얘기했냐?" 패튼이 따지듯 물었다.

"누구라니? 아무도 없는데."

"뻥치시네." 릴리가 으르렁거렸다. "우리가 분명히 들었는데, 이 멍청한 놈아."

쇼버그 가족은 내 인생을 통틀어 처음으로 만난 순수 백인 혈통이다. 개중에는 쇼버그 가족을 매력적으로 보는 사람들도 있는 것 같았다. 특히 릴리는 긴 금발과 새하얀 피부색 때문에 더 이국적이고 아름답게 보였다. 하지만 내 눈에는 항상 그녀의 흉측한 모습이 보였다. 그녀의 외모에 감춰진 추악한 성품 때문일 것이다.

"아무하고도 얘기한 적 없다니까." 나는 재빨리 말을 바꿨다. "지구에 사는 친구 라일리랑 통화하느라 컴링크를 쓰고 있었단 말이야."

"이 자식이 어디서 개수작이야?" 패튼이 위협적으로 나한테 다가

오며 말했다. "로디랑 얘기하고 있었던 거, 맞지?"

로디(로드리고)는 릴리가 좋아하는 세사르의 동생이지만, 패튼과 릴리 남매에겐 달기지 알파에서 가장 만만한 상대였다. 형인 세사르조차 로디를 무시하고 구박하기 일쑤였다. 로디는 대체로 부당한 대우를 받는 경우가 많았지만, 가끔씩은 스스로 빌미를 제공했다. 무슨 일이든 쓸데없이 아는 척을 해서 친구인 나조차 한 대 패주고 싶을 정도로 매를 벌곤 했다.

"오늘 밤엔 로디 만난 적 없어."

"우리가 이쪽으로 오는 걸 봤는데?" 릴리가 내 앞으로 바짝 다가서며 말했다.

"그렇다고 꼭 여기 왔다는 건 아니잖아."

"갈 데가 여기 말고 어디 있다고?"

"자기네 집에 갔겠지. 아님, 체육관이나 진료실에…."

"자꾸 헛소리 지껄이면, 너야말로 진료실에 가는 수가 있어." 패튼이 으르렁거렸다. "로디 어딨어? 둘이서 무슨 얘길 한 거냐고!"

"아니라니까! 대체 뭣 때문에 로디를 못 잡아먹어 난리야?"

"그 자식이 어디 있는지나 말해!"

그 말과 함께 패튼이 달려들었다. 하지만 나는 패튼의 행동을 예상하고 있었다. 하도 많이 당해서 기습 공격에 대비하는 게 몸에 배어 있었다. 나는 녀석이 휘두르는 주먹을 피해 문으로 달려갔다. 패튼과 릴리가 약이 올라 소리 지르며 나를 쫓기 시작했다.

나는 어떻게든 그들에게서 벗어나려 애썼지만, 달에서는 쉽지 않은 일이었다. 달에서는 중력이 지구의 6분의 1밖에 안 되기 때문에 빨리 달릴 수가 없다. 게다가 한 걸음 내딛을 때마다 마치 트램펄린 위에서 뛰듯 몸이 공중으로 높이 날아오른다. 그나마 다행인 것은 패튼과 릴리 역시 나랑 다를 바 없다는 거였다.

그렇다고 무턱대고 아무 곳으로나 도망칠 수도 없는 노릇이었다. 달기지 알파는 그리 넓은 곳이 아니다. 다목적실은 온실, 관제실과 함께 기지 한가운데에 위치해 있고, 그 주위로 둥글게 복도가 나 있다. 외벽의 안쪽으로는 체육관, 식당, 화장실, 연구동, 에어로크, 진료실, 그리고 두 개의 층으로 구성된 숙소들이 자리 잡고 있다. 그게 전부다.

나는 숙소 쪽 복도로 나가면서 혹시 쇼버그 남매를 말릴 만한 어른들이 있는지 살폈다. 하지만 숙소 문들은 모두 닫혀 있었고 어른은 한 명도 보이지 않았다. 그도 그럴 것이, 이미 모두 잠자리에 들고도 남았을 시각이었다. 나는 연구동 쪽으로 방향을 틀었다. 혹시 아직까지 잠 안 자고 일하는 사람이 있을까 싶어서였다.

중앙 에어로크가 있는 대기구역을 지나 연구동에 막 다다르려는 찰나, 패튼의 몸이 나를 덮쳤다. 지구에서라면 둘 다 바닥에 내동댕이쳐졌겠지만, 우리는 허공을 날아서 화장실 출입문과 충돌했고, 그로 인해 활짝 열린 출입문을 통과해 안쪽 바닥에 부딪친 다음, 첫 번째 칸막이 문을 들이받고서야 멈췄다.

추격전은 그렇게 골치 아픈 상황으로 끝나고 말았다. 패튼이 내 몸 위에 올라타고 손으로 내 목을 누르며 눈을 부라렸다.

"로디랑 뭔 얘길 하고 있었는지 사실대로 말해."

나는 곧이곧대로 얘기해봤자 전혀 도움이 되지 않는다는 걸 알고 있었다. 패튼은 그냥 화풀이할 대상을 찾고 있는 것뿐이니까. 그렇다고 힘센 녀석을 상대로 한번 맞붙어볼 수도 없는 노릇이었다. 그래서 그나마 내가 감당할 만한 반격을 꾀하기로 했다.

칸막이 문이 바닥까지 완전히 막고 있는 게 아니어서, 내 머리가 변기에 닿기 직전이었다. 달기지 알파의 화장실은 변기를 제외하면 지구에서 볼 수 있는 여느 화장실과 하나도 다를 바 없다. 화장실 변기는 정말 끔찍한 물건이다. 기지에 물이 워낙 귀하다 보니, 변기는 물을 내리는 대신 진공청소기처럼 소변이나 대변을 남김없이 빨아들일 수 있게 설계되었다. 대변은 쓰레기 처리장치로 빨려 들어가고, 소변은 정화 탱크를 거쳐 다시 식수로 공급된다.(영화 〈스타워즈〉에 우주에서 벌어지는 그런 불편한 진실 따위 나오지 않는다.) 남자화장실의 변기에는 소변을 빨아들일 수 있는 넓고 투명한 깔때기가 설치되어 있다. NASA에서는 공식적으로 '튐 방지 소변기'라는 명칭을 붙여줬지만, 우리는 그냥 '오줌통'이라 불렀다.

바로 그 오줌통이, 나와 불과 몇 센티미터 떨어진 곳에 덩그러니 매달려 있었다. 나는 칸막이 틈새로 몸을 꼬물꼬물 움직인 다음, 오줌통을 떼서 패튼의 얼굴에 정통으로 덮어씌웠다. 그러곤 흡입 스위치를 켰다.

오줌통 깔때기가 패튼의 얼굴에 척하고 달라붙었다. 투명한 깔때기를 통해 보이는 녀석의 두 눈은 공포에 사로잡혀 일그러져 있었다. 공기가 통해서 질식할 일은 없지만 녀석은 다른 사람들 오줌이 자기 입을 덮친다는 생각만으로도 충분히 겁에 질린 것 같았다. 급기야 나를 조르던 손을 놓고 오줌통을 떼어내려 안간힘 썼지만, 흡입력은 생각보다 강했다. 살려달라는 소리를 지르고 싶어도, 목 뒷부분에서 나오는 듯한 이상한 소리만 나올 뿐이었다.

허겁지겁 화장실 안으로 들어온 릴리가 자기 오빠의 모습을 보고 놀라서 말문이 막혔다.

"너 지금, 무슨 짓을 하는 거야?"

"이건 정당방위라고!"

"당장 떼어내지 못해!" 릴리가 소리 질렀다. "안 그럼, 나한테 죽을 줄 알아!" 그리고는 마치 맹수처럼 손톱을 세우고 나를 향해 다가오기 시작했다.

"거기, 동작 그만!" 나는 오줌통 깔때기를 패튼의 얼굴에 더 세게 누르면서 릴리한테 으름장을 놓았다. "더 이상 오면, 얼굴을 완전히 뭉개버릴 거야!"

릴리는 그 자리에서 멈춰 섰고, 패튼은 무서운지 징징 짜는 소리를 냈다. 녀석은 릴리를 향해 마구 손을 휘저으며 가까이 오지 말라는 신호를 보냈다.

"알았어." 릴리가 겁에 질려 말했다. "너한테 아무 짓도 안 할 테니까 오빠 얼굴이나 그대로 놔둬."

"쓸데없이 내 성질 건드리지만 않으면, 나도 가만히 있을 거야."

나는 몸을 꿈틀거리며 패튼한테서 빠져나와 일어서는 동안에도,

녀석의 얼굴에 오줌통 깔때기를 계속 꽉 누르고 있었다. 겁에 잔뜩 질려 두 눈이 튀어나올 것 같은 표정으로 패튼이 나를 쳐다봤다.

"몇 가지 확실히 짚고 가자구. 난 이럴 마음이 전혀 없었어. 다 너희들이 벌인 일이지. 대체 로디가 무슨 짓을 했길래 그렇게 난리 치는지 모르겠지만, 분명한 사실은 난 저녁식사 시간 이후로 녀석을 보지 못했다는 거야."

"우린 네가 그 녀석한테 얘기하는 걸 분명히 들었단 말이야." 릴리가 힘없는 목소리로 말했다.

"아무튼, 난 아니야. 그리고 나한테 달려들기 전에 내 말을 들었더라면, 패튼이 지금처럼 오줌통에다 뽀뽀를 할 일은 없었을 거야. 알아들어?"

릴리가 고개를 끄덕였다. 그러자 패튼도 고개를 끄덕였다.

나는 깔때기 속 패튼의 두 눈을 쳐다봤다.

"그럼, 내가 이걸 풀어줘도 나한테 아무 짓도 하지 않겠다고 약속하는 거지?"

패튼이 다시 한 번 고개를 끄덕였다.

"내 말은, 지금 당장만이 아니야. 내일도 나를 공격하면 안 된다는 거지. 그리고 그다음 날도, 그다음다음 날도. 앞으로 이번 일로 보복해선 안 된다는 말이야. 알았지?"

패튼이 대답 대신 잠시 머뭇거렸다.

나는 깔때기를 더 강하게 패튼의 얼굴에 밀어붙였다. 녀석의 입술이 태풍에 흔들리는 버드나무 가지처럼 퍼덕거렸다.

"약속하란 말이야."

그제야 패튼이 다시 고개를 끄덕였다.

"좋아."

나는 흡입 스위치를 끄고 패튼의 얼굴에서 깔때기를 떼어냈다.

나는 즉시 도망칠 준비를 했다. 보나 마나 패튼은 방금 자기가 했던 약속을 번복하고 나를 공격할 게 뻔하니까. 그런데 웬걸, 녀석은 오줌통에 얼굴을 처박고 있는 게 너무 역겨웠던지, 소리를 지르며 샤워실로 달려갔다. 물을 아끼는 차원에서 규정상 일주일에 한 번씩만 샤워를 할 수 있지만, 패튼한테 그런 규정 따윈 씨알도 먹히지 않았다. 녀석은 샤워실 안으로 들어가 물을 틀고 얼굴을 마구 문질러 닦았다.

그 순간만큼은 릴리도 나의 존재를 까맣게 잊고 있었다. 그녀는 샤워실 주변을 어슬렁거리면서 패튼한테 물었다.

"괜찮아? 혹시 오줌 먹은 건 아니지? 그렇지?"

쇼버그 남매가 딴 데 정신 팔린 틈을 타, 나는 잽싸게 우리 숙소로 향했다.

쇼버그 남매가 오늘 일을 잊을 리는 만무했다. 하지만 숙소로 돌아가면서 쇼버그 남매의 보복보다 다른 걱정이 더 앞섰다. 잔과 마지막으로 나눴던 얘기가 머릿속에서 맴돌았다. 지구의 운명과 관련해 그녀가 숨기고 있는 게 과연 뭘까?

화장실

　달기지 알파의 화장실은 지구의 화장실과는 다릅니다. 물이 충분하지 못하고 중력도 작은 탓에, 우주에서의 화장실은 흡입관 방식을 사용합니다. 흡입관 사용 시에는 충분한 주의를 기울여야 몸의 일부분이 뜻하지 않게 빨려 들어가는 것을 피할 수 있습니다. 또한, 변기 안에 용변 외의 다른 이물질을 투입하면, 배출관이 막혀 파열되거나 용변이 역류하는 등, 위험하지는 않더라도 비위생적인 상황이 발생할 수 있으니 삼가시기 바랍니다.

니나 대장과의 마지막 면담

달 생활 216일째

잠자리에 들 시간이 한참 지나서

나는 어떻게든 잔과 다시 만나, 지구가 어떤 위험에 처했는지 듣고 싶어 견딜 수가 없었다. 하지만 나로서는 속수무책이었다. 잔은 자기가 필요할 때만 내 앞에 나타날 뿐이니까. 나는 그저 그녀가 다시 내 앞에 나타나기만을 하염없이 기다릴 수밖에 없었다.

그런 와중에, 쇼버그 남매가 화장실에서 있었던 일을 기지 대장에게 일러바치고 말았다.

기지 대장인 니나 스택은 그동안 내가 만난 사람들 중에서 가장 냉정하고 고지식한 사람이었다. NASA에 오기 전 해병대에서 복무했던 그녀는 여전히 자신이 군인인 것처럼 행동했다.

부모님과 함께 잠자리에 들 준비를 하는데, 니나 대장이 숙소 문을 두드렸다. 바이올렛은 이미 자기 수면 캡슐에 들어가 코를 골며 자고 있었다. 숙소 벽면을 가득 채운 중앙 모니터에는 하푸나 비치의 야경이 깔려 있었다. 우리 가족은 하와이 빅아일랜드에 있는 하푸나 비치 근처에서 살았기 때문에, 그 풍경을 볼 때마다 마치 지구로 돌아간 기분이 들었다.

엄마가 문을 열었을 때, 니나 대장은 예의상 주고받는 인사말조차 건네지 않았다. 그녀는 다짜고짜 이렇게 말했다.

"제 방에서 대시와 할 얘기가 있습니다."

나는 이미 부모님께 화장실에서 벌어졌던 일을 얘기한 뒤였다. 잔에 대한 얘기만 빼고 하나도 빠짐없이.

"대시는 이번 일에 책임이 없어요." 엄마가 말했다. "우리 애는 패튼 쇼버그한테서 자기를 방어한 죄밖에 없어요."

"저는 지금 대시를 벌주려고 온 게 아닙니다." 니나 대장이 심드렁한 말투로 말했다. "그렇지만 NASA에서 내려온 지시 때문에, 화장실에서 벌어진 일에 대해 대시의 진술을 받아야 합니다."

엄마는 문을 활짝 열고 안으로 들어오라는 손짓을 했다.

"좋아요. 그럼 대신 여기서 하세요."

하지만 니나 대장은 숙소 밖 캣워크에 그대로 서 있었다.

"로즈, 제가 받은 지시는 대시의 진술을 받으라는 거지, 당신이나 당신 남편 얘기를 들으라는 게 아닙니다. 당신의 간섭을 피하기 위해서라도, 이 일은 제 방에서 해야 합니다."

그게 무슨 소리냐며 엄마가 따졌지만, 나는 엄마를 말렸다.

"괜찮아요. 제가 갔다 올게요."

나는 전자책 읽기를 중단하고 문 쪽으로 향했다.

"밤새도록 해야 하는 건 아니겠죠?" 아빠가 물었다.

"내일은 엄청 바쁜 일정이 있기 때문에, 저도 가능하면 지금 처리하고 싶습니다."

이렇게 늦은 시간에 찾아와 미안하다는 말 한 마디 없이, 니나 대장은 나를 데리고 자리를 떴다.

니나 대장의 숙소는 우리 숙소 바로 옆이다. 니나 대장이 스마트 워치를 센서에 갖다 대자 문이 자동으로 열렸다.

니나 대장의 숙소 방문은 이번이 두 번째였다. 한 달 전 처음 왔을 때에 비해 달라진 것은 없었다. 니나 대장의 숙소는 우리 숙소보다 훨씬 넓은데도(쇼버그 가족이 사용하는 '여행객용 특실'보다는 작지만) 딱히 갖추고 있는 것들이 없었다. 이곳은 어떤 종류의 가구든 옮겨 오는 것 자체가 어렵기 때문에, 숙소 안에는 남들과 똑같은 큐브 의자 몇 개에 약해 빠진 책상 하나가 놓여 있었다. 배경화면을 보여주는 슬림 스크린도 전원이 꺼져 있고 유리창 밖으로 보이는 풍경조차 지난번에 왔을 때와 조금도 다르지 않았다.

니나 대장이 책상 옆 큐브 의자에 자리 잡고 앉은 다음, 나한테 반대편 큐브에 앉으라는 손짓을 보냈다.

"앉아라."

나는 주인의 명령을 받은 강아지가 된 기분이었다. 싸구려 플라스틱 재질로 만들어진 큐브 의자에 앉자 방귀 뀌는 것처럼 이상한 소리가 났다.

"지구와 통신할 수 있는 너의 특권을 제한하겠다." 그녀가 로봇처럼 말했다. "지금부터 2주일 동안, 넌 수업 받는 목적을 제외하고 절대 컴링크를 사용할 수 없다는 뜻이다."

"네? 저를 벌주려는 게 아니라면서요!"

"컴링크 사용은 특권이지, 권리가 아니다. 따라서 일시적으로 특권 사용을 제한하는 것은 엄밀한 의미에서 처벌이 아니⋯."

"아무리 그래도, 그건 좀 치사해요! 아까는 화장실에서 생긴 일 때문에 제 진술을 듣겠다고만 하셨잖아요!"

"그럴 필요는 없다. 이미 화장실 감시 카메라 영상을 보고 무슨 일이 벌어졌는지 확인했으니까."

"저는 제 자신을 방어한 죄밖에 없다고요!" 나는 강하게 따졌다. "패튼 때문에 목 졸려 죽을 뻔했단 말이에요!"

"이 기지의 화장실은 자기방어를 하라고 만든 곳이 아니다. 사람들의 대소변을 위생적으로 배출하기 위한 목적으로만 사용하는 장소지. 그런 화장실을 망가뜨리면 제작에서부터 운반은 물론, 교체 설치까지 수천억 원이 넘는 비용이 든단 말이야."

"정 그렇다면, 쇼버그 가족이 물어내야죠. 그 사람들한테 그 정도는 껌 값에 불과할 텐데요."

"대시, 이건 단순히 비용만의 문제가 아니다. 이 기지엔 남자화장실이 겨우 세 칸뿐이야. 그중에서 3분의 1을 사용할 수 없다면,

결과가 얼마나 심각하겠니. 특히, 우리 음식들 중엔 사람들이 소화를 잘 시키지 못하는 것들도 있는데."

사실 우리가 제공받는 음식 중에 치킨 파미지아나는 종종 우리가 평소보다 오랜 시간 화장실에 머무르게 하는 최악의 음식이다. 그 음식은 빼놓고 먹으면 되지 않느냐고 되물을 수도 있겠지만, MBA는 이미 정해진 수량의 음식들을 보유하고 있기 때문에 개개인의 취향대로 골라 먹을 수가 없다. 가장 가까운 피자 가게가 무려 38만 4,000킬로미터나 떨어진 곳에 있으니, 음식을 배달시켜 먹을 수도 없는 노릇이고.

"패튼하고 릴리도 저처럼 컴링크 사용이 제한되는 거죠? 그 둘이 저를 공격하는 거 보셨죠?"

니나 대장이 순간 내 시선을 피했다.

"그건, 쇼버그 가족에겐 특권 개념이 아니다. 그 사람들은 돈을 내고 온 사람들이라, 마음대로 사용할 수 있기 때문이지."

"잠깐만요. 피해자는 바로 저라고요. 그런데 저는 자기방어를 했다는 이유로 처벌받고, 걔들은 그냥 놔둔다고요?"

"화장실에서의 상황만 보면 네가 패튼한테 심각한 피해를 줬다고 볼 수 있어."

"걔들 때문에 제가 크게 다칠 뻔했다니까요! 아무 이유도 없이요! 그런 상황에서 제가 뭘 어쩌라고요? 그냥 저를 공격하게 놔두란 말이에요?"

"쇼버그 가족과 다른 사람들의 관계에 문제가 많다는 사실을 너도 잘 알 거다. NASA에서도 상황을 더 이상 악화시키지 말라는 확고한 지침이 내려졌다.”

“그럼 그 사람들은 우리한테 못살게 굴어도 된다는 건가요?”

니나 대장이 답답하다는 듯 한숨을 내쉬었다.

“우리 정부는 달기지 건설에 필요한 자금을 모두 댈 여력이 없어. 그 부족한 부분을 충당하려면 우주여행객들을 모집해 자금을 만들어야 하지. 조만간 달기지 베타가 완공되면 여행객들로부터 충당하는 자금이 훨씬 많아질 거야. 그런데 문제는 까딱하면 쇼버그 가족이 그 계획을 망칠 수 있다는 거지. 만약 그들이 이곳 생활이 끔찍하다는 둥, 이런저런 거짓말을 퍼뜨리기라도 해봐. 그럼 여행객들을 많이 끌어 모으지 못할 테고, 결국 달기지 베타 건설 계획 자체가 무산되고 말 거야.”

나는 니나 대장의 주장이 영 탐탁지 않아 눈살을 찌푸렸다. 쇼버그 가족이 MBA에서의 생활이 형편없다고 떠들고 다닌다 해도, 사실 그건 거짓말이 아니지 않은가. 사실을 있는 그대로 퍼뜨리는 것이지. 우리 무니들은 누구나 아는 사실 말이다. 우리가 이런 사실을 지구에 알리지 못하는 건 순전히 우리가 그렇게 할 수 없어서다. NASA의 대외홍보 부서에서는 24시간 내내 우리의 모든 통신 내용을 검열하고 있다. 또 우리는 지구에 돌아가도 기지에 대한 나쁜 얘기는 발설하지 않겠다는 비공개 서약서에 서명한 바 있다. 그 약속을 어기면 소송을 당할 수도 있다. 하지만 쇼버그 가족의 경우는 다르다. 막강한 권력을 가진 그들은 지구로 돌아가는 순간 못 할 게 없다는 사실을 알기 때문에, NASA에서는 무슨 수를 써서라도 그들의 비위를 맞추며 시간을 벌어야 하는 것이다.

나는 곰곰이 생각에 빠져 있다가, 문득 어떤 생각이 떠올랐다.

"쇼버그 가족 때문에 이러시는 거, 맞죠? 대장님이 저한테 벌을 주게 만든 장본인은 NASA가 아니라, 그 사람들인 거죠?"

이번에도 니나 대장은 내 질문을 회피했다.

"네가 한 행동은 누가 봐도 벌을 받아야 마땅해. 패튼이 정말로 다칠 뻔했다고."

"제 말, 맞죠? 그 사람들이 저한테만 벌을 주라고 한 거죠? 그 사람들 비위를 건드리면 곤란하니까 대장님은 그들이 시키는 대로 할 수밖에 없고요."

니나 대장은 무슨 말을 하려다가(아마 그게 아니라는 부정의 말이겠지만) 마음을 바꿨는지 이렇게 말했다.

"그래. 솔직히 말하면, 그들이 요구한 건 네가 2주 동안 통신을 못 하게 막는 것보다 더 나쁜 조건이었어. 그들 요구를 곧이곧대로 들어줬다간 넌 3개월 동안 숙소에 갇혀 있을 판이었지."

"세상에 이런 법이 어디 있어요! 저는 그냥 다목적실에 조용히 앉아 있었는데, 쇼버그 남매가 쳐들어왔단 말이에요. 걔들의 원래 표적은 로디였다고요."

니나 대장의 눈썹이 살짝 치켜 올라갔다.

"로디도 이 일과 연관이 있다는 거니?"

"쇼버그 남매가 그 말은 안 하던가요?"

"릴리 말로는, 게임 하러 다목적실에 들어갔는데 네가 먼저 시비를 걸었다고 했어."

"그건 말도 안 되는 헛소리예요. 걔들은 로디를 찾아다니고 있었어요. 로디가 뭔가 열 받을 짓을 했나 본데, 걔들은 제가 로디랑 작당한 줄로만 알고 있었어요."

"로디가 무슨 짓을 했길래?"

"그건 저도 모르죠. 저야말로 무슨 일인지 알고 싶었는데, 패튼은 저를 못 죽여 난리였죠."

니나 대장은 뺨을 톡톡 두드리며 골똘히 생각에 잠겼다.

"제 생각엔 분명, 걔들이 뭔가 안 좋은 꿍꿍이를 벌이다가 로디한테 들킨 것 같아요. 그러니까 대장님께는 로디 얘기를 꺼내지 않은 거죠. 대장님이 로디한테 물어보면 정말 무슨 일이 있었는지 바로 들통날 테니까요."

니나 대장은 잠시 곰곰이 생각하더니 한숨을 내쉬었다.

"아무래도 무슨 일인지, 내가 직접⋯."

그때 그녀의 스마트워치에서 가볍게 띵동 하고 소리가 났다. 메시지를 보고 난 후 그녀의 표정이 달라졌다. 그녀는 서둘러 자리에서 일어나더니 이렇게 말했다.

"그만 돌아가도 좋다."

평상시라면 니나 대장의 숙소에서 나갈 수 있다는 사실에 펄쩍 뛰며 좋아했겠지만, 나는 그대로 큐브 의자에 앉아 있었다.

"잠깐만요. 로디한테 물어보실 거예요?"

"뭐라고?" 정신이 딴 데 나가 있는 사람처럼 그녀가 물었다.

"무슨 일이 있었는지, 로디한테 물어보실 거냐고요."

"아, 그럼. 그래야지."

니나 대장은 나를 향해 손을 내젓고는 급히 책상 서랍을 뒤지기 시작했다.

나는 자리에서 일어나 문 쪽으로 향했다.

"그럼 말이에요, 로디한테서 쇼버그 남매가 뭔가 나쁜 짓을 꾸미고 있었다는 얘기를 들으면, 그 둘도 똑같이 처벌하실 거예요?"

"당연하지."

"그럼, 쇼버그 남매를 땅콩 잼 범벅으로 만드실 수도 있겠네요?"

니나 대장이 내 말을 제대로 듣고 있는지 확인하기 위해, 일부러 엉뚱한 소리를 한 거였다.

"물론이지." 그녀가 건성으로 대답했다.

"그럼, 문어에 불을 붙여서 면상에 올릴 수도 있고요?"

"그렇다니까." 내가 장난치고 있다는 낌새를 챘는지, 그녀가 갑자기 고개를 들었다. "대시, 내가 얘기 끝났다고 말했을 텐데."

"알았어요. 편히 쉬세요."

그녀는 다시 책상을 뒤지기 시작했고, 나는 슬그머니 문 밖으로 빠져나왔다.

그게 그녀가 사라지기 전, 마지막으로 본 그녀 모습이었다.

뾰족한 물건

　지구에서는 특별히 주의를 기울일 필요가 없는 물체일지라도, 달에서는 각별한 주의가 필요합니다. 뾰족한 물건 때문에 피해를 입을 수 있는 것으로 치면, 달에서보다 위험한 곳은 없기 때문입니다.

　달에서의 중력은 지구보다 작기 때문에, 그저 토마토를 썰기 위해 사용하던 칼도 미처 예상치 못한 위험을 초래할 수 있습니다. 달에서는 6배나 큰 힘이 작용하기 때문입니다. 이럴 때 혹시라도 칼을 놓치면, 다른 사람 몸에 큰 상처를 입히기에 충분한 힘을 가지고 빠른 속도로 날아갈 수 있습니다. 항상 경계심을 늦추지 말아야 하는 것은 바로 이 때문입니다.

　모든 주민들은 주위에 뾰족한 물건이 있다면 항상 각별한 주의를 기울여야 하고, 사용할 때는 방심은 절대 금물입니다. MBA 내에는 흔히 사용하는 칼이나 가위, 수술용 메스 외에도 날카로운 물체가 많이 있다는 점을 기억하시기 바랍니다. 수많은 기계 장비들과 로봇들에는 날카로운 모서리 및 뾰족한 금속 연결 부위들이 많이 있습니다. 심지어, 슬림 스크린의 모서리 또한 날카롭습니다. 뜻하지 않은 위험에 노출되지 않도록 각별히 주의하시기 바랍니다!

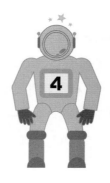

바이올렛의 새 친구

달 생활 217일째

아침식사 시간

"웩." 바이올렛이 음식을 먹다 말고 접시에 뱉어내며 말했다. "와플은 이젠 지겨워."

"그게 무슨 소리야? 어제까지만 해도 와플 타령이었잖아?"

우리 가족은 구내식당에서 아침을 먹고 있었다. 엄마와 아빠, 나는 평소처럼 반바지에 티셔츠를 입고 있었고, 바이올렛은 유니콘이 그려진 잠옷을 입고 있었다.

"아냐. 난 와플이 좋다고 한 적 없단 말이야."

"노래까지 불러대면서, 좋아 죽겠다고 할 땐 언제고."

"내가 좋아하는 건 베이컨이라구."

말이야 바른 말이지, 달기지 알파에서 와플을 좋아하는 사람은 아무도 없었다. 하긴 그렇게 치면, 어지간해선 입에 맞는 음식이 없었다. 이곳의 모든 음식은 이미 조리된 상태에서 장기간 보관이 가능하도록 방사선을 쬐고 열을 가해 수분을 제거한 뒤, 작은 크기로 낱개씩 진공 포장된 것들이다. 게다가 우리가 그 음식을 먹으려면 거기에 우리의 소변을 정제한 물을 첨가해야만 한다.

구내식당 안의 다른 탁자들에는 마르케스 부부 가족(로디는 없었다)과 골드스타인-이와니 부부 가족, 그리고 달기지 알파에서 나의 유일한 동갑내기인 키라 하워드와 그녀 아빠가 식사를 하고 있었다. 키라의 아빠인 맥스웰 하워드 박사는 평소처럼 뭔가 깊은 생각에 빠진 듯 멍하니 포크를 보고 있었다. 달기지 베타 건설을 위한 주요 기술진 중 한 명인 그는 틈만 나면 개선할 부분을 찾고 있었다. 지금은 좀 더 편리한 포크라도 구상하고 있는 걸까. 엄마가 몇 년 전에 돌아가신 데다, 아빠까지 늘 저렇게 생각이 딴 데가 있는 탓에, 가끔씩 키라가 고아처럼 느껴질 때도 있었다.

키라는 식사하는 틈틈이 태블릿 PC를 두드리고 있었는데, 아마 프로그램 코딩을 하는 모양이었다. 키라는 컴퓨터를 다루는 데 소질이 있어서, 아무리 심심해도 컴퓨터만 있으면 전혀 문제가 없었다. 그녀는 이곳에서 생활하며 느꼈던 불편한 점들을 재미 삼아 개선하기도 했는데, 에어로크 내 산소 수치 식별장치는 주민들에게 상당한 도움이 되었다. 내가 가장 마음에 들었던 것은, 수업 도중 통신이 먹통이 된 것처럼 위장하는 프로그램이었다. 지구에서 수업을 진행하는 선생님들이 돌발 퀴즈를 내더라도 그 프로그램을 사용하면 그냥 통신 불량인 척, 무시하고 넘길 수 있었다.

내가 바라보는 걸 눈치챘는지, 키라가 태블릿 PC에서 눈을 떼고 나한테 손을 흔들었다.

"키라 옆에 가서 앉고 싶으면 그렇게 하렴." 아빠가 말했다.

"여기도 괜찮아요. 쟤랑은 하루 종일 학교에서 볼 텐데요 뭐."

아빠가 물을 부어 환원시킨 달걀 요리에 타바스코 소스를 쏟아붓듯이 뿌렸다. 다른 무니들과 마찬가지로, 아빠도 어지간한 요리에는 타바스코 소스를 뿌려 먹는다. 심지어 팬케이크처럼 뿌릴 필요가 없는 음식에까지 말이다. 우주에서 먹는 음식에 무슨 향이라도 느끼려면 그만한 게 없었다.

"아빠는 키라, 쟤가 참 마음에 들더라. 저런 아이가 이곳으로 와서 얼마나 다행인지 몰라."

나는 어깨를 으쓱했다.

"그러게요. 저도, 그런 것 같아요."

"그런 것 같다고? 키라가 온 이후로, 네 얼굴이 확 폈는데도?"

아빠의 말은 맞는 말이었다. 로디보다 키라가 훨씬 재미있는 친구인 것도, 내가 그녀를 좋아하는 것도 사실이었다. 하지만 키라 때문에 내 입장이 다소 난처해진 것도 사실이었다. 지구에는 우리 무니들의 팬을 자처하는 사람들이 많은데, 키라가 여기 온 직후부터 어떻게든 그녀와 나를 커플로 엮으려 하고 있었다. 심지어 이미 우리가 사귀고 있다고 주장하는 팬들도 있었다. 나로서는 당혹스러울 수밖에 없는 일이었다. 우리는 고작 열두 살이고 난 단지 키라를 친구로서 좋아하는 것뿐인데 말이다.

"그나저나, 로디가 안 보이네요."

나는 화제를 돌리기 위해 딴청을 피웠다.

"보나 마나, 어디서 게임이나 하고 있겠지. 그 녀석이 어젯밤에 뭘 봤는지 알아내려면, 같이 게임 하기 전엔 힘들걸?"

"어렵하겠어요."

나는 그렇게 투덜대고 오렌지 향이 첨가된 물로 입을 헹궜다.

아빠의 어깨 너머로 온실 내부가 들여다보였다. MBA의 중앙, 구내식당의 건너편에 있는 온실은 천장에 커다란 유리창이 설치돼 있어서, 실내에서 재배하는 식물들이 햇빛을 고스란히 받을 수 있다. 온실 안에는 달 농업 전문가인 샤리 골드스타인 박사가 일할 준비를 하고 있었다. 그녀는 평상시엔 MBA에서 가장 활달한 성격을 보이는 사람 중 한 명이지만, 자기가 관리하는 식물을 마치 애완동물 키우듯 지나치게 보살핀다는 게 문제라면 문제였다. 지금도 그녀는 식물들의 상태가 형편없어 보이는지, 보기 딱할 정도로 심란한 표정을 짓고 있었다.

사실 온실에서 재배 중인 식물들은 애초에 NASA가 바란 만큼은 아니어도 제법 잘 자라는 편이었다. 다 골드스타인 박사의 세심한 노력 덕분이었다. 그녀가 사람들이 배출한 대변의 상당한 양을 재활용해 비료로 썼다는 얘기가 있는데, 듣기엔 거북한 소리일지 몰라도 어쨌든 효과가 있었던 셈이다.

골드스타인 박사 주위로 빨갛게 익어가는 딸기와 토마토가 보였다. 그 싱싱한 열매들을 그저 바라보고만 있으려니 고문도 그런 고문이 따로 없었다. 딸기 맛을 보고 싶어 미칠 지경이었다.

"딸기를 먹으려면 얼마나 더 기다려야 할까요?"

아빠가 열매들을 쳐다봤다.

"아직 덜 익었네. 그리 오래 걸리진 않을 거야."

"아무리 덜 익은 딸기라도 이것보다는 백배 낫겠죠."

나는 도저히 더 이상은 먹을 수 없어서 음식을 밀어냈다.

"조금만 더 기다리면 전보다 자주 싱싱한 과일을 먹을 수 있을 거야. 그리고 달기지 베타의 온실은 여기보다 30배 더 크다고 하니, 완공만 되면 아무 때나 신선한 과일을 먹을 수 있을 거야."

"그러려면 앞으로 10년은 더 기다려야 할걸요?"

"계획상으로는 그보다 훨씬 빨리 완공될 거야."

그때 내 스마트워치에서 띵동 하고 소리가 났다. 힐끗 보니, 하와이에 사는 친구들이 보낸 메시지는 아니었다. 달에서는 사실상 낮과 밤의 구분이 없다. 태양은 일단 뜨면 며칠씩이나 우리 머리 위에 머물러 있기 때문에, MBA에서의 24시간은 휴스턴 관제센터가 있는 미국 중부시간을 표준시로 삼고 있다. 하와이 시간은 여기보다 5시간이나 느리니, 그곳은 아직 한밤중인 것이다.

메시지는 레빈슨 박사가 보낸 것이었다. 그는 컴링크를 통해 지구에서 원격으로 수학을 가르치는 선생님인데, 오늘 수업은 원래보다 15분 늦게 시작한다고 알려왔다.

"별일이네." 아빠가 말했다. "니나 대장이 네 컴링크 접속을 막은 줄 알았는데."

이상하긴 했다. 모든 메시지는 컴링크를 통해서만 주고받을 수 있으니까.

"학교 수업 때문에 사용하는 건 괜찮다고 했거든요."

"그 말은 수업 중일 때만 해당되는 거 아니니? 그럼 메시지를 받을 수 없을 텐데."

"확인해보죠 뭐."

나는 메시지함을 스마트워치에 띄웠다. 어차피 안 될 거라서 별 생각 없이 띄웠는데, 새 메시지가 65개나 와 있었다. 가장 먼저 도착한 메시지는 어젯밤 내가 잠든 후 라일리 복이 보낸 것이었다.

"어, 메시지가 잔뜩 와 있는데요?"

"어떻게 된 거지?" 바이올렛과 함께 잠자코 앉아 있던 엄마가 물었다. 바이올렛은 블루베리 머핀을 입 안 가득 틀어넣은 채, 블루베리가 어쩌고저쩌고하며 노래를 흥얼거리고 있었다.

"대시 컴링크가 차단된 게 아니구만." 아빠가 말했다.

"오호." 엄마는 살짝 놀란 표정이었다. "마음이 변했나 봐요."

"니나 대장한테 변하고 말고 할 마음이란 게 있기나 한지 모르 겠네." 아빠는 다른 사람들이 들을까 봐 소리 낮춰 말했다.

"난 블루베리가 너무 좋아!" 바이올렛이 목소리를 높였다. "블루 베리는 맛있어, 영양가 있어, 그리고 심했어."

"심했어는 나쁘다는 뜻이잖아." 내가 말했다.

"나쁜 블루베리도 있거든!" 바이올렛이 받아쳤다. "나쁜 블루베리들이 세계를 정복하면, 아무도 그걸 못 먹을 거야. 그렇지만 난 나쁜 블루베리들을 물리칠 수 있다구!" 그러고는 보란 듯이 블루베리 머핀을 이빨로 와작 깨물었다.

나는 바이올렛을 무시하고 엄마와 아빠 쪽으로 고개를 돌렸다.

"엄마는 정말로 니나 대장님이 마음을 바꿨다고 생각하세요? 저한테 너무 심하다고 생각해서요?"

"혹시 아니? 그냥 벌을 주는 시늉만 했는지?" 엄마가 말했다. "그렇게라도 해야, 쇼버그 남매가 마음에 들어 할 거 아냐."

"니나 대장님이 그 정도로 인간적인 사람은 아닌 것 같은데요."

"아무렴 어떠니. 쓸 수 있는 것만 해도 감지덕지."

"블루베리를 좋아하는 사람이 또 누구게요?" 바이올렛이 갑자기 끼어들었다. "디다예요!"

"디다가 누군데?" 엄마가 장단을 맞춰주며 물었다.

"제 새 친구예요!" 바이올렛이 씩 웃으며 말했다. 그 애 이빨은 블루베리 때문에 보라색으로 물들어 있었다.

"그래?" 아빠가 물었다. "어디 사는 친군데?"

"여기 화장실요."

아빠와 엄마는 서로 바라보며 웃음이 나오려는 걸 꾹 참았다. 바이올렛이 만들어내는 이야기는 언제 들어도 놀라웠다.

"디다도 너처럼 꼬마 숙녀니?" 엄마가 물었다.

"아뇨." 바이올렛이 진지하게 말했다. "바다코끼리예요."

엄마와 아빠는 더 이상 참지 못하고 웃음을 터뜨리고 말았다.

"아이고, 바이올렛. 이런, 엉뚱 공주 같으니라고."

나는 남은 음식을 억지로 한 입 삼키고 자리에서 일어났다.

"학교 가기 전에 로디를 만나서 얘기해봐야겠어요."

"그래. 필요하면 언제든지 연락하고."

나는 빈 접시를 반납대에 갖다 놓고 식당 밖으로 향했다. 마르케스 가족이 앉아 있는 탁자를 지나면서 로디가 어디 있는지 물어볼까 생각했지만, 그랬다간 세사르나 마르케스 박사한테 붙잡혀 얘기를 나눠야 할 것 같아서 그만뒀다. 세사르는 언제 무슨 짓을 할지 모르는 꼴통이고, 마르케스 박사는 정작 자신이야말로 MBA에서 둘째가라면 서러울 만큼 이상한 성격의 소유자이면서 걸핏하면 다른 사람들의 정신을 분석하려 드는 사람이니까.

그때 키라가 다가왔다.

"어디 가?"

"로디한테 얘기할 게 있어서."

"무슨 얘기 하려고?"

"어젯밤 패튼이 날 공격한 게 로디랑 상관있는 것 같아."

"오줌통 얘긴 나도 들었어. 제법이던데?"

"고맙다."

"수업 시간에 보자."

"그래, 너도."

나는 구내식당을 나서면서, 온실 유리창 너머로 보이는 골드스타인 박사에게 반갑게 손짓했다. 하지만 그녀는 시들어버린 식물들에만 정신이 팔려 있었다. 나는 다목적실로 가기 전에 먼저 연구동을 지나쳤다. 시간이 시간인지라 우주생물학자인 얀크 박사, 화학자인 창 박사, 천체물리학자인 발니코프 박사, 지질학자인 킴 박사와 알바레스 박사 등 대부분의 어른들이 일할 준비를 하고 있었다. 로봇 전문가인 다프네 메릿 박사는 에어로크 바로 옆 사무실에서 컴퓨터로 뭔가를 열심히 살피고 있었다.

아빠의 예상대로, 로디는 벌써 다목적실에 자리 잡고 앉아서 가상현실 게임에 정신이 팔려 있었다. 학교 가기 전에 조금이라도 더 하려고 바짝 열을 올리고 있는 게 빤했다. 녀석은 큼지막한 고글과 센서가 장착된 특수 장갑을 끼고 미친 듯이 몸을 확확 움직이고 있었다.

"로디!" 게임 효과음 때문에 아무것도 들리지 않을 녀석의 주의를 끌기 위해, 나는 소리를 버럭 질렀다. "나야! 들려?"

"말해!" 로디가 말했다. "너도 들어와! 내 엄호도 좀 해주고!"

"알았어."

녀석의 게임에 접속하고 싶은 마음은 손톱만큼도 없었지만, 나로서는 어쩔 도리가 없었다. 로디가 대체 뭘 봤기에 쇼버그 남매가 그렇게 날뛰었던 건지 알아내려면. 결국, 나는 장갑과 고글을 착용하고 게임 속으로 들어갔다. 순간 빛이 번쩍거렸고, 나는 생각했던 것보다 훨씬 희한한 게임 속 세상으로 빠져들고 말았다.

가상현실 게임

달기지 알파에서는 최첨단 기술이 적용된 가상현실 게임을 24시간 내내 즐길 수 있습니다. 그러나 게임을 즐기는 장소는 개인 공간이 아닌, 공용 공간이라는 점을 염두에 두시기 바랍니다. 일단 고글을 착용하면 자기 주변의 실제 공간을 인지하지 못하는 경우가 종종 있으므로, 게임에 접속하기 전에는 주변에 다른 사람이나 물건이 있는지 반드시 확인해야 합니다. 대부분의 가상현실 게임에는 사용자로 하여금 발길질이나 주먹질, 혹은 밀치는 동작 같은 갑작스러운 움직임을 유발하는 내용이 포함되어 있기 때문입니다. 게임 속 가상의 적에게만 취해야 할 행동을 무심코 다른 사람에게 가하는 일은 없어야 하겠습니다.

아울러 가상현실 게임 중인 사람을 발견했을 때는, 여러분의 존재를 인식하지 못할 가능성이 있으므로, 충분한 거리를 확보하고 가까이 다가가지 말아야 합니다. 여차하면, 게임 속 가상의 적에게 휘두른 공격을 여러분이 대신 받는 불상사가 발생할 수 있습니다.

줄리엣 구출 작전

달 생활 217일째

아침식사 후

　나는 가상의 행성에서 끔찍한 외계인들과 전투를 벌이게 될 줄로만 알았다. 지난번에 마지막으로 로디와 함께 한 게임에서는 깨진 유리 파편으로 만들어진 행성을 배경으로 미쳐 날뛰는 거대한 거품 괴물과 싸운 적이 있었다. 그런데 이번에는 지구였다. 로디와 내가 있는 곳은 이탈리아의 작은 마을이었고, 우리가 상대해야 할 적들도 보통 인간들과 다르게 보이지 않았다. 잔뜩 성이 나 있고 살벌해 보이긴 했지만, 아무튼 인간은 인간이었다. 그들에게 특이한 점이 있다면, 르네상스 시대에서 방금 튀어나온 사람들처럼 옷을 입고 있다는 점이었다. 헐렁한 흰색 셔츠와 가죽 바지에 새의

깃털이 늘어져 있는 모자를 쓰고 있었다. 그들의 무기 역시 광선총이나 광자총이 아니라 그저 평범한 검이었다. 생각지도 못한 광경에, 나는 잠시 넋을 놓을 수밖에 없었다.

"거기서 멍 때리고 있을 거야?" 로디가 소리 질렀다. "우리가 먼저 죽기 전에, 저놈들을 해치워야 할 거 아냐!"

나는 급히 몸을 돌려 로디의 아바타를 찾았다. 현실에서의 로디는 짤막한 키에 뚱뚱한 몸집이라 영락없이 항아리를 닮았지만, 게임 속 로디는 키가 2미터쯤 됐고 근육은 울룩불룩했다. 평소 같으면 최첨단 갑옷을 입고 어깨에 여러 자루의 총을 메고 있어야겠지만, 이번엔 녀석도 르네상스 시대의 옷을 입고 있었다. 무기도 엄청 날카롭게 날이 선 검 한 자루뿐이었다.

중세시대의 옷을 입고 칼을 차고 있기는 나도 마찬가지였다. 적군이 공격해오자, 나는 몸을 틀어 적의 칼을 피했다.

"얘들이 왜 날 못 죽여서 난리야?" 나는 또 다른 공격을 피하면서 소리 질렀다.

"내가 걔들 사촌하고 키스해서 그래!"

나는 고작 한 명과 맞붙고 있었지만, 로디는 동시에 세 명과 싸우고 있었다.

"이유가 겨우 그거야?"

적군이 또 나를 향해 달려들었고, 나는 과일이 실려 있는 마차 옆으로 몸을 숙여 피했다.

"그렇다니까." 로디가 대답했다. "쟤들은 캐풀렛 가문이고 우린 몬터규 가문인데, 서로 원수지간이야."

"잠깐만. 이거, 〈로미오와 줄리엣〉이야?"

"보면 모르냐." 로디는 태연하게 적군 한 명의 가슴에 칼을 찌르며 말했다. "게임 한두 번 해봐?"

"이런 가상현실 게임이 있을 거라곤 상상도 못했다."

그러자 로디가 어처구니없다는 표정으로 나를 쳐다봤다.

"어떻게 이걸 모를 수가 있냐? 세계 최고의 게임 개발자, 윌리엄 셰익스피어도 몰라?"

"셰익스피어가 무슨 게임 개발자야? 극작가지."

나는 녀석의 말을 조목조목 따지려다가 그만뒀다. 적들이 계속해서 내 목을 베려고 덤벼들었기 때문이다.

아무리 피하려 안간힘 써도 적들은 줄기차게 달려들었고, 나는 결국 더 이상 피할 데가 없는 궁지에 몰리고 말았다.

"죽어라, 몬터규 가문의 쓰레기들아!"

그 소리와 함께 적이 내 머리 위로 칼을 들어 올렸다.

그때, 로디가 나타나서 적의 몸을 반 토막 냈다. 머리부터 발끝까지. 다행히 피가 솟구치거나 내장이 쏟아져 나오지는 않았다. 로디가 게임을 설정할 때 폭력성을 아동용에 맞춘 모양이었다.

녀석은 다른 적들도 비슷한 방법으로 처치했다. 쓰러진 적들이 사라지고 글자가 나타났다.

대단한 검술입니다! 1단계를 통과하였습니다.

"따라와." 로디가 앞장서서 나를 좁은 통로 쪽으로 이끌었다.

"캐퓰렛 가문엔 사람이 엄청나게 많아. 조금 있으면 죄다 몰려올 테니, 빨리 줄리엣을 찾아야 해."

"줄리엣하고 결혼이라도 하게?"

"결혼?" 로디의 아바타가 역겹다는 듯 혓바닥을 내밀었다. "짜샤, 걔는 겨우 열세 살밖에 안 됐어."

"그거야 그렇지만, 연극에서는….."

"이건 그냥 게임이라고, 이 답답아. 줄리엣하고 키스하면 그냥 끝나는 게임."

"게임 속 인물하고 키스가 가능해?"

"아주 그냥 뿅 간다니까. 나중에 키라랑 진짜로 사귈 때를 대비해 연습하는 데도 딱이지."

나는 그 말을 듣고 몸서리가 쳐졌다. 로디 녀석은 자기가 대단한 인기남이라고 믿는 걸로도 모자라, 키라가 아직 자기한테 넘어오지 않은 건 순전히 키라 아빠가 기지 내의 누구와도 사귀지 말라고 했기 때문이라고 철석같이 믿고 있었다. 정작 키라는 로디를 엉뚱한 짓을 일삼고 더럽게 잘난 척하는 재수 없는 녀석이라고 생각하는데 말이다.

탐색 모드가 작동된 듯, 우리는 줄리엣을 찾기 위해 도시 주변을 살금살금 움직이고 있었다. 가상현실에 불과하지만 그 속에서 접하는 지구의 느낌은 너무나도 놀라웠다. 이탈리아 시골 마을을 거닐면서 신선한 공기를 마시고 따스한 햇살을 느끼고 있다고 생각하니, 무척이나 마음이 편안해졌다. 조만간 적들이 또 우르르 나타나 칼을 휘둘러대겠지만, 이 순간만큼은 지루하고 척박하기 이를 데 없는 달기지의 환경을 잠시나마 잊을 수 있었다.

나는 주위가 잠잠한 틈을 타서 로디한테 물었다.

"너, 혹시 어젯밤에 패튼하고 릴리가 열 받을 만한 짓을 하지 않았어?"

로디의 아바타가 뭔가 뜨끔한 표정으로 나를 쳐다봤다.

"그런 셈이지."

우리는 널찍한 시장에 도착해서 그곳을 가득 채운 가판대와 상인들 사이를 이리저리 헤치며 나아갔다.

"무슨 짓을 했는데?"

"내가 걔들을 감시하고 있었거든."

"왜?"

"뭔가 안 좋은 꿍꿍이를 벌이는 냄새가 났거든. 어제, 저녁 먹고 가다가 걔들이 체육관에 있는 걸 봤는데, 아무래도 뭔가 비밀스럽게 모의를 하는….'"

"잠깐. 네가 체육관엘 갔다고?"

달기지 주민들은 지구보다 작은 중력에 대응하기 위해 매일 두 시간씩 체육관에서 운동을 하게 되어 있지만, 게임 폐인인 로디는 그동안 한 번도 체육관에 간 적이 없었다.

"아니, 체육관에 있었던 건 걔들이고. 난 그냥 거길 지나가고 있었을 뿐이야. 그런데 딱 봐도 뭔가 꿍꿍이를 벌이고 있는 것 같아서 몰래 지켜본 거지."

나는 로디의 말이 과연 사실일지 의심스러웠다. 녀석이 키라는 물론이고 릴리한테도 관심이 있다는 걸 알고 있었기 때문이다. 나보다 한 살 위인 녀석은 벌써부터 왕성하게 분비되는 호르몬을 주체하지 못하고 있었다. 릴리와 마주쳤다 하면 이내 이성을 잃고, 꼴에 그게 풋사랑인지 뭔지는 모르겠지만, 입이 헤벌쭉해서 그녀에게서 눈을 떼지 못했다. 로디가 우연히 체육관 앞을 지났다는 건 가당치도 않은 말이었다. 릴리가 운동하는 모습을 훔쳐보기 위해 근처에 몰래 숨어 있었다면 모를까.

"그래서? 걔들이 무슨 짓을 하는 걸 봤어?"

"당근이지. 조금 있으니까, 걔들이 체육관에서 살며시 빠져나오더니 중앙관제실 안으로 들어가더라."

"그 안에서 뭘 했는데?"

"나야 모르지. 뭐가 보여야 말이지."

"왜 못 봐?"

"몰라서 묻냐? 걔들은 안으로 들어갔고, 난 밖에 있었으니까 그렇지. 내 눈이 무슨 엑스레이라도 되냐?"

"걔들이 뭘 했는지 짐작도 안 가?"

"전혀. 보나 마나, 나쁜 짓이겠지."

"왜?"

"내가 감시하는 걸 알아차리고 날 쫓아왔거든."

두 대의 달구지가 시장의 중앙 광장을 덜커덩거리며 가로지르는 바람에, 나는 그 사이로 몸을 피했다.

"어쩌다가 들켰는데?"

"난들 아냐? 난 정말 닌자처럼 쥐도 새도 모르게 움직였거든. 그냥 촉으로 느낀 것 같아. 혹시, 초능력 아닐까?"

말도 안 되는 소리였다. 자기가 무슨 은폐의 달인이라도 된다면 또 모를까. 재채기 소리를 냈든지, 뭔가를 쓰러뜨렸겠지.

로디의 아바타가 갑자기 내 앞에서 멈춰 섰다. 녀석이 위쪽을 올려다봤다. 나도 따라서 올려다보니, 대단한 권력자가 살고 있을 법한 어마어마한 대저택이 보였다. 10대로 보이는 소녀가 2층 발코니에 서서 먼 곳을 물끄러미 바라보고 있었다.

"저기 있다!" 로디가 탄식하듯 말했다. "오, 나의 줄리엣!"

남자가 대부분인 개발팀이 만든 게임이라 그런 건지, 소녀는 중세시대의 10대라기보다는 요즘의 수영복 모델처럼 보였다. 그때로부터 500년이나 지나야 등장하는 비키니 수영복을 입고 있었다.

"오, 로미오, 로미오." 그녀가 떨리는 목소리로 말했다. "어찌하여 그대는 로미오인가요?"

"나, 여기 있어요, 여기!"

그녀의 말이 그 유명한 연극에서 가장 유명한 대사라는 걸 알 턱이 없는 로디는 그렇게 소리를 질러댔다.

그러거나 말거나 줄리엣은 계속해서 자신의 대사를 읊었다.

"그대의 아버지를 부정하고, 그대의 이름을 저버리세요. 그렇게 할 수 없다면, 저를 사랑한다고 맹세라도 해주세요. 그러면 저도 캐풀렛이란 성을 버리겠어요."

"언어 설정이 잘못됐나 봐. 영어가 아니잖아." 로디가 짜증 섞인 소리로 말했다.

"저 말도 영어야." 나는 녀석의 무식함을 지적하며 말했다. "아주 먼 옛날에 썼던 말이라서 그래. 소녀가 한 말은, 너더러 가문을 버리고 자기랑 결혼해달라는 뜻이야."

희한하다는 듯 로디가 나를 쳐다봤다.

"넌 이 게임 해본 적 없다며?"

"원작이 연극이라니까 그러네! 역사상 가장 유명한 연극."

"하지만, 그대의 가문은 우리 가문의 원수인 것을." 줄리엣이 계속 말을 이었다. "그대가 몬터규 가문이 아닐지라도, 그대는 변함없이 그대…."

"아이고," 로디가 투덜거렸다. "무슨 말을 하는지 하나도 모르겠다. 자, 저 집으로 들어가는 문이나 찾아보자."

녀석은 사람들로 북적거리는 시장 한복판을 헤집고 나아가기 시작했다. 나도 녀석의 뒤를 따랐다.

"쇼버그 남매한테 들킨 다음엔 어떻게 됐어?"

"잽싸게 도망쳐서 온실 안으로 숨었지. 걔들이 날 쫓아왔지만, 다행히 찾진 못했어."

"대신 날 찾았지. 너랑 나랑 같이 있었다고 생각하더라."

"알아." 로디가 웃었다. "얘기 다 들었어."

"그런데, 넌 가만히 있었어?"

"가만히 안 있음, 뭘 어쩌라고?"

"어른들한테 가서 말했어야지."

"그랬으면, 걔들이 바로 나한테 달려왔을걸?"

"그래서, 꼼짝도 안 하고, 엉뚱하게 나만 골탕 먹게 놔뒀다는 거야? 내가 아무 상관 없다는 걸 알면서도? 하마터면 너 때문에 나만 얻어터질 뻔했잖아."

"어쨌든, 잘 넘어갔잖아. 패튼 녀석 면상을 오줌통에 처박아줬잖아! 끝내줬어!" 로디가 큰 소리로 웃음을 터뜨렸다.

"그게 웃기냐!"

"온다!" 로디가 소리 질렀다. 순식간에 녀석의 웃음소리가 사라졌다.

잔뜩 성난 이탈리아 사람들이 시장 한복판을 가로질러 돌진해 오고 있었다. 아까와는 달리, 지금의 적들은 하나같이 로디의 아바타만큼이나 몸집도 크고 근육도 빵빵했다. 칼도 평범한 칼이 아닌, 내 키만큼이나 큰 언월도를 들고 있었다.

실제로 벌어지는 일이 아니라는 사실을 알면서도, 이마에서 구슬 같은 땀이 배어났다. 나는 마음의 준비를 단단히 했다.

"무기를 업그레이드해야겠군."

로디가 허리춤에 매달고 있던 가죽 가방을 열더니 금덩이 몇 개를 꺼냈다. 금덩이들이 게임 화면 속으로 사라지자, 로디의 몸에 초현대적 디자인의 갑옷이 입혀졌다. 그리고 가느다란 칼은 희한하게 생긴 우주 무기로 변했다.

"그건 뭐냐?"

"광자총."

로디가 방아쇠를 당기자, 광자총에서 초록빛을 뿜으며 서너 발의 번개가 발사됐다. 열 명쯤 되는 캐플렛 가문 사람들이 연기와 재만 남긴 채 수증기처럼 사라져버렸다.

나한테 광자총은 그림의 떡이었다. 그저 칼을 마구 휘두르며, 적들이 나를 덮치기 전에 로디가 모두 해치워주기만을 바라는 수밖에 없었다.

"너, 뭐 하냐?" 로디가 소리쳤다. "여기 좀 도와달란 말이야! 업그레이드하는 것도 몰라?"

"셰익스피어 작품에 뭔 놈의 업그레이드야!" 나도 맞받아쳤다. "로미오와 줄리엣에 광자총이 말이 되냐?"

"대시! 오른쪽에 트롤!"

"트롤?"

몸을 돌려 보니, 정말로 트롤 하나가 나를 향해 달려들고 있었다. 〈로미오와 줄리엣〉에 트롤이 등장한다는 말은 들어본 적이 없었지만, 게임 개발자들의 생각은 다른 것 같았다.

로디가 광자총을 몇 발 쏴댔지만 전부 빗나갔다. 청소 트럭만한 몸집의 녹색 트롤이 뿌리째 뽑은 나무를 번쩍 들어 올리더니 우리를 박살낼 기세로 뛰어 올랐다.

"이러다 죽겠다!" 로디가 비명을 질렀다.

그때, 무언가 내 어깨를 두드리는 게 느껴졌다.

갑자기 트롤이 허공에서 동작을 멈췄다.

우리를 둘러싸고 있던 캐퓰렛 가문 사람들도 공격을 중지했다. 누군가 게임을 중지시킨 모양이었다.

나는 고글을 벗어 던지고 다목적실 안을 둘러봤다.

내 옆에 아빠가 서 있었다. 불과 15분 전, 마지막으로 봤을 때만 해도 아무렇지도 않았던 아빠의 모습이 사뭇 달라 보였다. 아빠가 어찌나 초초하고 걱정스러운 표정을 짓고 있던지, 아까보다 다섯 살은 더 늙어 보였다.

"게임을 끊어서 미안한데," 아빠가 말했다. "워낙 급해서 말이다. 어젯밤 네가 나나 대장을 만난 다음에, 혹시 나나 대장이 뭘 했는지 기억나니?"

"모르겠는데요. 왜요?"

"사방팔방으로 찾아봐도 당최 보이질 않아서 말이야."

나는 이게 무슨 일인가 싶어, 그저 멍하니 아빠를 쳐다봤다.

"그럼, 기지 안에 나나 대장님이 없다는 말씀인가요?"

"그러게 말이야. 코빼기도 보이질 않는구나."

"그게 말이 돼요?"

아빠는 어쩔 수 없다는 듯 그저 어깨를 으쓱거릴 뿐이었다.

"더 큰일인 건," 심각한 표정으로 아빠가 말했다. "대장을 본 사람이 아무도 없다는 거야."

달의 지표면

MBA가 그 어느 곳보다 안전한 장소인 것은 분명하지만, 에어로크 밖의 세상은 그렇지 않습니다. 사실, 달의 외부는 인간에겐 더할 나위 없이 치명적인 환경을 가지고 있습니다. 외부 기온은 밤이 되면 섭씨 영하 233도까지 떨어졌다가, 태양이 직접 내리쬐는 낮에는 섭씨 123도에 이를 만큼 요동을 칩니다. 물론, 대기 중에는 산소가 존재하지 않습니다. 이러한 이유 때문에, 달의 표면으로 나가는 일은 꼭 필요한 상황에 한하여 허용되며, 18세 미만의 미성년자들에겐 1)우주선 탑승 또는 하선을 위해 이동하는 경우, 2)비상 상황이 발생하여 기지에서 탈출해야 할 경우가 아니라면 허용되지 않습니다. 어떠한 경우에도, 기지 밖으로 나가야 하는 상황이 발생하면, 반드시 한 명 이상의 동반자와 짝을 이루어야 합니다. 또한, 우주복 착용 시에도, 혹시 모를 실수나 부주의로 인한 심각한 부상을 방지하기 위하여 각별한 주의를 기울여야 합니다.

아무것도 못 건진 수색 작전

달 생활 217일째

아침나절

평상시 MBA의 일상을 보면, 대부분의 어른들은 아침부터 저녁까지 각자의 일을 하고, 그 이후의 시간에도 별반 다를 건 없다. 소일거리가 많지 않기 때문이다. 우주에서는 딱히 주말이라는 개념도 없다. 연구동에서 일하는 과학자들은 각자의 연구실에서 시간을 보내고, 니나 대장이나 다프네 박사도 마찬가지로 각자의 업무공간에서 시간을 보낸다. 마르케스 박사는 진료실에서 우리 주민들의 정신건강 상태를 분석하는 일을 한다. 그리고 지구화학자이자 재주꾼으로 불리는 창 '하이테크' 코왈스키 박사는 주민들이 아무 탈 없이 지내고 기지가 정상적으로 돌아갈 수 있도록 무슨 일이든 돕는 역할을 한다. 다만 기지의 담당 의사(로널드 홀츠 박사)는 사망했고 유지·보수 담당자(가스 그리산 씨)는 재판에 넘겨졌기 때문에, 그 두 사람의 자리는 비어 있는 상태였다. 대체 인력을 태운 우주선은 한 달 뒤에나 도착할 예정이었다.

유일하게, 쇼버그 가족만 아무 일도 하지 않고 숙소에서 빈둥거리거나 다른 사람들의 눈살을 찌푸릴 만한 행동을 골라서 해대고 있었다. 다른 사람들이 마지막으로 그들을 본 지도 벌써 사흘이나 지났다. 그들이 무슨 짓을 하고 있는지 우리로서는 도무지 알 길이 없었지만, 딱히 알고 싶은 마음도 없었다. 오히려 그들과 부대낄 일이 없어서 홀가분하게 느껴질 정도였다.

하지만 내가 로디와 함께 캐풀렛 가문과 전투를 벌이는 동안에 난리가 나고 말았다. 사람들은 니나 대장을 찾기 위해 일손을 팽개친 채 기지 안을 쥐 잡듯이 뒤지고 다녔다. 고작 축구장 하나 크기밖에 되지 않는 MBA에서 그녀가 있을 만한 데라곤 빤한데도, 어쨌든 사람들은 수색에 수색을 거듭하고 있었다. 그때까지만 해도 니나 대장이 기지 안에 없을 거라곤 누구도 상상 못 했다.

"숙소에도 가보셨어요?"

"열 번도 더 가봤지."

아빠가 니나 대장의 숙소 쪽을 가리켰다. 숙소의 문은 활짝 열려 있었고, 다른 무니들이 그 안을 들락거리고 있었다.

"문이 안 잠겨 있었어요?" 우리 뒤를 따라오던 로디가 물었다.

"그게… 잠겨 있었는데, 창 박사가 부수고 들어갔지."

우리는 대기구역에 들어서다가 하마터면 다프네 메릿 박사, 제니
퍼 킴 박사와 정통으로 부딪칠 뻔했다.

다프네 박사로 말하자면, MBA에서 둘째가라면 서러울 만큼 쾌
활하고 부산스러운 성격의 소유자다. 심지어 지금처럼 심각한 상
황에서조차, 그녀는 뭐가 그리 즐거운지 얼굴에 웃음기가 가득했
다. 반면에 지진 지질학자인 킴 박사는 속마음을 잘 드러내지 않
고 거의 말이 없는 편이었다. 할 말이 있더라도, 좀처럼 흥분하지
않고 자분자분 말했다.

"우리가 여자화장실까지 찾아봤는데요." 다프네 박사가 말했다.

"그런데요?" 아빠가 물었다.

"거기도 없더라고요."

"제대로 찾아보긴 하신 거예요?" 로디가 따지듯 물었다.

"우리 둘 다 박사학위까지 딴 사람들인데," 다프네 박사가 비아
냥거렸다. "화장실이 어떻게 생겼는지도 모를까 봐? 체육관에나
다시 가봐야겠다."

다프네 박사는 킴 박사를 데리고 모퉁이를 돌아갔다.

아빠가 한숨을 내쉬었다.

"이건 진짜 말이 안 되는데."

"여기 없다면, 기지 밖으로 나간 걸까요?" 내가 물었다.

"밖으로 나간 건 아니야."

아빠가 우주복 보관함을 가리켰다. 니나 대장의 보관함 안에는
우주복과 헬멧, 부츠, 장갑이 그대로 들어 있었다.

"아무 생각 없이 밖으로 나갔을 수도 있잖아요." 로디가 말했다. "뭐랄까, 우주착란증 같은 게 발병해서 정신을 잃고 그대로 나갔다가 픽 쓰러졌을지도 모르죠."

"난 그럴 가능성은 없다고 본다." 아빠가 나를 보며 말을 이었다. "네 엄마랑 창 박사는 니나 대장이 밖으로 나간 것 같다고 한다만…."

에어로크 쪽을 힐끗 보니, 우주복 차림의 엄마와 창 박사가 기지로 되돌아오는 모습이 유리창 너머로 보였다. 두 사람은 복사열을 막기 위해 헬멧에 장착된 가리개를 내려 쓰고 있어서, 누가 누구인지 알아볼 수 없었다.

"혹시 대장님이 에어로크 밖으로 나갔다면 뭔가 기록돼 있을 거 아녜요. 출입문 개폐 기록 같은 거 말이에요." 내가 물었다.

"그렇겠지. 그런데 어젯밤엔 에어로크가 열린 기록이 없더구나. 창 박사는 니나 대장이 자기 권한으로 기록을 지웠을 수도 있다고 하더라만."

"아니, 왜요?"

그러자 그것도 모르냐는 듯 로디가 비웃었다.

"생각 좀 하고 살아라, 대시. 온갖 비밀 정보들이 NASA에 산더미처럼 쌓여 있는데, 그게 함부로 유출 안 되게 막는 사람이 바로 니나 대장님이잖아."

엄마와 창 박사가 기압 조정실 안으로 들어와서 에어로크 바깥문을 닫는 모습이 보였다. 기압을 기지 내부의 기압으로 맞추고 나서 헬멧을 벗었지만, 에어로크 안쪽 문이 곧바로 열리지는 않았다. 기지 안으로 들어오기 전에 우주복에 묻은 흙먼지들을 털어내야 하기 때문이다. 달의 흙먼지는 지구의 흙먼지와 많이 다르다. 지구의 흙먼지가 오랜 시간에 걸친 부식의 결과물이라면, 달의 흙먼지는 운석의 충돌로 인한 열 때문에 생성된 아주 미세한 유리 조각 같은데 어디든 들러붙는 성질을 갖고 있다. 그 먼지들이 기지 내부로 유입될 경우, 다시 외부로 배출하기가 여간 어려운 게 아니다. 우주복의 먼지를 털어내는 데는 두 개의 호스가 사용되는데, 하나는 강력한 압력으로 공기를 배출해 먼지를 털어내고, 흡입력이 아주 센 다른 호스는 그 먼지를 빨아들인다.

상황을 보아하니, 엄마와 창 박사도 니나 대장을 찾지 못한 게 분명해 보였다. 슬프다기보다는 걱정스러운 표정이 역력했다.

에어로크 안에서 엄마가 인터폰으로 상황을 보고했다.

"외부에서도 니나 대장의 흔적은 발견되지 않았습니다."

"혹시 안에는 좋은 소식이 있습니까?" 창 박사가 물었다.

"전혀요." 아빠가 말했다.

브라마푸트라 마르케스 박사가 대기구역으로 다가왔다. 그녀 뒤에는 바이올렛, 이네스, 카모제가 깡충깡충 뛰며 따라오고 있었다.

"니나 대장님!" 아이들은 니나 대장이 숨바꼭질 놀이라도 하는 줄 아는지 연신 그녀의 이름을 불러댔다. "이제 그만요! 나오세요, 나오시라고요. 어디 숨은 거예요!"

니나 대장을 찾기 위해 흩어졌던 MBA 주민들이 혹시나 하는 마음에 속속 대기구역으로 몰려들었다. 쇼버그 가족은 이번에도 보이지 않았다. 니나 대장이 사라지든 말든 아예 관심이 없거나, 그녀가 사라졌다는 사실을 아직 모르고 있거나, 둘 중 하나였다.

"혹시 대장님을 추적할 수 있는 방법은 없나요? GPS 추적장치나 뭐, 그런 거 말이에요." 내가 물었다.

"이런 경우에 대비해," 아빠가 말했다. "우주복에 GPS 추적장치가 부착되어 있긴 한데, 우주복이 여기 있으니 아무 소용이 없지. 그리고 스마트워치도 추적이 가능한데, 니나 대장이 그걸 착용하지 않았다는 게 문제고."

"그게 어디 있는데요?" 로디가 물었다.

"위층, 대장 숙소에." 아빠가 대답했다. "책상 위에 있더구나."

"거참, 이상하네요." 내가 말했다. "니나 대장님은 그걸 항상 차고 다녔는데, 안 그래요?"

니나 대장뿐만 아니라 여기 주민들은 잠을 잘 때나 샤워를 할 때를 빼곤 항상 스마트워치를 차고 다닌다.

"난 한 번도 풀어본 적 없는데." 로디가 끼어들었다.

"네가 그런다고 대장님도 그런다는 말은 아니잖아." 키라가 말했다.

"하지만 스마트워치도 안 차고 어디로 간다는 게 좀 이상하잖아, 안 그래?" 로디가 말했다.

"하긴. 내가 대장님에 대해 속속들이 아는 건 아니니까."

"잘 아는 사람 누구 없어요?" 골드스타인 박사가 물었다.

그 말을 들은 사람들은 모두, 비로소 진실을 마주하고 서로 어색한 눈빛만 교환했다. MBA에서 니나 대장과 친한 사람은 아무도 없었던 것이다.

우주복에 달라붙은 흙먼지를 깨끗이 털어낸 엄마와 창 박사가 마침내 에어로크에서 기지 안으로 들어왔다.

창 박사가 우주복을 들고 보관함으로 이동하는데, 발니코프 박사가 그에게 다가갔다. 러시아에서 온 천체물리학자인 발니코프 박사는 엄청나게 큰 몸집에 비해 성격은 놀랍도록 온화했다.

"제 생각엔, 기지 설계도를 자세히 살펴볼 필요가 있을 것 같아요." 그가 새로운 제안을 했다. "니나 대장이 들어갈 만한 환기구나 바닥 공간 같은 게 있을지도 모르잖아요."

"환기구든, 바닥 공간이든, 니나 대장이 뭐 하러 그런 델 들어가겠어요?" 알바레스 박사가 지적했다.

"기지를 아무리 뒤져도 찾을 수 없으니 하는 말이죠."

"설령 있다 해도, 사람이 안에 들어갈 수 있을 만큼 환기구나 바닥 공간이 크진 않을 겁니다." 창 박사가 끼어들었다. "그야말로 굉장한 공간 낭비니까요."

"그래도, 밑져야 본전 아니겠어요?" 이와니 박사가 나섰다. "우린 이미 모든 방을 샅샅이 수색했어요. 대체 니나 대장이 갈 만한 데가 또 어디 있겠어요?"

창 박사는 곰곰이 생각하더니, 결국 어깨를 으쓱거렸다.

"일리가 있는 말씀이네요. 그럼, 설계도를 한번 살펴봅시다."

"쇼버그 가족 숙소는요?" 로디가 큰 소리로 물었다. "거긴 아무도 안 가보셨어요?"

키라가 말도 안 된다는 표정으로 로디를 째려봤다.

"도대체 무슨 소리를 하는 거야? 쇼버그 가족이 대장님을 납치라도 했다는 거야, 뭐야?"

"혹시 모르잖아." 로디가 말했다. "그 사람들 하는 짓들이 하도 어이가 없어서 말이야. 혹시 알아? 자기들을 당장 지구로 돌려보내라고 협박하려고 대장님을 인질로 잡아둔 건지?"

"꼴값을 떨어라." 키라가 반박했다. "그 사람들이 대장님을 납치했다고 치자. 그럼 바로 우리한테 알리지 않았겠어? 그래야 납치한 효과가 있지, 안 그래? 그걸 뭐 하러 비밀로 하겠냐?"

"아직 머리만 굴리고 있나 보지."

로디의 말에 키라가 나를 보며 어이없다는 듯 눈을 치켜떴다.

대기구역에 사람들이 와글와글 떠드는 소리가 가득했다. 사람들은 각자 어느 곳을 수색하고 왔는지 서로 얘기를 나누고 있었다. 그 와중에도, 바이올렛을 비롯한 어린애들은 노래를 흥얼거리며 "니나 대장님, 이제 그만 나오세요!" 하고 외치고 있었다.

도떼기시장 같은 그곳에서 아빠가 나를 데리고 나갔다.

"대시, 아빠가 널 찾은 건 니나 대장이 사라지기 전에 마지막으로 본 사람이 너라고 알고 있기 때문이야."

"그게 저라고요?"

"어젯밤부터 오늘 아침까지, 대장을 본 사람이 아무도 없거든."

"확실한 거예요?"

"아니." 아빠가 자신 없는 투로 말했다. "단정할 수 있는 건 아무것도 없어. 혹시, 어젯밤 니나 대장한테 특이한 점이 없었니?"

"니나 대장님은 언제 봐도 특이해서 말이에요."

마치 내가 이미 돌아가신 분의 험담을 하기라도 한 것처럼, 아빠가 실망스러운 눈초리로 나를 쳐다봤다.

"아빠가 하는 말이 무슨 뜻인지 알잖아."

"죄송해요."

나는 니나 대장의 숙소에 갔던 때를 떠올리다가, 문득 뭔가 이상했던 점이 생각났다.

"저를 한창 혼내고 있는데, 대장님이 무슨 메시지를 받았어요. 그 메시지를 받고 나서 왠지 어수선해진 것 같더라고요."

"어째서 그런 생각이 들었니?"

"그 문자를 받고 난 다음에 행동이 좀 이상했어요."

"어떻게?"

"완전히 정신이 딴 데 가 있던데요. 급히 저를 밖으로 내보내려고 했어요. 이제 생각하니, 그 이후론 저를 왜 불렀는지도 깜빡한 모양이에요. 컴링크 사용을 금지시키지 않은 걸 보면요."

"아니면, 금지시키기 전에 대장한테 무슨 일이 생겼거나."

아빠는 뭔가 곰곰이 생각하더니, 나한테 따라오라는 손짓을 하고 앞장서서 대기구역 밖으로 나갔다.

가는 길에 바이올렛이 보였다.

"니나 대장님은 숨바꼭질 천재인가 봐요." 바이올렛이 말했다. "아무도 못 찾았대요!"

나는 바이올렛한테 니나 대장은 숨바꼭질을 하는 게 아니라 행방불명됐다는 말을 해주려 했지만, 아빠가 제지하는 바람에 그 말을 꺼내지 못했다.

"정말 그런가 보다." 아빠가 맞장구를 쳐줬다. "하지만 걱정 안 해도 돼. 우리가 찾을 테니까."

"벌써 찾았어야죠." 바이올렛이 말했다. "숨바꼭질은 오래 하면 지겹단 말이에요."

"그럼 이네스랑 카모제랑 다른 거 하면서 놀지 그러니? 다목적실에 가서 슬림 스크린 켜고 놀고 싶으면 그래도 돼."

"와! 그럼, 사탕 공격 게임 해도 돼요?"

"그럼."

"와, 사탕 공격이다!"

바이올렛은 환호성을 지르고는 이네스, 카모제와 함께 다목적실로 쪼르르 달려갔다.

아빠와 함께 우주복 보관함으로 가니, 엄마는 보관함에 우주복을 넣고 정리하는 중이었다.

아빠가 엄마의 허리춤에 뱀처럼 한쪽 팔을 감았다.

"밖은 어땠어?"

"뜨거워서 죽는 줄 알았어요." 엄마가 낮게 앓는 소리를 냈다.

우리가 MBA에 처음 왔을 때만 해도 다들 문워크를 환상적이고 짜릿한 경험이라고 생각했었다. 달의 표면 위를 걸어보는 경험은 극소수의 사람들만이 누릴 수 있는 일이니까. 하지만 이곳에 온 지 4개월이 지나고 보니, 그런 짜릿함은 이제 남의 얘기가 되고 말았다. 사람들은 이제 달 표면으로 나가는 일을 모험이 아니라 마지 못해 하는 허드렛일로 느끼고 있었다.

아빠가 창 박사에게 다가갔다. 창 박사는 밖에 나가 있는 동안 혹시 우주복에 손상이 있었는지 살피고 있었다. 민소매 티셔츠를 입은 그의 몸에는 문신들이 적나라하게 드러나 있었다. 그의 팔다리에는 자기가 가장 존경하는 과학자들의 모습이 마치 슈퍼히어로처럼 표현된 문신들로 가득했다. 그의 오른팔 이두박근 위에는 쫄쫄이 옷을 입고 망토를 두른 아인슈타인이 빛의 속도로 날고 있었고, 위대한 물리학자 하이젠베르크는 그의 왼팔 이두박근 위에서 아돌프 히틀러의 얼굴에 주먹을 날리고 있었다.

"니나 대장의 스마트워치는 아직 숙소에 있겠죠?"

"어디 갔겠어요?" 창 박사가 대답했다. "대장 물건은 아무것도 손대지 말라고 해놨습니다."

"혹시, 보안과 관련해 대장만의 단독 권한 같은 게 있나요?"

"뭔가 불법적인 걸 말씀하시는 건가요?"

아빠의 발상이 마음에 들기라도 한 듯, 창 박사가 입가에 엷은 미소를 머금었다.

"대시 말로는, 어젯밤 둘이 같이 있었을 때 니나 대장이 무슨 메시지를 받았다고 하더군요. 그걸 받고 나서 반응이 좀 이상하더랍니다. 정신이 아주 산만했다고. 그 이후론 대장을 본 사람이 아무도 없고요. 아무래도, 그게 이번 사건과 관련이 있지 않을까 싶어서요."

대화를 엿듣고 있던 이와니 박사가 끼어들었다.

"니나 대장이 스마트워치를 놓고 갔더라도, 딱히 우리가 할 수 있는 건 없어요. 원칙적으로 그건 NASA의 재산이니까요. NASA 규정에 의하면, 승인 없이 다른 사람의 사적인 정보를 침해할 수 없게 돼 있죠."

"승인이라면, 누구의 승인요?" 엄마가 물었다.

"기지 대장." 이와니 박사가 대답했다.

"기지 대장이라면 바로 니나잖아요. 그런데 지금 행방이 묘연하니." 아빠가 말했다.

"그러니까, 우리로선 부대장의 권한을 갖고 있는 사람에게 요청해야 합니다." 이와니 박사가 말했다.

"부대장은 바로 홀츠 박사님인데 그분은 돌아가셨으니, 아무것도 요청할 수가 없겠군요." 아빠가 말했다.

"NASA에서 아직 새로운 부대장을 임명하지 않았나요?" 엄마가 물었다.

"임시 부대장을 지명하긴 했죠." 창 박사가 말했다.

"그래요?" 이와니 박사가 물었다. "그게 누굽니까?"

"접니다." 창 박사가 대답했다.

그 말을 들은 사람들은 모두 놀라서 말문이 막혔다.

"당신이?" 아빠가 물었다. "당신이 부대장이라고요? 언제부터 요?"

"4주 전입니다." 창 박사가 대답했다. "홀츠 박사님 사망 사건 직후부터죠."

"그런데, 왜 여태 아무한테도 말을 안 했죠?" 마르케스 박사가 따지듯 물었다.

"괜히 유난 떨 필요가 없다는 게 니나 대장의 생각이었죠." 창 박사는 차근차근 해명했다. "그녀는 제가 선택된 걸 알면 사람들이 동요할 거라고 생각했습니다. 이렇게 오랫동안 NASA에서 공식 부대장 임명을 늦출 거라곤 생각도 못했습니다."

"그렇다면," 아빠가 말했다. "이젠 당신이 결정하기 나름이란 소리로 들리는군요. 니나 대장이 받았다는 그 메시지가 얼마나 중요한 건지는 모르겠지만, 현재로서는 그게 우리가 알고 있는 유일한 단서입니다."

"그렇다면, 스마트워치를 확인해보도록 하지요." 창 박사가 말했다.

"지금 벌어지고 있는 일에 대해 누군가 NASA에 알려야 하지 않을까요?" 이와니 박사가 물었다.

"그건 임시 부대장인 제 일입니다." 창 박사가 말했다. "일단 니나 대장의 스마트워치를 확인한 다음에요."

"필요하다면, 제가 대신 보고할 수도 있어요." 브라마푸트라 마르케스 박사가 나섰다.

"제가 직접 처리하겠습니다." 창 박사가 말했다. "현재로서는, 여러분이 저를 돕는 가장 좋은 방법은 각자의 업무를 충실히 하는 겁니다. 모두 아시겠지만, 만약 다른 사람이 실종됐더라도, 니나 대장은 저와 똑같은 주문을 했을 겁니다."

그 말을 듣고 사람들이 맞는 말이라며 웅성거렸다.

"좋습니다." 창 박사가 말했다. "그럼, 모두들 각자의 위치로 돌아가세요. 아이들은 다시 학교로 돌아가고."

"으으." 로디가 칭얼거리는 소리를 냈다.

"명령이다!" 창 박사가 윽박질렀다.

나는 에어로크 앞으로 고개를 돌려 유리창 너머의 달 표면을 바라봤다.

그곳은 한없이 고요해 보이지만, 믿기 힘들 정도로 위험한 곳이다. 달 표면의 총 면적은 약 2,300만 평방킬로미터에 이르며, 북아메리카 대륙과 유럽 대륙을 합친 것보다도 넓다. 그 엄청난 면적 중에서 유일하게 달기지 알파만이 인간에게 안전한 장소였다.

니나 대장은 이런 곳을 놔두고, 과연 어디로 사라진 것일까?

미비한 준비

실수는 누구에게나 있는 법입니다. 안타깝게도, 그런 실수는 경우에 따라 심각한 부상, 혹은 그보다 더욱 심한 결과를 초래하기도 합니다. 그러므로 모든 주민들은, 가능하면 실수를 줄여야 하겠습니다. 만약 기지 밖으로 나가야 할 일이 생기면, 사전에 충분한 시간을 가지고 계획을 세워야 합니다. 기지 밖에서 처리할 작업들의 과정을 꼼꼼히 검토하고, 혹시 발생할지 모르는 모든 위험 요소들을 분석하여, 위급한 상황에 대비할 수 있는 다수의 대안들을 마련해야 합니다.

물론, 이와 같은 신중한 태도는 MBA에서 생활하는 데도 절대적으로 필요합니다. 평소 무심코 취하는 행동이 화장실 변기조차 위험한 물건으로 돌변시킬 수 있기 때문입니다. 안전한 생활을 영위하기 위해, 보이스카우트 정신에 입각하여 모든 일에 철저한 대비를 하시기 바랍니다!

심각한 경고

달 생활 217일째

아침나절

　수학 수업이 한창 진행 중인데, 갑자기 잔이 나타났다.

　MBA에서의 학교 수업은 다목적실에서 진행되는데, 9명의 학생이 고학년반(세사르와 쇼버그 남매), 중학년반(나, 키라, 로디), 저학년반(바이올렛, 이네스, 카모제), 이렇게 세 개의 그룹으로 나뉘어 수업을 받는다. 모든 수업은 지구로부터 컴링크를 통해 진행된다. 고학년과 중학년은 보통 태블릿 PC에 헤드폰을 꽂고 수업을 받고, 저학년은 대형 슬림 스크린 앞에 모여 수업을 받는다. 이렇게 한데 모여 진행되는 수업 방식은 저학년 아이들이 온갖 소음을 발생시키는 탓에 정신이 산란해지기 쉽다는 게 문제였다. 고학년들은 서로 토론을 벌이며 수업을 진행하게 되어 있지만, 그런 일은 절대 일어나지 않았다. 쇼버그 남매의 경우에는 어지간해선 출석조차 하지 않았다.(둘은 오늘도 출석하지 않았다.) 더 큰 문제는 꼬맹이들의 뒤치다꺼리는 웬만하면 키라와 내 차지라는 거였다.

오늘 아침따라, 저학년 아이들은 평소보다 훨씬 산만했다. 아이들은 공룡에 대해 배우고 있었는데, 누가 벨로시랩터의 울부짖는 소리를 더 크게 내는지 서로 경쟁하듯 열을 올리고 있었다.

물론, 나도 니나 대장 때문에 좀처럼 수업에 집중하지 못하고 있었다. 집중하려 하면 할수록, 도대체 니나 대장이 있을 만한 데가 어디일까에 대한 온갖 질문이 머릿속에서 요동쳤다. 그녀가 기지 밖으로 나갔다는 확증은 아무것도 없었지만, 그렇다고 기지 안에 그녀가 있을 만한 데가 딱히 있을 것 같지도 않았다.

그건 그렇다 치고, 쇼버그 남매에 대한 의문도 여전히 남아 있었다. 걔들은 무슨 짓을 꾸미다가 로디한테 들킨 것일까? 그 가족들은 뭘 하느라 이렇게 잠잠한 것일까? 그들이 니나 대장의 실종과 관련이 있는 것일까? 만약 그렇다면, 그 이유는 무엇일까?

잔이 나한테 마지막으로 했던 말도 신경이 쓰였다. 나는 지구가 어떤 위험에 처한 것인지 정말 궁금했다. 그래서 그녀를 다시 만나자, 너무나 기분이 좋았다. 놀라 자빠질 뻔하긴 했지만. 문제를 풀고 있는데, 어느새 그녀가 내 옆에 앉아 있었다.

외계인인 그녀가 내 머릿속으로 연결될 때, 나를 가장 불안하게 만드는 것 중 하나는 너무 훅 들어온다는 거였다. 잔은 그런 불편함을 완화시키기 위해 인간의 모습으로 방 안으로 걸어 들어오는 장면을 보여주곤 했지만, 그나마도 깜박하거나 의도대로 되지 않을 때가 있었다. 그렇게 그녀가 갑작스레 등장할 때면, 나는 뭔가 생각에 빠져 텅 빈 도로를 걷다가 느닷없이 눈앞에 달려드는 트럭을 발견했을 때만큼이나 소스라치게 놀라곤 했다.

하지만 나는 어떻게든 과잉반응을 보이지 않기 위해 애썼다. 하마터면 자리에서 펄쩍 뛸 뻔했지만 간신히 참아냈다.

로디가 내 쪽을 힐끗 보기에, 나는 스트레칭을 하는 시늉을 했다. 다행히 로디는 전혀 눈치채지 못하고 하던 일을 계속했다. 풀라는 문제는 안 풀고 몰래 만화책을 읽고 있었다. 하긴 우리의 수학 선생님인 레빈슨 박사는 지구에 있기 때문에, 우리를 일일이 감시하기엔 역부족이었다.

머릿속으로 잔과 대화를 나누는 동안, 나 역시 열심히 수업에 집중하는 척했다.

"그동안 어디 계셨어요? 얼마나 만나고 싶었는지 아세요?"

"금방 돌아오지 못해서 미안. 일이 좀 있었어."

앞으로 지구가 어떻게 될지 모르는 판에, 그보다 더 중요한 게 뭐가 있다고. 나는 속으로 그렇게 생각했지만, 잔에겐 내 생각을 읽을 수 있는 능력이 있기 때문에 나도 모르게 대놓고 말을 해버린 셈이었다.

"무슨 일인지 얘기해봤자, 넌 이해하기 힘들 거야."

내가 질문할 때마다 으레 돌아오는 대답이었다.

"그럼, 지구가 어떤 위험에 처했는지는 얘기해주실 수 있나요?"

"지구는 위험에 처하지 않았어."

"하지만 지난번엔 그렇다고…."

"아니. 난 우리가 서로 교류하는 게 중요하다는 말만 했지. 지구가 위험하다는 생각은 네 억측일 뿐이야. 혹시 내가 말뜻을 잘못 전했다면 미안하구나. 너희 언어로 말하면서 가끔 실수하는 거 너도 알잖니. 제대로 배우는 게 보통 일이 아니야."

나는 잔을 빤히 쳐다봤다. 이번에도 그녀가 온전히 솔직한 건 아니라는 느낌이 들었다. 하지만 눈부시게 푸른 그녀의 눈을 빤히 쳐다보고 있자니, 그딴 건 별로 중요하지 않다는 생각이 들기 시작했다. 그제야 나는 잔이 내 머릿속을 조종하면서 내 감정을 차분히 가라앉히는 게 아닌가 하는 의문이 들었다.

"대시, 문제 안 풀고 뭐 하니?"

깜짝 놀라 고개를 드니, 슬림 스크린 속에서 레빈슨 박사가 나를 노려보고 있었다. 그는 수학을 가르칠 때를 제외하곤 캘리포니아 주 패서디나에 있는 제트 추진 연구소에서 일한다.

"죄송해요. 오늘은 집중이 잘 안 되네요. 니나 대장님이 실종된 것도 있고 해서요."

이미 NASA는 창 박사로부터 니나 대장의 실종 사건에 대한 보고를 받은 뒤였다. NASA에서는 일반 대중은 물론이고 다른 부서들에 그 사실이 새어나가지 않도록 온갖 수단을 동원해 막고 있었지만, 창 박사의 강력한 요청으로 우리의 선생님들에겐 그 사실을

알렸다. 위기 상황일수록 아이들에게 정서적으로 더 많은 도움이
필요하기 때문이었다.

"선생님도 이런 상황이라면," 레빈슨 박사가 위로하듯 말했다.
"마음이 꽤나 어수선할 것 같구나."

"방금, 어젯밤 니나 대장님이 저한테 했던 말이 기억났거든요.
중요한 단서가 될지도 모르는데, 창 박사님이랑 아빠를 만나러 가
도 될까요?"

"알았다. 대신, 바로 돌아와야 한다."

"알겠어요. 고맙습니다."

나는 바로 자리에서 일어나 문 쪽으로 향했다.

잔이 내 뒤를 따랐다.

"니나 대장한테 무슨 일이 생겼니?" 그녀가 의외라는 듯 물었다.

"기지를 아무리 뒤져도 찾을 수가 없어요." 나는 머릿속으로 말
했다.

"그럴 리가."

"그렇잖아도 다들 똑같은 말을 하고 있어요. 하지만 여전히 행
방불명이에요."

우리는 수업 중인 바이올렛과 친구들을 지나쳤다. 꼬맹이들은
공룡 울음소리가 지겨워졌는지, 이젠 다른 동물들의 소리를 흉내
내고 있었다. 바이올렛은 보란 듯이 코끼리 우는 소리를 크게 내고
있었다. 대형 슬림 스크린 속의 드리스콜 선생님은 아이들을 진정
시키고 수업에 집중시키기 위해 진땀을 흘리고 있었다. 수업이 시

작된 지 고작 15분밖에 지나지 않았지만, 선생님은 한숨 자야 할 것처럼 피곤한 기색이 역력해 보였다.

나는 우리 숙소로 가는 동안, 머릿속에서만 내 말이 들릴 수 있도록 신경을 곤두세우면서, 니나 대장에게 무슨 일이 생겼는지를 재빨리 설명했다. 잔은 내 얘기가 끝날 때까지 듣기만 했다.

우리 숙소에 도착하자, 나는 문을 열고 잔을 안으로 안내했다. 집 안에는 아무도 없었다.

잔이 큐브 의자에 자리 잡고 앉았다. 그녀가 실제로 이곳에 존재하는 게 아니라서 그런지, 큐브에 앉을 때마다 나는 민망한 소리는 들리지 않았다.

"너희 종족은 생존할 수 있는 온도의 범위가 굉장히 제한적이야. 게다가 산소도 있어야 하고. 여기 달 위에서 그런 조건을 충족하는 장소는 달기지 알파밖에 없잖아, 그렇지?"

"맞아요."

우리 집 안에서는 다른 사람의 눈치를 볼 필요 없이 직접 말을 할 수 있어서 마음이 홀가분했다. 이제 좀 살 것 같았다.

"그렇다면, 니나 대장은 당연히 이 안에 있겠지."

"여기 없다니까요. 구석구석 안 찾아본 데가 없어요."

"어딘가 놓친 데가 있겠지. 논리적으로 말이 안 되잖니."

잔의 말에 따지려 들다가, 문득 이런 생각이 들었다.

"아, 당신이라면 대장님 찾는 걸 도와주실 수 있을 것 같아요."

잔이 의아한 표정으로 나를 쳐다봤다.

"무슨 수로?"

"저한테 했던 것처럼, 니나 대장님 머릿속으로 들어가서 지금 어디 있는지 물어보시면 되잖아요."

잔이 얼굴을 찡그렸다.

"그게 말처럼 쉬운 게 아니라서 말이야."

"그게 무슨 소리예요? 툭하면 저한테 그래놓고선."

"맞아. 하지만 너 말고 다른 사람한테는 그럴 수가 없어. 너도 알다시피, 내가 너한테 모습을 보이는 것만으로도 엄청난 일이거든. 우리가 너희 종족의 존재를 안 지는 거의 100년이나 됐지만, 실제로 접촉한 건 네가 겨우 두 번째야. 너와 접촉하기로 한 것도 쉽게 결정한 건 아니었지."

"이해는 하지만, 안 그럼 니나 대장님을 찾아낼 방법이…."

"매일매일 수백만 명의 사람들이 위험에 빠지지만, 그렇다고 내가 그 사람들을 모두 도와줄 순 없어."

"그런 거랑은 다르죠."

"아니, 다르지 않아. 나한테는 어느 누구의 운명도 바꿀 권리가 없어. 내가 나서는 건 옳은 일이 아니야."

"홀츠 박사님의 운명은 바꾸셨잖아요."

내가 콕 집어 말하자, 잔이 몸을 움찔거렸다.

"홀츠 박사님을 죽인 사람은 가스 그리산 씨지, 내가 아니잖니."

"저도 알아요. 하지만, 그리산 씨는 다 당신 때문에 한 짓이라고 주장하고 있잖아요."

잔이 깊게 한숨을 내쉬었다.

"네 말도 틀린 말은 아니야. 만약 내가 홀츠 박사님과 접촉하지 않았다면, 그분은 지금 살아 있겠지. 바로 그 때문에라도, 이렇게 우리가 만나는 걸 남들이 알아선 안 돼. 그리고 내가 니나 대장과 접촉해봤자 뜻대로 되지 않을 가능성도 많아. 아무에게나 내 모습을 보일 순 없어. 상대가 모든 것을 다 받아들일 수 있는 마음을 가진 사람이어야 하거든."

"그게 무슨 뜻이에요?"

"설명하기엔 좀 복잡해. 너도 알겠지만 인간들은 한 사람, 한 사람이 모두 다른 사람이야. 예를 들면, 어떤 사람들은 다른 사람들에 비해 새로운 발상이나 경험을 받아들이는 마음이 훨씬 더 열려 있지. 나한테는 누가 가장 적합한지를 감지할 수 있는 능력이 있어. 너나 홀츠 박사님의 경우엔, 보자마자 적합한 사람이란 걸 느꼈지. 하지만 다른 사람들의 경우엔 그게 확실치 않아. 마음속에 무슨 방어막 같은 게 있거든."

누구보다도 굳게 마음속에 방어막을 치고 있는 사람을 꼽으라면, 그건 바로 니나 대장이었다.

"그래서 시도조차 해볼 수 없다는 건가요?"

"네 앞에 나타나는 것만도 여간 어려운 일이 아니야. 그럴 만한 이유도 없이, 그 많은 에너지를 낭비하고 싶지는 않구나."

나는 갑자기 다른 생각이 떠올랐다.

"당신이 우리의 마음을 느낄 수 있다면, 적어도 지금 니나 대장님이 어디 있는지 정도는 느낄 수 있지 않아요? 앞에 모습을 보일 필요도 없잖아요. 그 정도는 충분히 가능하지 않나요?"

잔은 잠시 침묵했다. 어떤 대답을 할지 고민하는 듯했다.

"글쎄다."

"그래도 한번 해볼 순 있죠? 네?"

잔이 한숨을 내쉬었다.

"네가 그렇게나 원한다면."

"그렇게 해주세요."

"쉽진 않을 거야. 아무것도 장담할 순 없어."

"뭐든 해주시면, 큰 도움이 될 거예요. 그게 뭐든 간에요."

잔이 한 발짝 물러서더니 나한테 시선을 고정시켰다. 곧이어 내 머릿속에서 그녀가 빠져나가는 게 느껴졌다. 잠시 후, 그녀의 모습이 깜박거리더니 이내 사라져버렸다.

나는 이제 뭘 해야 할지 몰라서 방 안을 서성거리기 시작했다. 그녀가 언제 다시 돌아올지, 아니 다시 돌아오기나 할지 전혀 가늠이 안 됐기 때문이다.

그때 방 안의 슬림 스크린에서 벨소리가 들리더니, 안내방송이 흘러나왔다.

"기지의 모든 주민들께 알려드립니다." 중앙 컴퓨터의 목소리였다. "현재 보급용 캡슐을 실은 무인 화물우주선 12호가 기지를 향해 다가오고 있습니다. 보급용 캡슐은 한 시간 뒤, 달기지 베타의 낙하지점에 투하될 예정입니다."

하도 이런저런 일이 많았던 탓에, 나는 오늘 보급용 캡슐 투하가 예정되어 있다는 사실도 까맣게 잊고 있었다. 화물우주선은 새내기 무니들을 태우고 오는 우주선만큼 대단한 뉴스거리는 아니지만, 어쨌든 지루한 일상의 틀을 깰 수 있는 기회인 것은 분명했다.

NASA는 달기지 알파보다 월등히 크고 훨씬 혁신적인 달기지 베타(MBB)의 건설에 만반의 준비를 하고 있었다.(NASA의 말이 그렇단 얘기다.) 공사가 시작되면 MBA는 MBB 건설에 투입된 인력들이 생활하는 전초기지로 활용될 예정이지만, 두 기지 사이의 거리가 1.5킬로미터쯤 되기 때문에 건설 인력들이 두 기지 사이를 왔다 갔다할 필요가 없도록 작업동이 이미 완공되어 있었다. 그리고 건설에 필요한 장비를 실은 캡슐들은 일주일에 한 번씩 화물우주선 편으로 보내지고 있었다. 매번 도착하는 캡슐들의 크기는 각각 이삿짐 트럭만큼이나 컸다.

화물우주선은 쓸데없이 연료를 낭비하지 않기 위해, 달 위에 착륙하는 대신 공중에서 캡슐을 투하했다. 투하된 캡슐은 스스로 위치를 잡으며 하강하다가 역추진 로켓을 사용해 착륙했다. 캡슐 안에는 사람이 타고 있지 않으니 캡슐 자체가 드론인 셈이었다. 처음부터 끝까지 전자동으로 이루어졌다.

나는 잠시 방 안을 서성거리다가, 마냥 잔을 기다리고만 있을 수 없어서 다시 학교에 돌아가기로 했다.

어쩔 수 없이 문 쪽으로 향하는데, 느닷없이 잔이 내 앞에 나타났다. 하지만 그녀의 모습은 완전한 형상을 갖추지 않아서, 건너편의 모습이 그녀 몸을 통해 보였다. 아무래도 니나 대장을 찾느라 에너지가 많이 빠져나간 모양이었다.

"찾으셨어요?"

"반반이야."

"어디 있어요?"

잔이 미간을 찌푸렸다.

"그 정도는 아니야. 내가 네 위치를 알 수 있는 건 네 머릿속으로 나를 들어오게 놔뒀으니 가능한 일이고, 보는 것도 네 눈에 보이는 것들만 볼 수 있을 뿐이거든. 그런데, 내가 니나 대장의 머릿속에 들어간 건 아니잖아. 그래서 난 그녀가 있는 곳의 분위기 정도만 느낄 수 있을 뿐이야. 그녀 주위가 온통 암흑 느낌이었어."

"대장님이 지금 어딘가 깜깜한 곳에 있다는 건가요?"

"그런 것 같아. 아니면, 그녀가 그렇게 느끼는 것일 수도 있고."

"그럼, 아직 살아 있긴 한 거죠?"

"그래. 하지만, 네 말이 맞았어. 지금 굉장히 위험해 보여. 그녀의 활력 징후가 극도로 약했거든. 내 생각엔, 시간이 많지 않아 보여."

"시간이 얼마나 있을 것 같아요?"

잔이 고개를 격하게 흔들었다.

"확실히는 모르겠어. 하지만… 몇 시간 내로 그녀를 찾아내지 못한다면, 아마 목숨을 잃게 될 거야."

로봇

지구에서와 마찬가지로, MBA에서 매일같이 이루어지는 일들의 대부분, 그중에서도 특히 기지 밖에서 이루어지는 작업들은 로봇들에 의해 수행됩니다. MBA에는 온갖 종류의 최첨단 기술이 적용되었기 때문에, 생각보다 훨씬 다양한 종류의 로봇들을 발견하는 것은 어찌 보면 당연한 일입니다. 로봇들이 우리의 생활에 엄청난 도움을 주고 있는 것은 분명한 사실입니다. 하지만 항상 그에 따른 위험이 도사리고 있다는 점을 명심해야 합니다. 일부 로봇들은 크기가 작아서 별로 위험하게 느껴지지 않을 수 있지만, 로봇은 절대 장난감이 아니라는 점을 잊지 마십시오! 로봇은 지극히 중요한 임무를 수행하는 장비입니다. 로봇들로 인한 피해를 방지하기 위해, 모든 주민들은 어떠한 경우라도, 전문 로봇 기술자 외에는 함부로 로봇에 손을 대거나 작동하는 것을 삼가주시기 바랍니다.

노래 속에 숨은 암호

달 생활 217일째

캡슐 투하 55분 전

나는 학교로 돌아가려다 말고 부모님을 찾아 나섰다. 잔의 말이 사실이라면, 니나 대장에겐 일분일초가 중요한 순간이었다.

부모님은 중앙관제실에서 창 박사와 함께 슬림 스크린에 표시된 MBA 설계도를 살펴보고 있었다. 다프네 메릿 박사도 함께 있었다. 하지만 정작 그녀는 니나 대장이 아니라 다른 일 때문에 정신이 없어 보였다.

"어떻게 이런 일이 생겼는지 모르겠네." 그녀는 평소와 달리 잔뜩 화난 듯한 목소리로 말했다. "이런 적이 한 번도 없었는데."

"뭐가 잘못됐나요?" 내가 물었다.

"로봇 작업 기록들이, 지난주 것부터 다 없어져버렸어."

엄마가 나를 발견하곤 내게 말했다.

"지금 수학 수업시간 아니니?"

"선생님한테 허락받고 왔어요."

"무슨 허락?"

나는 대답을 해야 하나 말아야 하나, 잠시 망설였다. 내 눈에만 보이는 외계인 덕분에 니나 대장이 생사의 기로에 놓여 있다는 사실을 알아냈다고 엄마한테 곧이곧대로 털어놓을 수는 없었다. 결국, 나는 사실에 근거해 살짝만 둘러대기로 했다.

"니나 대장님 때문에 걱정이 돼서요. 제 생각엔, 굉장히 심각한 위험에 처해 있을 것 같아서 말이에요."

그 순간 엄마의 표정으로 봐선 당장 학교로 돌아가라는 말을 할 것 같았지만, 엄마는 금세 표정을 누그러뜨렸다.

"그러게. 네 말이 맞을지도 모르겠다."

"그렇잖아도, 니나 대장을 찾기 위해 모든 방법을 동원하고 있는 중이다." 아빠가 말했다.

아빠의 목소리는 힘이 빠져 있었고, 창 박사 역시 기운이 없어 보였다. 관제실에 있는 어른들은 총명함으로 치면 둘째가라면 서러워할 만한 사람들이지만, 막상 이렇게 이해할 수 없는 사건이 생기니 좀처럼 적응이 안 되는 모양이었다.

"혹시 무슨 단서라도 나왔나요?" 내가 물었다. "대장님이 받은 메시지는 확인해보셨고요?"

"이런 대화를 왜 너랑 해야 하는지 잘 모르겠구나." 창 박사가 말했다.

"안 될 건 또 뭡니까?" 아빠가 끼어들었다. "대시는 홀츠 박사님을 죽인 범인을 찾아낸 아이인데."

"죽을 고비를 넘기기도 했죠." 다프네 박사가 거들었다.

"니나 대장이 무슨 메시지를 받았다는 걸 우리한테 알려준 사람이 바로 대시잖아요." 엄마가 힘주어 말했다. "혹시 우리가 미처 못하고 있는 다른 생각을 할지도…."

"알았어요, 알았다고요!" 창 박사가 두 손을 들어 올려 항복의 표시를 보내곤, 내 쪽을 향했다. "메시지를 확인하긴 했는데, 별거 아니었어. 어떤 사람이 음악을 보낸 거였다."

"음악을요?"

창 박사가 컴퓨터 키보드를 두드리자, 슬림 스크린 위에 문자 목록이 나타났다.

"NASA에서 나한테 니나 대장의 개인 계정을 확인해도 좋다는 승인을 해줬다. 네 부모님 말씀을 들어보니, 네가 어젯밤 니나 대장 방에서 돌아온 게 11시 45분이더구나. 대장이 이 메시지를 받은 건 11시 41분이었다."

그는 화면 위에 찰리라는 이름을 밝게 표시했다. 메시지의 내용은 이랬다. '이 음악들을 들으면 당신이 생각나요.'

첨부된 음악은 두 곡이었다. 그중 한 곡은 바이올렛이 가장 좋아하는 밴드인 코로널 매스 이젝션의 '자유의 55마일(Fifty Miles of

Elbow Room)'이었고, 다른 한 곡은 전설적인 그룹 롤링스톤스의 '피난처를 주세요(Gimme Shelter)'였다. 둘 다 할아버지가 좋아했던 밴드라서 잘 알고 있었다.

"이거 확실한 거예요?"

"대장이 너랑 있는 동안 받은 메시지는 그뿐이었다." 창 박사가 대답했다.

"다른 것도 받았는데 지웠을 수도 있잖아요."

"그래봤자 달라지는 건 없다. 기지에서 주고받는 모든 메시지는 NASA에 기록되기 때문에, 니나 대장이 지웠다 쳐도 그 기록은 남거든. 하지만 그런 기록은 없었어. 20분 동안 받은 메시지는 이게 다야."

"뭔가 좀 이상해요. 그때 직접 보셨더라면… 뭐랄까, 단순히 음악 몇 곡 받고 지을 만한 표정은 전혀 아니었어…."

"그런데, 중요한 사실을 알아냈어." 아빠가 말했다. "니나 대장이 그 메시지를 받은 다음에도 기지 운영과 관련된 중요한 메시지들이 도착했는데, 그 메시지들은 열어보지도 않았다는 거야."

아빠가 슬림 스크린 위의 메시지 목록을 가리켰다. 찰리라는 사람이 보낸 메시지 말고는 모두 '읽음' 표시가 없었다. 그중 제일 먼저 도착한 메시지는 11시 47분에 받은 것이었다.

"대장답지 않아. 저것만 보면, 찰리가 음악을 보낸 직후에 사라진 것 같단 말이야." 아빠가 말했다.

"그런데 문제는," 창 박사가 부연해서 말했다. "이 찰리란 이름도 진짜 이름이 아니란 거야. 누군가 가짜 아이디를 만든 거였어."

"그게 누군지는 알아내셨어요?"

"아니." 창 박사가 한숨을 쉬며 말했다. "이 찰리란 작자가 말이야. 암호화하는 방식으로 자기 존재를 제대로 숨겼더라구. 일단 NASA에 정보를 보냈으니 그쪽 전문가들이 분석을 할 거야."

"그 사람이 컴퓨터 천재라도 된다는 건가요?"

"꼭 그런 건 아니지." 창 박사가 대답했다. "그럴듯한 아이디를 만드는 게 그 정도로 어려운 건 아니야. 난 이미 여섯 살 때 방법을 알고 있었거든."

"박사님이야 원래부터 타고났으니까 그렇죠."

창 박사가 소리 내어 웃었다.

"그렇다고 내가 이 기지의 다른 사람들보다 더 똑똑한 건 아니야. 물론, 너도 포함해서 말이지."

나는 그가 겸손을 떨고 있다는 것을 알고 있었다. 항간에는 그의 아이큐가 아인슈타인보다 높다는 소문이 떠돌 정도였다. 그는 물리학, 화학, 생물학, 천문학의 모든 것을 꿰고 있었다. 또 MBA의 웬만한 물건들은 수리가 가능했고, 국제 콩쿠르에 출전해도 손색 없을 만큼 뛰어난 실력을 갖춘 피아니스트이기도 했다.

"찰리란 사람이 보낸 메시지가 진짜 음악인 건 맞아요?"

"음악은 맞아." 엄마가 말했다. "우리가 노래를 들어봤거든. 노래는 암호화되거나 하진 않았더라."

"그리고 그 파일에 뭔가 다른 게 숨어 있지도 않았어." 아빠가 한마디 보탰다. "음악 자체가 니나 대장한테 보내는 일종의 암호라고나 할까. 그게 무슨 의미인지는 모르겠지만."

"니나 대장이 이걸 받고 반응이 어땠는지," 엄마가 물었다. "좀 더 구체적으로 얘기해줄래? 정확히 어떤 식으로 정신을 뺏겼는지 말이야. 겁을 먹거나 그랬니?"

나는 어젯밤 니나 대장과 함께 있었을 때를 다시 떠올려봤다.

"그랬던 것 같진 않아요. 뭔가 놓친 일을 떠올린 것 같다고나 할까요."

"그럼, 뭔가 들뜬 기분이었니?" 다프네 박사가 물었다.

"아뇨."

그녀가 뭔가에 들뜬 표정을 짓는 모습을 상상해보려 했지만, 나는 도무지 감을 잡을 수가 없었다. 아니, 그녀를 들뜨게 할 만한 일이라는 게 과연 있기나 할까 하는 생각마저 들었다.

"그냥 저를 내보내고만 싶어 했어요."

내가 한 말에 뭔가 짚이는 게 있기라도 한 듯, 어른들이 서로 눈빛을 교환했다.

"어젯밤의 보안 영상은 확인해보셨어요?"

MBA의 내부와 외부에는 수천 개의 감시 카메라가 설치되어 있었다. 심지어 화장실에까지. 유일하게 감시 카메라의 눈을 피할 수 있는 곳은 각자의 숙소뿐이었다.

"그거야 제일 먼저 확인했지." 창 박사가 말했다. "녹화장치에 사소한 고장이 있었다는 게 문제지만. 어젯밤 한 시간 동안 전혀 녹화가 안 됐더구나."

"한 대도 안 빼고, 다요?"

"그래. 자정이 되기 몇 분 전부터 새벽 한 시가 막 지날 때까지."

"거참 희한한 일이네요."

"그러게 말이다. 감시 카메라 쪽은 손대본 적이 없어서 녹화장치 전체가 먹통이 되는 게 흔한 증상인지 모르겠다만, 공교롭게도 니나 대장이 사라진 날 밤에 그런 일이 생겼다는 건, 확실히 뭔가 수상쩍긴 하구나. 아무래도 두 사건이 연관이 있지 않나 싶다."

"복원시킬 방법은 없는 거예요?"

창 박사가 한숨을 내쉬었다.

"그럴 가능성이 커. 불행하게도 그 장치들에 대해 가장 잘 아는 두 사람이 없거든. 가스 그리산 씨는 지구로 송환됐고, 니나 대장은 행방불명이니."

"아, 젠장." 아빠가 투덜거렸다.

"그게 로봇들과도 상관있는 건 아닐까요?" 다프네 박사가 물었다. "여기 온 이후로 로봇 작업 기록에 이런 문제가 생긴 걸 처음 봐서요. 니나 대장이 실종되고 감시 카메라들이 먹통이 된 그날 로봇 기록까지 날아가다니, 이게 과연 우연의 일치일까요?"

"이놈의 기지에서 뭔가 고장 날 만한 것들이 천만 개쯤은 될 테니, 그중 세 가지가 동시에 발생할 가능성도 없진 않겠죠." 창 박사가 말했다. "하지만 서로 관련이 있다는 게 제 직감입니다."

"로봇 작업 기록이 뭔데요?" 내가 물었다.

"로봇들이 매일매일 처리하는 모든 것이 자세히 기록된 거야." 다프네 박사가 설명했다. "유지·보수용 로봇의 경우엔 단순히 어디로 가서 어떤 작업을 했는지만 기록되는데, 드론이나 탐사용 로봇의 경우엔 그것들이 수집한 모든 정보를 일일이 기록하게 되지."

"어젯밤에 패튼하고 릴리가 이 근처를 어슬렁거렸다고 하더라고요." 나는 일러바치듯 말했다. "로디가 걔들을 봤대요. 그런데 걔들은 로디가 몰래 훔쳐봤다고 생각해서 열이 받았고요. 패튼이 저를 공격한 이유가 바로 그거였어요. 제가 로디랑 한패가 돼서 자기들을 염탐했다는 거죠."

다프네 박사가 눈살을 찌푸렸다. "그깟 일로 널 공격했다는 거니? 네가 그 녀석 얼굴을 변기에 처박아줬으니 망정이지."

창 박사가 나를 나무라듯 눈총을 줬다. "패튼하고 릴리가 여기 왔었다고? 그 말을 왜 이제야 하는 거니?"

"저도 오늘 아침에야 로디한테서 들었거든요. 그런데 마침 니나 대장님이 실종됐다는 얘길 듣는 바람에 까맣게 잊고 있었죠."

"그러니까, 패튼하고 릴리가 그 기록들을 날려버렸을 수도 있다는 얘기구나. 무슨 짓을 했는지 모르겠지만, 감시 카메라까지 먹통을 만들었을 수도 있고." 아빠가 다프네 박사를 쳐다봤다. "누가 컴퓨터를 손댄 흔적이 있긴 해요?"

"아뇨." 다프네 박사가 대답했다. "하지만, 누군가 대신 그 흔적을 숨겼을 수도 있죠."

"설마 걔들이 컴퓨터를 해킹하고 증거 인멸까지 했을라고요."

"그거야, 걔들 아빠가 도와줬을지도 모르잖아요. 그 정도로 능력이 없진 않을 거 아니에요, 안 그래요?" 내가 말했다.

"하긴, 수백 조원씩 버는 사람들이 그 정도 능력도 없겠니." 다프네 박사가 내 말에 수긍하며 말했다.

"만약 쇼버그 가족이 니나 대장의 실종 사건과 관련이 있다면 어쩌죠? 가령 그 사람들이 뭔가 해선 안 될 짓을 꾸미다가 니나 대장한테 들통나는 바람에 보복을 한 거라면요?" 다른 사람들이 동시에 엄마를 빤히 쳐다보자, 엄마는 추가로 설명을 보탰다. "황당한 얘기라는 거, 저도 알아요. 그래도 그것보다 더 합리적인 생각이 떠오르지 않아서 말이에요."

"그리고 보니, 최근에 그 집 식구들 행동이 제법 수상쩍긴 하더라고요." 다프네 박사가 엄마 편을 들며 말했다. "쇼버그 부부는 며칠째 집 안에서 꼼짝도 않고 있잖아요. 지구로 돌아가겠다는 걸 니나 대장이 발목 잡아서 안 그래도 열이 잔뜩 받아 있을 텐데."

"그 사람들 발목이 잡힌 건 대장 때문이 아니죠." 아빠가 반박했다. "지구로 귀환하는 우주선에 탈 자리가 없어서 그런 거지. 니나 대장이야 그 상황을 통보한 죄밖에 더 있어요?"

"그래도 좀 더 원만하게 처리할 수도 있었겠죠." 다프네 박사가 말했다. "아무튼 니나 대장은 너무 직설적인 게 문제라니까. 그러니 그 사람들이 질색을 하는 거죠."

"그 사람들 눈에, 우리 중 누군들 마음에 드는 사람이 있기나 하답니까?" 창 박사가 끼어들었다. "그리고 그 사람들이 니나 대장을 집 안에 붙잡아놓지 않았다는 것만큼은 확실합니다. 제가 이미 발니코프 박사와 함께 확인했어요. 두 번이나요. 그녀는 그곳에도 없었어요."

"어디 다른 장소에 빼돌렸을 수도 있잖아요." 엄마가 말했다.

"대체 어디요?" 창 박사가 짜증난다는 표정으로 MBA 설계도를 슬림 스크린에 다시 띄웠다. "우린 한 시간이나 샅샅이 뒤졌어요. 이 기지에 니나 대장만 한 사람이 들어갈 수 있는 다른 공간이란 아예 없단 말입니다."

"혹시 설계도가 잘못됐다면요? 어딘가에 비밀 공간 같은 게 있지 않을까요?" 다프네 박사가 말했다.

"그럼 우리도 모르는 공간을 쇼버그 가족은 알고 있다?"

"짜증낼 건 없잖아요. 그냥 도움이 될까 싶어 한 소린데."

창 박사는 양쪽 관자놀이를 문지르며 흥분을 가라앉혔다.

"짜증을 내는 게 아니라, 답답해서 그렇습니다. 니나 대장이 어디에 있는지, 도무지 감이 잡히질 않아서요. 아무리 생각해도 말이 안 되잖아요!"

"절대 그렇지 않아요." 엄마가 차분히 말했다. "니나 대장은 여기 어딘가에 있을 거예요. 어디로 증발하진 않았을 거 아녜요? 어쩌면 다프네 박사의 말이 맞을지도 몰라요. 기지 안에 비밀 출입구 같은 게 있다든지."

"뭐 하러 비밀 출입구를 만들겠어요?"

"그야 모르죠. 뭐, 군사적인 목적으로 만들었을 가능성도 있죠.

가스 그리산 씨가 국방부 스파이라는 사실도 우린 모르고 있었잖아요. 아직도 우리가 모르는 게 더 있을지, 누가 알겠어요?"

다른 사람들은 엄마의 말이 맞을 수도 있다고 생각하는 것 같았다. 하지만 나는 MBA에 그런 비밀 공간이 있다는 게 도무지 믿어지지 않았다. 기지는 배처럼 공간이 한정되어 있다 보니, 그만큼 자투리 공간 하나도 허투루 놀릴 형편이 아니었다.

"됐습니다." 창 박사가 퉁명스럽게 내뱉었다. "어딘가에 비밀 출입구가 있다고 칩시다. 솔직히, 나도 딱히 다른 생각이 떠오르질 않네요. 하지만 그 비밀 공간을 찾으려면 이 설계도와 실제 장소를 일일이 비교해야만 합니다."

"시간이 많이 걸리겠군요." 아빠가 말했다.

"온 기지 사람들이 기꺼이 돕고 있으니," 창 박사가 대답했다. "결국엔 뭔가 나오겠죠. 다른 사람들의 본업을 중단시키고 이 일에 투입하도록 하겠습니다."

"우린 구내식당부터 시작합시다." 아빠가 엄마의 허리를 감으며 말했다.

"고맙습니다. 그리고 다프네 박사님은 컴퓨터에 보안 검사를 실행해주세요. 혹시 누가 손댄 흔적이 있다면 알려주세요."

창 박사는 그렇게 말하고 자리에서 일어나 문 쪽으로 향했다.

"대시는 나랑 같이 가자."

나는 명령이라도 받은 듯 그를 따라 대기구역 안으로 들어갔다.

"넌 물론이고 다른 아이들도 필요해. 가서, 이후 수업은 모두 취

소됐다고 전해라. 너희는 체육관 안을 찾아보면 어떻겠니?"

"네."

다목적실로 발길을 돌리려는데, 창 박사가 내 팔을 붙잡았다.

"대시, 한 가지만 더."

"네?"

창 박사가 나와 눈높이를 맞추기 위해 내 앞에 무릎을 꿇었다.

"네 부모님께서 진즉부터 너에 대해 한 말씀은 다 맞는 말이었어. 넌 정말 똑똑한 아이고, 남들이 미처 생각하지 못하는 생각을 한다는 말씀 말이야. 이 기지는 난다 긴다 하는 과학자들로 바글대지만, 그 사람들 못지않게 네 생각을 믿길 바란다. 그러니까 혹시 뭔가 중요하다고 생각하는 게 있다면, 그게 아무리 말이 안 되거나 이상한 것이라 해도, 즉시 나한테 와서 알려주렴. 알았니?"

"알겠어요."

"고맙구나."

창 박사는 휙 일어나서 연구동으로 향했다. 평상시라면 고개를 바짝 세우고 당당하게 걸을 텐데, 속도 상하고 기운도 없는지, 그는 어깨를 축 늘어뜨리고 있었다.

그의 기운 없는 모습을 보니 왠지 불안한 마음이 들었다. 이 기지에서 가장 똑똑한 사람인 창 박사조차 니나 대장의 행방에 대해 전혀 감을 못 잡고 있으니, 다른 사람들은 오죽할까?

운동기구

무릇 운동기구는 체력을 증진시키기 위한 목적으로 만들어진 것인데, 자칫하면 부상을 당하거나 피해를 입을 수 있다는 사실은 선뜻 이해하기 어려울지도 모릅니다. 하지만 지구에서 일어나는 크고 작은 부상들 역시 각종 운동이나 경기 중에 발생합니다. 중력이 약한 달 위에서는 뼈와 근육의 퇴화를 방지하기 위해 적어도 매일 2시간 이상 운동을 할 필요가 있으며, 어떤 기구든 올바르게 사용하지 않으면 위험한 장비가 될 수 있습니다. 특히, 어떤 운동기구든 가상현실을 증강시키기 위한 목적으로 사용될 때는 더욱 각별한 주의를 기울여야 합니다. 또한, 근력운동을 위한 스트레칭 밴드 사용 시에는 반동으로 인한 타격 피해를 입지 않도록 주의해야 합니다.

지구에서와 마찬가지로, 운동을 할 때에는 기본적인 안전수칙을 지켜야 합니다. 강도 높은 운동을 하기 전에는 반드시 몸을 푸는 것을 잊지 말아야 하고, 자신의 능력 이상으로 무리하는 일이 없어야 하며, 동료와 경쟁하며 운동할 때에도 세심한 주의가 필요합니다.

필요한 만큼의 주의만 기울이면, 안전하고 즐거운 운동을 할 수 있습니다. 달 위에서 운동을 전혀 하지 않는 것보다 더 위험한 일은 없습니다!

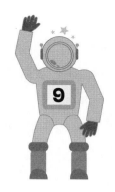

자율신경 나노봇

달 생활 217일째

캡슐 투하 37분 전

"니나 대장님이 어떻게 된 건지 알겠어!" 로디가 소리 질렀다.

로디와 나는 키라와 함께, 창 박사의 지시대로 체육관 내부의 수치를 측정해 기지 설계도와 비교하는 작업을 하고 있었다. 바이올렛, 이네스, 카모제도 함께 있었는데, 그 애들은 운동기구 위에서 노는 것에만 관심이 있었다. 우리 부모님이 니나 대장은 숨바꼭질 놀이 때문에 숨은 게 아니라 실종됐다는 얘기를 해줬지만, 아이들은 하나같이 그러거나 말거나 하는 눈치였다.

나는 비상탈출용 에어로크와 모퉁이 사이의 벽을 따라가며, 거리측정기에서 발사된 레이저를 이용해 거리를 측정하고 있었다.

"뭔데?"

"니나 대장님은 인간이 아니었어." 로디가 으스대며 말했다.

"인간이 아니라고?"

"그렇다니까. 대장님은 자율신경을 갖춘 나노봇(nanobot)들이 합체한 거였어."

"로디 오빠가 나노봇이래~"

바이올렛이 그 말을 따라 하자, 다른 아이들이 깔깔거렸다.

"별게 다 웃긴다. 진짜라니까. 딱 보면 모르겠냐?"

나는 거리측정기에 표시된 9.1미터라는 수치와 설계도의 수치를 비교했다. 양쪽의 수치는 일치했다. 아직까지는 측정한 수치들과 설계도의 수치들 사이에서 다른 점이 발견되지 않았다.

물어보지도 않았는데, 로디가 설명을 늘어놓기 시작했다.

"너희들, 나노봇이 뭔지는 알지? 초소형 로봇 말이야. NASA에서는 극비리에 서로 다른 입자들이 융합될 수 있는 나노 입자를 개발해왔어. 그 입자들이 일정량 이상 모이면 얼마든지 원하는 형태로 만들 수 있는데, 벌집처럼 한데 뭉칠 수도 있고 하나하나 개별적으로 작용할 수도 있지."

키라가 로디를 째려보며 말했다. "니나 대장님이 로봇이라고?"

"나노 기술이 적용된 초기 모델이랄까? NASA는 성능 테스트를 위해 대장님을 이곳으로 보낸 거지. 그런데 오류가 나서 나노 입자들이 흩어져버리는 바람에 흔적을 전혀 찾을 수 없는 거야."

"그 많은 입자들은 다 어디로 갔는데?" 내가 물었다.

"어딘들 못 가겠냐. 그 입자들은 코앞에 천 개쯤 갖다놔도 보이지 않을 만큼 아주 작거든. 혹시 아냐? 네 콧구멍 속으로 들어갔는지?"

"으." 바이올렛이 비명을 질렀다. "콧물 로봇이라니!"

놀랍게도 키라는 로디의 추측에 완전히 혹한 것 같았다. "와~ 정말 대박인데?"

키라가 그런 반응을 보이자, 로디도 덩달아 놀란 눈치였다. 녀석은 키라한테 능글맞게 미소를 지어 보였다. "그야 물론이지."

"예전엔 너한테 말도 안 되는 소리만 한다고 뭐라고 했지만, 이번 얘기는 좀 다른데?" 키라가 말했다.

"정말?" 로디가 물었다.

"응. 이번 얘기는 해도 해도 너무한데? 전에 들었던 얘기들보다 백배는 더 어처구니가 없네. 넌 어쩜, 그 어려운 걸 또 해내냐?"

그제야 키라한테 놀아났다는 사실을 깨닫고 로디가 고개를 떨궜다. "설마, 그 정도로 말이 안 될까."

"응. 그 정도로 말이 안 돼. 나노봇 얘긴 역대급이다, 진짜."

"좋아." 로디가 운동기구에 앉으며 말했다. "네가 그렇게 잘났으면, 너야말로 대장님한테 무슨 일이 생겼는지 말해보시든가."

"누군가한테 해코지를 당한 거야." 키라가 주저 없이 대답했다.

로디가 듣기에도 역겨운 소리를 내며 웃었다. "얼씨구? 그러면서, 나더러 헛소리라는 거야?"

"살다 살다, 변신하는 나노봇 얘긴 처음 들어본다." 키라가 말했다. "그딴 건 공상과학소설에나 나오는 거지. 하지만 누군가를 죽이는 건 실제로 벌어지는 일이야. 말이야 바른 말이지, 이미 우리도 한 번 겪었잖아. 그런 일이 또 생기지 말라는 법이라도 있어?"

나는 우리의 대화를 듣기라도 하면 어쩌나 싶어, 바이올렛과 아이들을 힐끔 쳐다봤다. 다행히 꼬맹이들은 스트레칭 밴드를 이용해 줄넘기 놀이를 하느라 정신이 없었다.

나는 키라의 주장을 반박하려다가 말을 멈췄다. 잔의 존재를 언급하지 않고서는 니나 대장이 아직 살아 있다는 사실을 설명할 방법이 없기 때문이었다. 그리고 단순히 니나 대장이 살아 있다는 사실만으로는, 누군가 그녀의 목숨을 해치려고 한 사실이 없다고 단정할 수도 없었다. 잔의 말에 따르면, 니나 대장은 매우 미약한 활력 징후만을 보이며 절박한 상황에 처해 있다. 어찌 보면 누군가로부터 목숨을 위협받았기 때문일 수도 있는 것이다.

로디가 고개를 절레절레 흔들었다. "여기 있는 사람들을 다 합쳐봤자 24명밖에 안 돼. 이렇게 적은 사람들 사이에서 살인 사건이 두 번이나 발생할 가능성은 거의 없다고 봐야지."

"꼭 그런 건 아니지." 키라가 되받아쳤다. "네 말대로 이렇게 제한된 공간에서 서로 부대끼며 살다 보면, 본의 아니게 누군가의 신경을 거슬리게 하는 일이 생기게 마련이거든."

"그건 그렇지 않아."

"아이고, 정말? 너희 형제만 해도, 5분을 못 참고 티격태격하기 바쁜데?"

"그거랑은 다르지. 형제끼린 싸워야 맛이거든."

"글쎄. 모르긴 몰라도, 지구에서보다 열 배는 더 자주 싸울 것 같은데? 왜냐면, 서로 떨어져 있을 틈이 없거든. 그건 여기 있는 다른 사람들도 마찬가지야. 틈만 나면 서로 티격태격하잖아."

로디가 반격하려고 머리를 굴리는 사이, 내가 끼어들었다. "키라 말이 맞아. 최근에 이곳 분위기가 많이 살벌했잖아."

사실 그건 키라와 나뿐 아니라 누구나 아는 사실이었다. 다른 사람들과 아무 문제 없이 잘 지낼 것으로 판단되는 사람들만 선별되었음에도, MBA의 공동생활은 그다지 순조롭지 않았다. 각자의 마음속에는 못마땅한 사람이 한두 명쯤 있기 마련이었다. 그건 나도 마찬가지였다.

내가 편을 들며 거들자, 키라가 나를 보며 씩 웃었다.

"니나 대장님은 기지 내에서 쇼버그 가족 다음으로 가장 불만스러운 대상이었을걸? 사람들이 그렇게 따랐는데도, 결국 홀츠 박사님은 살해당하고 말았잖아. 솔직히 누가 대장님을 좋아하겠냐? 모르긴 몰라도, 기지 사람들 중에 절반은 그 여자가 어떻게 됐으면 하고 바라고 있을걸?"

"와우." 내가 말했다. "설마, 그렇게나 많이….."

"쇼버그 가족이 대장님을 싫어하는 건 누가 봐도 확실하니, 그것만 해도 네 명이야. 그리고 발니코프 박사랑도 사이가 안 좋았어. 걸핏하면 둘이 싸우더라니까."

"그건 맞아."

키라의 말은 사실이었다. 발니코프 박사가 온 지 며칠 되지도 않았을 때, 니나 대장이 연구실을 깨끗이 사용하라며 호되게 나무란 적이 있었다. 그러자 그가 러시아어로 그녀에게 뭐라 하며 대들었는데, 부모님께 그게 무슨 뜻인지 물어봤지만 아무 말씀이 없었다. 두 사람의 관계가 냉랭해진 것은 그때부터였다.

"그래봐야 다섯 명밖에 더 돼?" 로디가 말했다.

"킴 박사랑 알바레스 박사도 언젠가 니나 대장님한테 씩씩거리는 걸 본 적이 있어." 키라가 손가락을 하나씩 꼽으며 말했다. "골드스타인 박사한테는 온실 수확이 형편없네 어쩌네 하는 바람에, 이와니 박사까지 합세해 대장님한테 분통을 터뜨렸지. 뭐, 창 박사하고도 문제가 있다는 건 굳이 말 안 해도 잘 알 거고. 말이 나왔으니 말인데, 우리 부모님들도 마찬가지 아냐?"

로디가 달려들기라도 할 듯이 자리에서 일어섰다. "너, 지금 우리 부모님이 대장님을 죽이기라도 했다는 거야?"

"내 말은, 굳이 용의자를 꼽으라면 그만큼 많다는 뜻이야. 니나 대장님하고 문제가 없는 사람이 과연 누가 있겠냐는 거지. 심지어 그렇게 성격 좋기로 소문난 다프네 박사까지 포함해서 말이야. 이번 사건이 누군가 사전에 계획한 범행은 아닐지도 몰라. 혹시 알아? 대장님 때문에 심기가 불편했던 사람이 도저히 못 참고 욱해서 죽인 걸지?"

나는 고개를 힐끔 돌려 꼬맹이들 쪽을 살폈다. 꼬맹이들은 여전히 줄넘기 놀이에 여념이 없었다.

"야!" 로디가 나를 향해 따지듯이 말했다. "어젯밤에 대장님이 심기를 건드린 사람은 바로 너잖아. 그 이후론 대장님을 본 사람이 아무도 없고."

"이게 살인 사건이라는 추리는 말도 안 된다며?" 내가 말했다.

"얼렁뚱땅 말 돌리지 마. 나더러 살인범을 콕 집으라면, 딱 넌데?"

"대시는 아니라고, 이 멍청아." 키라가 말했다.

"아니라는 증거라도 있냐?"

"대장님이 실종됐을 때, 대시는 나랑 있었으니까. 우린 그때 카드놀이를 하고 있었단 말이야."

물론 키라의 말은 새빨간 거짓말이었다. 키라는 사실대로 말하는 것보다 그렇게 둘러대는 게 낫다고 생각한 모양이었다.

"쳇."

로디 녀석이 내가 살인범이 아니라서 실망한 것인지, 키라가 자기가 아닌 나하고 카드놀이를 해서 실망한 것인지는 애매했다. 이유야 어떻든 간에, 누군가 니나 대장을 살해했을지도 모른다는 키라의 주장에는 완전히 넘어간 것 같았다.

"그래도 짚고 넘어갈 게 한 가지 있어. 네 말대로, 니나 대장님이 살해됐다고 치자. 그럼 시신은 어디 있는 거지?"

"어딘가로 치웠겠지." 키라가 자신 있게 말했다.

"어디로?" 내가 물었다.

"저 바깥에." 키라가 달 표면으로 통하는 비상탈출용 에어로크를 가리키며 말했다. "생각해봐. 너라면 그냥 그 자리에 놔두겠어? 감시 카메라는 사방 천지에 있지, 용의자라고 해봤자 몇 명 되지도 않지, 딱히 도망칠 덴 없지. 그러니 범인이 밝혀지는 건 시간문제 아니겠어? 하지만 시신을 땅속에 묻었다고 가정하면? 이게 살인 사건인지 아닌지 알 게 뭐냐고. 실종 사건밖에 더 되겠어?"

"시신을 땅속에 묻는 게 그렇게 쉬운 일은 아니잖아."

"여기선 원래보다 몸무게가 덜 나가니까, 시신을 옮기는 것 자체는 별로 힘든 일이 아니지. 그러니 범인은 관제실로 가서, 감시 카메라들의 작동을 중지시키고⋯."

"무슨 수로?"

"난들 알아? 하지만 범인은 방법을 알았겠지. 그러곤 시신을 에어로크 밖으로 끌고 나갔을 거야. 대장님이 우주복을 입었는지, 안입었는지는 중요한 게 아니야. 왜냐면 이미 죽었으니까. 범인은 시신을 끌고 가서 허허벌판 어딘가에 묻어버렸을 거야."

"아하!" 로디가 이번에는 키라의 말에 맞장구를 쳤다. "마음만 먹으면 그럴 만한 데는 쌔고 쌨잖아. 저 바깥세상이 온통 그런 곳이지 뭐. 시신이 발견될 염려도 없고, 썩지 않으니 냄새가 날 일도 없잖아."

"우린 밖에서 늘 우주복을 입고 있어야 하니, 냄새를 맡고 싶어도 맡을 수가 없지." 키라도 맞장구를 쳤다. "그야말로 완전범죄가 따로 없는 거지."

키라의 말은 들으면 들을수록 일리가 있었다. 키라의 주장은 그동안 제기되어온 어떤 추측보다도 그럴싸했다. 쇼버그 가족을 제외하면, 니나 대장이야말로 MBA 주민들과 가장 충돌이 많은 사람이었다. 누구든 그녀 때문에 언짢았던 적이 한두 번씩은 있었으니까. 소름끼치는 생각이긴 하지만, MBA처럼 긴장도가 높은 환경에서라면 누군가 감정이 폭발해서 우발적으로 그녀를 해코지했을지도 모른다. 범인은 그녀가 사라지면 MBA 생활이 좀 더 편해질 거라고 생각했을 수도 있다.

"이 얘길 창 박사님한테 알려야 해!" 로디가 흥분해서 말했다. "박사님은 부대장이니까 당연히 알려야지."

"좋은 생각이야." 키라가 말했다.

순간 나는 과연 그게 좋은 생각일지 의심스러웠다. 창 박사야말로 MBA의 총책임자인 니나 대장이 사라졌으면 하고 바랄 만한 동기가 충분한 사람이라는 생각이 들었다. 창 박사가 부대장이라는 사실을 아는 사람은 바로 그 두 사람뿐이었다. 니나 대장이 사라져버린 지금, 총책임자의 자리는 그가 맡게 되었다.

하지만 나는 아무 말도 하지 않았다. 니나 대장을 죽인 자가 창 박사일지 모른다는 생각만으로도 기분이 좋지 않았다. 인정하기 싫지만, 창 박사야말로 일단 마음먹으면 매섭게 밀어붙일 수 있는 강력한 힘의 소유자였다. 나는 그저 빙산의 일각만을 목격했을 뿐이지만, 그가 매우 위협적인 존재라는 느낌을 받기엔 충분했다.

"알았어." 로디가 운동기구에서 폴짝 내려오며 말했다. "창 박사님은 내가 찾아볼게."

그런데 어찌 된 일인지, 키라가 로디를 따라가기는커녕 내 쪽으로 몸을 돌리더니 이렇게 말했다.

"아이고, 겨우 따돌렸네."

나는 깜짝 놀라 뒷걸음질을 쳤다.

"뭐야, 다 뻥이었어? 살인이니 뭐니 한 게 다 헛소리였던 거야?"

"아니. 그 얘긴 충분히 가능성이 있어."

"그럼, 왜 창 박사님한테 알리러 안 가는 거야? 이러다가 저 녀석이 공을 다 가로챌 판인데."

"그러든지 말든지. 넌 정말, 창 박사님이 그런 생각도 못 했을 거 같니?"

"딱히 나한테 해준 말이 있어야 말이지."

"네가 겁부터 먹을까 봐 그랬겠지. 이미 사이코 살인범을 한 번 겪었으니까 말이야."

키라가 체육관 밖으로 고개를 내밀고 혹시 근처에 누가 있는지 확인하더니, 따라오라는 신호를 보냈다.

"자, 진짜 수색을 하러 가자구."

"어디로?"

"그야, 니나 대장님 숙소지."

키라는 묘한 미소를 짓고 체육관 밖으로 살며시 빠져나갔다.

큐브

큐브는 겉으로는 일반적인 가구처럼 안전해 보이는데, 거기에는 그럴 만한 이유가 있습니다! 딱딱한 부분도 없고 날카로운 부분도 없기 때문입니다. 큐브의 기본적인 기능은 의자이지만, 그렇다고 의자와 똑같이 취급하면 안 된다는 사실을 명심하십시오. 혹시라도, 평소 습관처럼 무심코 몸을 기대거나 일부분을 기울였다가는, 바닥에 쓰러져 등이나 머리를 다칠 수 있습니다. 가벼운 경우에는 보기 흉한 멍 자국 정도만 남겠지만, 심한 경우에는 경막하혈종을 유발할 수도 있습니다. 그러므로 큐브에 앉을 때는 항상 주의가 필요합니다.

무단 침입

달 생활 217일째

캡슐 투하 22분 전

　나는 키라를 쫓아서 체육관 문을 나섰다.

　"뭐 하자는 거야?"

　"바보같이 체육관에서 거리나 재고 있진 않겠다는 거지." 키라가 레이저 측정기를 주머니에 쑤셔 넣으며 말했다. "이건 창 박사님이 우릴 따돌리려고 대충 아무 일이나 시킨 거란 말이야."

　다목적실을 지나치면서 보니, 안에서 얀크 박사와 발니코프 박사가 열심히 측정 작업을 하고 있었다. 나는 그들을 가리켰다.

　"그렇게 쓸데없는 일이라면, 저분들은 왜 저러고 있겠냐?"

　키라는 그들에게 눈길조차 주지 않았다.

"니나 대장님이 어디로 사라졌는지 정말 알고 싶으면, 이런 데서 답을 찾으면 안 되지. 숙소에서 찾아야지."

"어째서?"

키라가 어이없다는 듯 눈을 치켜떴다.

"네가 마지막으로 대장님 본 곳이 거기라며? 마지막으로 본 사람도 너고. 그러니까 누군가 해코지했다면, 거기서 했겠지."

"꼭 그런 건 아니지."

"아무튼, 다른 데보다야 가능성이 훨씬 크겠지. 대장님의 개인 물품들을 살펴보면 뭔가 단서가 나올지도 몰라."

"니나 대장님은 개인 물품 같은 게 없는데."

키라가 계단 입구에 멈춰 서더니, 답답해 미치겠다는 듯한 눈빛으로 나를 노려봤다.

"개인 물품 없는 사람이 어딨냐? 대장님한테도 뭔가 비밀이 있겠지."

더 이상 말싸움해봤자 아무 소용 없겠다는 생각이 들었다. 키라는 일단 뭔가 마음먹으면 그대로 밀어붙이는 아이니까. 그래서 나는 잠자코 그녀를 따라 니나 대장 숙소로 향했다.

평상시라면 전자식 잠금장치가 설치된 대장 숙소에 들어갈 엄두도 내지 못할 것이다. 하지만 창 박사가 이미 잠금장치를 박살내버렸기 때문에, 문이 잠겨 있을 리는 없었다. 키라가 문을 밀자, 문이 활짝 열렸다.

"우리, 이래도 되냐?"

"우리한테 뭐라고 할 사람도 없잖아? 대장님도 없고."

그때 등 뒤에서 목소리가 들렸다.

"거기서 뭐 해?"

뒤돌아보니, 계단 쪽 모퉁이에서 바이올렛이 빠끔히 우리를 쳐다보고 있었다. 아무래도 체육관부터 우리를 따라온 모양이었다.

"일단 들어와. 얘기해줄게."

바이올렛과 나는 키라를 따라 안으로 들어갔다. 키라는 문을 닫은 다음, 바이올렛한테 설명하기 시작했다.

"우린 지금 니나 대장님한테 무슨 일이 벌어졌는지 조사하려고 비밀 작전을 수행 중이야."

"오예!" 바이올렛이 신나서 맞장구쳤다. "니나 대장님은 바나나봇인 줄 알았는데."

"나노봇이겠지." 내가 끼어들었다. "그리고 그건 틀린 말이야."

"하지만 로디 오빠가 그랬단 말이야."

"로디 말은 엉터리야." 키라가 말했다. "언제는 안 그랬니? 그나저나, 네가 우릴 돕고 싶다면 도와줘도 되지만, 대신 아주 조심해야 해. 뭐든 만져도 좋지만, 꼭 있던 자리에 그대로 놔둬야 해. 알겠지?"

바이올렛이 어찌나 열성적으로 고개를 끄덕이던지, 나는 하마터면 그 애 머리가 떨어져나가는 줄 알았다.

"뭘 찾는 거야?"

"뭐라고 딱 꼬집을 순 없지만," 키라가 말했다. "이상해 보이는 건 뭐든지." 그러곤 방 안을 휙 살펴보더니 인상을 찌푸렸다. "별로 오래 걸릴 것 같진 않네. 뭐가 있어야 말이지."

"내가 뭐랬어."

키라는 내 말은 들은 체도 않고 니나 대장의 책상을 뒤지기 시작했다. 서랍들은 잠겨 있지 않았다.

바이올렛은 큐브를 골라잡고 마치 뭔가 중요한 것이라도 숨겨져 있는 양 그 아래를 살피기 시작했다.

나는 문 쪽에 그대로 서 있었다. 니나 대장의 방을 몰래 뒤지는 게 못내 꺼림칙하기도 했고, 뭘 찾아야 할지도 감이 안 잡혔다.

"서랍 속에 뭐가 이렇게 없냐." 키라가 짜증을 냈다.

책상 서랍 안에는 아무렇게나 팽개쳐진 연필 몇 자루와 사무용품 몇 가지밖에 없었다. 오른쪽 맨 아래 서랍에는 달기지 알파 대장의 업무지침서가 들어 있었다. 그 지침서는 기지 주민들에게 지급된 거주자용 지침서보다 약간 두꺼운 것 말고는 거의 다를 바 없어 보였다.

왼쪽 맨 아래 서랍에는 그 어떤 서류들보다 훨씬 쓸모 있어 보이는 공구상자가 들어 있었다. 혹시나 하는 마음에 공구상자를 열어 봤지만, 역시 공구들뿐이었다.

"개인 물품은 하나도 안 보이네." 키라가 투덜댔다. "책도 없고 사진도 없고. 아무것도 없잖아. 대장님은 아무래도 진짜로 로봇인가 봐."

"아까는 로봇이 아니라고 했잖아." 바이올렛이 토를 달았다.

키라가 바이올렛을 향해 미소 지었다.

"내 말은, 대장님은 그만큼 개성이 없다는 뜻이야."

"설마, 책이나 사진 같은 건 있겠지." 내가 말했다. "컴퓨터 안에 있을지도 몰라. 대장님 태블릿 PC 말이야. 이미 창 박사님이 챙겼겠지만."

"혹시 대장님이 가족 얘기하는 거, 들어본 적 있어?" 키라가 물었다.

"일 얘기 말고 다른 얘기 하는 건 한 번도 들은 적이 없어."

나는 모니터가 장착되어 있는 탁자로 갔다. 대기상태로 전환되어 있는 모니터는 대리석 무늬로 된 배경화면이 깔려 있었다. 모니터를 톡 건드리자 새 화면이 나타났다.

비밀번호를 입력하세요

"비밀번호가 뭘까? 짚이는 거 있어?" 내가 물었다.

"멍뭉이!" 바이올렛이 생각나는 대로 내뱉었다.

"대장님 성격을 볼 때, 아마 글자랑 숫자를 스무 개쯤 조합해서 만들어놨을 거야." 키라가 말했다.

"내 말이."

나도 그 말에 동의했다. 니나 대장이 애완동물 이름 같은 사적인 단어를 사용했을 거라는 생각은 들지 않았다. 솔직히 그녀가 애완동물을 키우는 모습을 상상하는 것조차 힘들었다.

"오리너구리!" 바이올렛이 계속해서 소리 질렀다. "길냥이!"

키라가 바닥에 눕더니 책상 밑으로 기어들어갔다.

바이올렛도 키라를 따라 책상 밑으로 들어갔다.

"키라 언니, 뭐 해?"

"혹시 이 밑에 뭔가 있나 싶어서 보는 거야."

"뭐가 있어?"

"그런 것 같진 않네."

키라가 책상 밑에서 빠져나오자 바이올렛도 따라 나왔다.

"분명히 대장님한테도 기지 일 말고 다른 하는 일이 있을 거야."
키라가 말했다. "취미 같은 거. 안 그래?"

"마술을 좋아했을 거야." 바이올렛이 말했다.

"마술?"

"응! 짠~ 하고 사라질 줄도 아니까."

"아, 맞다. 음악!" 느닷없이 그게 생각났다.

키라가 솔깃한 표정으로 나를 봤다. "그건 또 뭔 소리야?"

"어젯밤에 누가 대장님한테 음악을 보냈거든. 찰리라는 이름이
었는데, 창 박사님 말로는 가짜 이름이래. 메시지들이 암호화된 것
까진 알아냈다는데, 솔직히 난 뭐가 뭔지 모르겠어. 대장님이 언제
음악 같은 걸 들은 적이 있긴 한가?"

"있어!" 바이올렛이 말했다. "체육관에서 운동하며 듣는 걸 내가
봤어. 행진곡 같은 걸 들었어."

"네가 그걸 어떻게 알아?"

"내가 신경 써서 들었으니까 알지. 머리에 헤드폰 쓰고 운동하고
있었는데, 음악 소리가 무지 컸단 말이야."

"행진곡은 또 무슨 소리야? 군가나 뭐, 그런 거였어?"

"맞아. 군인 아저씨들이 행진할 때 부르는 노래 같은 거."

"그런 거 말고, 다른 음악 듣는 건 못 봤어?"

머리를 쥐어짜내듯, 바이올렛이 얼굴을 잔뜩 찌푸렸다.

"기억이 잘 안 나."

"찰리인가 하는 사람이 보냈다는 음악이 행진곡이야?" 키라가 물었다.

"아니." 내가 말했다. "한 곡은 롤링스톤스의 '피난처를 주세요'였어. 아주 아주 옛날 노래."

"나도 롤링스톤스쯤은 안다구." 키라가 냉랭하게 말했다. "나도 음악 좀 듣거든?"

"나도 롤링스톤스 알아!" 바이올렛이 큰 소리로 말했다. "할아버지가 나한테 들려주시곤 했단 말이야."

"그럼, 다른 한 곡은?" 키라가 물었다.

"코로널 매스 이젝션의 '자유의 55마일'."

"와!" 바이올렛이 비명을 질렀다. "나, 그 노래도 알아! 내가 얼마나 좋아하는 노랜데!" 그러곤 가사도 제대로 모르면서 정신없이 방 안을 돌아다니며 노래를 불러대기 시작했다.

"나도 그 노래 알아." 키라가 말했다. "코로널 매스 이젝션이 부른 노래는 리메이크한 거지. 원곡은 찬송가잖아."

"그래? 어떤 내용인데?"

"천국으로 오라는 얘기지 뭐. 아님, 우주 어디든 될 수도 있고."

"예를 들면, 달 같은 곳?"

키라가 잠시 나를 빤히 쳐다봤다. "넌 그게 그런 뜻 같아?"

나는 어깨를 으쓱했다. "찰리란 사람이 보낸 메시지엔, 그 노래를 들으면 니나 대장님이 생각난다고 했거든. 대장님이 로큰롤 음악을 듣는 모습이 상상이나 돼?"

"그럴 리가."

바이올렛은 여전히 노래를 부르고 있었다. 손으로 벽을 두드리며 드럼 치는 시늉까지 하고 있었다.

"내가 우리 집에서 하루 종일 어떻게 지내는지 알겠지?"

"귀엽기만 하구만 뭐." 키라가 나무라듯 말했다. "내 눈엔 너무 사랑스러워 미치겠는데? 항상 저렇게 즐거워하니, 부러워 죽겠다야." 그러곤 스마트워치로 눈길을 돌렸다.

"뭐 해?"

"두 노래의 가사를 찾아보려고. 가사 속에 뭔가 단서가 있지 않을까 싶어서 말이야. 그 찰리란 사람이 누군지는 알아?"

"아니. 창 박사님이 확인 중인데, 알아내기가 쉽진 않을 거래."

"혹시 가족 중 누군가가 아닐까? 아니면 친구?"

나는 어깨를 으쓱했다. "니나 대장님한테 친구가 있기나 한지 모르겠다. 친구 얘기를 하는 걸 한 번도 들은 적이 없거든."

"친구 없는 사람이 어딨냐?"

"적어도 여기엔 없지. 대장님은 사람들이랑 친해질 마음조차 없는 것 같더라구. 농담 같은 건 바라지도 않아. 솔직히 대장님이 언제 웃은 적이 있었나, 기억이 가물가물할 정도인데 뭐."

"잠깐!" 키라가 말했다. "혹시 그 음악이 어떤 협박 같은 걸 의미하는 건 아닐까? '자유의 55마일'이란 노래는 천국으로 향한다는 내용이잖아. 그래서 결국 니나 대장님이 죽음에 이른다? 뭔가 수상쩍지 않아?"

"우린 아직 대장님이 죽었는지 살았는지 모르잖아."

"죽었든, 실종됐든, 뭐가 달라? 음악 메시지를 받은 직후에 사건이 벌어졌다는 게 중요하지. 암만 봐도 협박 같단 말이야."

"그럴 수도 있겠다." 나는 마지못해 인정했다. "그럼, 다른 한 곡은 무슨 관련이 있을까?"

"음…" 키라는 깊은 생각에 빠졌다. "혹시…."

그녀의 말은 거기까지였다. 방 안의 벽을 따라 노래 부르며 돌아다니던 바이올렛이 니나 대장의 수면 캡슐 아래쪽에서 손으로 드럼 치는 시늉을 하고 있었기 때문이다.

뭔가 이상한 낌새를 느꼈는지, 키라가 입을 꼭 다문 채 바이올렛한테 다가갔다. "바이올렛, 그만."

바이올렛이 노래를 멈췄다. "다른 노래 부를까? 다른 노래도 많이 아는데!"

"좀 있다가."

키라가 방금 전까지 바이올렛이 드럼 치듯 두드렸던 수면 캡슐 아래쪽 벽을 손가락으로 톡톡 두드렸다. 그러곤 왼쪽으로 50~60 센티미터쯤 움직인 다음, 똑같이 반복했다.

두 지점에서 나는 소리가 서로 달랐다.

키라가 혹시 몰라, 방금 전의 동작을 반복했다. 수면 캡슐 아래쪽에서는 속이 빈 듯한 소리가 들렸지만, 반대쪽에선 둔탁한 소리가 났다.

"이 벽 반대쪽엔 뭐가 있지?" 키라가 물었다.

"우리 숙소." 내가 대답했다. "우리 가족 수면 캡슐도 이 벽 안쪽에 들어가 있어. 우리 것이 문과 더 가깝긴 하지만 말이야."

키라가 한 발 뒤로 물러서더니, 뚫어져라 벽을 쳐다봤다. 이 방은 니나 대장 혼자 사용하지만, 벽 안에는 다른 숙소들처럼 4개의 수면 캡슐이 설치돼 있었다. 나중에 기지 대장도 가족과 함께 지낼 수 있으니까 말이다. 그중에서 니나 대장이 사용하는 수면 캡슐은 한눈에 알아볼 수 있었다. 왼쪽 위칸에만 에어 매트리스가 들어 있었고, 나머지 3개는 속이 비어 있었다.

키라가 매트리스를 홱 잡고 내던졌다. 그다음 베개도 던졌다.

"와!" 바이올렛이 소리 질렀다. "베개 싸움 하자!"

바이올렛이 니나 대장의 베개를 잡아채자, 놀랍게도 베갯잇 안에서 테디 베어 인형이 떨어져 나왔다.

테디 베어는 많이 닳고 해져 있었다. 인형의 일부분이 피부병에라도 걸린 것처럼 무지러져 있었고, 병원에서 봉합수술이라도 받은 것처럼 수선된 부분도 있었다.

"우와~" 바이올렛도 말문이 막혔는지 제대로 말을 하지 못했다. "대장님이 곰 인형을?"

"봤지?" 키라가 나를 보며 말했다. "대장님도 사람 맞다니까."

바이올렛이 곰 인형을 집어 들더니 가슴에 꼭 끌어안았다. "대장님이 돌아오지 않으면, 이 인형 가져도 돼?"

"대장님은 돌아올 거야." 내가 말했다. "그러니까 조심해서 만져. 네 것도 아닌데."

"조심할게." 그 말을 하기가 무섭게 바이올렛이 인형을 떨어뜨리고 말았다. "아이쿠." 바이올렛은 인형을 다시 집어 들고 조심스럽게 다루는 시늉을 했다.

키라가 수면 캡슐로 눈길을 돌렸다. 그녀는 수면 캡슐의 바닥을 두드리며 속이 빈 소리가 나는 곳이 어딘지 귀를 기울였다.

30초쯤 지났을까.

"여기에 비밀 공간 같은 게 있는 것 같아." 키라가 말했다.

나는 키라한테 다가갔다. 니나 대장의 수면 캡슐은 아래 칸과 20센티미터쯤 간격을 두고, 바닥에서 1.2미터쯤 떨어진 위 칸에 위치해 있었다. 우리 숙소에 있는 것과 마찬가지로, 그곳은 비좁고 어두워서 폐소공포증을 불러일으키기에 충분했다. 키라와 나는 스마트워치의 플래시를 켰다.

"확인해보자." 키라가 말했다.

속이 빈 듯, 텅텅 소리가 들리는 지점의 바로 위에 아주 가느다란 틈이 정사각형 모양으로 나 있었다. 작정하고 찾지 않으면 발견하기 힘들 만큼 가느다란 틈이었다.

"뭔데?" 바이올렛이 물었다. 바이올렛은 키가 작아 수면 캡슐 안을 들여다볼 수 없기 때문에, 까치발만 동동 굴렀다. "뭔데, 뭔데, 뭐냐고?"

"네가 뒤로 물러서야 우리가 확인할 거 아냐."

위를 덮고 있는 정사각형 판은 수면 캡슐의 바닥과 정확히 들어맞았다. 그 판을 들어내기 위한 손잡이 따윈 보이지 않았다.

"누가 만들었는지 모르겠지만, 대충 만든 게 아닌데."

"누군지 모르겠다고?" 키라가 되물었다. "니나 대장님이 아니면, 누구겠냐?"

나는 대답 대신 어깨를 으쓱했다.

키라와 나는 좀 더 가까이 들여다봤다. 오른쪽에 미세하지만 좀 더 넓게 벌어진 틈이 보였다. 나는 니나 대장의 책상으로 가서, 일자 스크루드라이버를 찾기 위해 공구상자를 뒤적거렸다.

그때, 기지의 중앙 컴퓨터에서 보내는 목소리가 인터컴을 통해 들려왔다.

"보급용 우주선이 낙하지점에 접근하고 있습니다. 캡슐 투하 5분 전입니다."

여느 날이라면 나는 만사 제쳐놓고 다목적실로 달려가 캡슐이 투하되는 장면을 지켜봤을 것이다. 그러나 지금은 내 앞에 그보다 훨씬 중요한 일이 남아 있었다.

나는 적당한 스크루드라이버를 찾아, 다시 니나 대장의 수면 캡슐로 갔다. 바이올렛은 자기도 제대로 보겠다며 이미 캡슐 위로 기어 올라간 상태였다. 바이올렛은 곰 인형을 꼭 끌어안은 채 몸을 웅크리고 있었다.

"그거, 네 거 아니잖아. 니나 대장님 거라고 했잖아."

"잠깐 빌린 거란 말이야. 얘 이름은 헐렁이야."

나는 스크루드라이버의 날이 지렛대 역할을 하도록 좁은 틈 사이로 밀어 넣으며 힘을 줬다. 그러자 정사각형의 덮개가 덜컥거리며 쉽게 열렸다. 나는 그 덮개를 대충 옆으로 치웠고, 키라는 안쪽으로 플래시를 비추며 니나 대장이 무엇을 숨겼는지 살폈다.

"뭐야, 죄다 돌멩이들이잖아?" 바이올렛이 실망한 듯 말했다.

나도 내부를 살폈다. 내부 공간은 깊이가 15센티미터쯤, 가로세로가 각각 20센티미터쯤 되어 보였다. 아나나 다를까, 그 안에 돌멩이들이 들어 있었다. 돌멩이가 약 100개쯤 있었는데, 대부분은 귤 한 개만 한 크기의 작은 것들이었지만, 통조림만 한 크기의 것들도 몇 개 보였다.

키라가 얼굴을 찡그렸다. "힘들게 뭐하러 여기에 이딴 걸 숨겨놨을까?"

"난들 알겠냐. 이제 그걸 알아내야지."

우주선

MBA에서 가장 위험한 기계를 꼽으라면, 여러분을 태우고 지구와 달 사이를 왕복하는 우주선일 것입니다. 예전에 비하면 우주선에 타고 내리는 일이 수백 배나 안전해졌지만, 이륙 또는 착륙 시에 우주선 가까이 접근하는 것은 여전히 극도로 위험한 행위입니다. 달 위에서는 그 위험성이 더욱 커지는데, 왜냐하면 대기층이 존재하지 않는 달에서는 우주선 이착륙 시 엔진이 내뿜는 광풍으로 인해 떨어져 나온 파편들이 엄청난 속도로 멀리까지 날아가기 때문입니다.

그러므로 모든 주민들은 우주선은 물론이고, 보급용 캡슐 및 기타 비행기구의 이착륙 시에 달 표면에 남아 있지 않도록 해야 합니다. 또한 우주선이 착륙을 마쳤을지라도, 엔진에 가까이 접근해서도 안 됩니다. 막 착륙을 마친 우주선의 엔진은 우주복을 녹일 수 있을 만큼 뜨거우며, 엔진이 완전히 식으려면 최소 6시간이 필요하기 때문입니다.

반출 금지 물품

달 생활 217일째

캡슐 투하 시점

대부분의 어른들이 다목적실 안에 모여 있었다. 그들은 수색 및 측정 작업을 중지하고 잠시 휴식을 취하며, 중앙 슬림 스크린으로 중계되는 캡슐 낙하 장면을 시청하고 있었다. 평소와 다름없이, 쇼버그 가족의 모습은 보이지 않았다.

우리가 다목적실 안으로 들어갔을 때, 우주선에서는 캡슐이 막 분리되고 있었다. 우주선에 장착된 카메라를 통해 달 표면을 배경으로 낙하하는 캡슐의 모습이 생생하게 중계되었다.

우리 부모님은 키라의 아빠 바로 옆에 서 있었다. 하워드 박사는 평소와 다르게 캡슐이 낙하하는 장면을 뚫어져라 쳐다보고 있었다. 평소라면 동시에 수십 군데를 이리저리 보느라 정신없었겠지만, 낙하 중인 캡슐에는 달기지 베타 건설에 필요한 장비들이 실려있기 때문에 하워드 박사에게도 매우 중요한 순간이었다.

"어디 있다 온 거니?" 아빠가 물었다. "찾고 있었는데."

"니나 대장님 숙소에서 뭔가 발견했어요." 나는 최대한 목소리를 낮춘 채 말했다.

"거긴 왜 간 건데?" 엄마가 의심스러운 눈초리로 물었다.

"뭐라도 단서를 찾을 수 있을까 싶어서요." 내가 대답을 하기도 전, 키라가 선수를 쳤다. "그런데, 뭔가 찾은 것 같아요."

"그래?" 하워드 박사가 무심하게 물었다. "그거 잘됐구나."

슬림 스크린에 모선과 분리된 캡슐이 시속 수천 킬로미터의 속도로 하강하는 모습이 보였다.

"뭘 찾아냈는데?" 아빠가 물었다.

"돌무더기요!" 바이올렛이 큰 소리로 말했다.

그 얘기는 비밀로 해야 한다고 주의를 줬건만, 바이올렛은 뭐가 그렇게 신이 났는지 마구 떠들어댔다. 방 안의 다른 사람들이 슬림 스크린에 시선을 고정하고 있어서 그나마 다행이었다.

바이올렛의 폭로 아닌 폭로를 들은 부모님은 아까보다 더 관심을 보였다.

"아무래도 직접 보는 게 좋겠어요." 엄마가 말했다.

그와 동시에, 아빠가 창 박사에게 다가갔다. 아빠의 귓속말을 듣자마자 창 박사의 입이 쩍 벌어졌다.

키라가 자기 아빠한테 말했다. "니나 대장님 숙소로 다시 가봐야겠어요."

"그래." 하워드 박사가 건성으로 대답했다. "잘 놀다 와."

슬림 스크린에 보이는 캡슐은 이제 달 표면까지 얼마 남지 않은 상태였다. 모든 과정이 순조롭게 진행되고 있다는 NASA 휴스턴 관제센터의 안내방송이 들렸다.

엄마와 아빠, 창 박사는 키라와 바이올렛, 나를 이끌고 다목적실을 나섰다.

"너희가 니나 대장 숙소에서 돌멩이를 발견했다고?" 창 박사가 물었다.

"천 개쯤 있어요!" 바이올렛이 말했다.

"백 개겠지." 내가 말했다.

창 박사가 우리 부모님과 놀랍다는 눈길을 주고받았다.

우리는 위층으로 연결되는 계단을 오르기 시작했다.

"뭐가 잘못되기라도 했어요?" 키라가 물었다.

창 박사는 대답 대신, 우리한테 질문을 던졌다. "너희들, 그 돌멩이 얘기를 다른 사람들한테도 했니?"

"아뇨." 키라가 대답했다. "발견하자마자 곧바로 온 거예요."

니나 대장 숙소에 도착했을 때, 창 박사가 잠시 문 앞에 멈춰 서더니 몸을 돌려 우리를 바라봤다.

"그나저나, 남의 숙소에 함부로 들어가선 안 된다는 것쯤은 너희도 알고 있을 텐데?"

"키라 언니 때문이에요!" 바이올렛이 일러바쳤다. "언니가 데리고 들어갔어요!"

키라가 언짢은 표정으로 바이올렛을 째려봤다. "엄청 고맙다."

창 박사는 덤덤한 눈치였다. 딱히 화가 난 것 같지는 않았다.

"다음부터는 어딜 들어가고 싶으면, 먼저 내 허락을 받거라."

"알겠어요."

그렇게 말하고 키라는 우리가 발견한 비밀 공간을 향해 앞장섰다. 창 박사는 자책을 금치 못했다.

"어떻게, 여긴 생각도 못 했지?" 그가 한숨을 내쉬었다. "멍청하게시리."

"이렇게 작은 데를 찾았던 건 아니잖아요." 엄마가 말했다. "사람 하나는 들어갈 만한 공간을 찾아다녔지."

"그야 그렇지만…."

창 박사와 부모님은 함께 비밀 공간을 들여다봤다. 그러곤 모두 놀랍다는 반응을 보였다.

"정말로, 돌멩이들이네요." 아빠가 말했다.

"그럼 저희가 허튼소리 하는 줄 아셨어요?" 키라가 물었다.

"이건 니나 대장의 성격으로 볼 때…" 아빠는 마땅한 표현을 생각하느라 잠시 뜸을 들였다. "…좀 생뚱맞군요."

"대체 무슨 속셈일까요?" 내가 물었다.

창 박사가 비밀 공간에서 돌 하나를 집어 들고 말했다. "이건 월석(月石)인데…."

"우리도 알아요." 바이올렛이 비아냥거리듯 말했다. "여긴 달이 잖아요! 쳇!"

엄마가 바이올렛한테 잠자코 있으라는 신호를 보냈다.

창 박사는 문 쪽으로 돌아가서 복도 주변에 누가 있는지 살핀 후 문을 닫았다.

"중요한 건, 이 월석이 엄청나게 비싼 물건이라는 점이야."

"왜요?" 엄마의 주의에도 아랑곳 않고 바이올렛이 물었다. "여기 저기 많잖아요. 달 전체가 월석인데."

"그래, 맞아. 여기에선 별거 아니지. 하지만 지구로 가져가면 엄 청나게 돈을 많이 벌 수 있거든. 지난 몇 년 동안 지구로 가져간 월석들의 양을 모두 합해도, 겨우 몇 백 킬로그램밖에 안 돼. 게다 가 그것들은 모두 NASA가 관리하고 있고."

"아무리 작은 월석 한 개라도 NASA의 승인이 없으면 개인적으 로 소유하는 건 불가능하고, 박물관이나 교육기관이나 연구시설 같은 곳에만 제한적으로 허용되거든." 엄마가 월석 한 개를 집어 들고는 말을 이었다. "아무리 돈 많은 수집가라도, 월석보다는 차 라리 같은 크기의 다이아몬드를 사는 게 더 쉬울 거야."

"월석이 다이아몬드보다 비싸요?" 내가 물었다.

"그렇지." 창 박사가 대답했다. "월석 한 개가 얼마나 비싼지는 나도 뭐라고 말할 수가 없다. 아직까지는 월석을 사고판 사례가 없으니 말이야. 하지만 월석을 살 수만 있다면 액수에 상관없이 기 꺼이 돈을 내겠다는 사람들이 있는 건 분명하지. 한 개에 수백억

원까진 아니어도 수십억 원은 받을 수 있을 거다."

"저런 돌이요?" 바이올렛이 물었다. "저렇게 못생겼는데요!"

바이올렛의 말이 틀린 말은 아니었다. 비밀 공간 안에 있는 월석들 중에서, 모양이 예쁜 것은 한 개도 없었다. 지구에서 보던 돌멩이와 비교하면 더욱 그랬다. 지구에서는 화산활동이나 퇴적작용, 판구조론적 현상 등으로 인해 형성 과정에서 온갖 영향을 받으며, 셀 수 없을 만큼 다양한 종류의 돌들이 만들어진다. 하지만 달에서는 수십억 년 전이나 지금이나, 돌의 모양은 똑같았다. 니나 대장의 방에 있던 것들도 그저 회색 돌덩어리에 불과했다. 어느 것 하나 색다르게 생긴 게 없었다.

"세상에 못생긴 돌은 없어." 엄마가 지질학자답게 타이르듯 바이올렛한테 말했다. "아무리 하찮은 돌이라도, 나름대로의 아름다움을 간직하고 있는 거야."

"수집가들이 예쁜 것만 사들이는 건 아니잖니." 아빠도 거들었다. "그만큼 희소가치가 있으니까 손에 넣으려고 하는 것 아니겠어? 만약 이 세상에서 월석을 가진 사람이 나 혼자뿐이라고 생각해보렴. 그 가치를 무엇과 비교할 수 있겠니? 하지만 아직까지는 과학 연구용으로만 허용되고 있지. 아무나 월석을 소유하지 못하도록 엄격히 관리하는 건 바로 그 때문이야. 그동안 이곳에서 채집한 월석들은 연구실에 보관하거나, 철저한 보안을 유지하며 지구로 보내졌단다."

나는 그제야 부모님이 월석을 발견하고 나서 왜 그렇게 놀랐는지 이해가 됐다.

"그렇다면… 니나 대장님이 이것들을 가지고 있으면 안 되는 거였네요?"

"그렇지." 엄마가 말했다.

"혹시 몰래 지구로 밀반출하려고 한 거예요?" 키라가 물었다.

어른들이 서로 눈길을 주고받더니 다시 우리 쪽을 향했다.

"그건, 니나 대장을 찾기 전엔 뭐라고 단정할 수가 없어." 엄마가 조심스레 말을 꺼냈다.

"하지만 그런 것 같긴 하네요, 안 그래요?" 키라가 말했다. "그러니까 제 말은, 그럴 목적이 아니라면, 굳이 이렇게까지 숨겨놓을 이유가 있겠냐는 거예요. 로봇 같던 대장님도 알고 보니 그렇게 대쪽 같은 분은 아니었네요."

"혹시 다른 이유가 있었을지도 모르지." 엄마가 말했다.

"어떤 이유요?" 키라가 물었다.

"그러니까… 우리가 모르는 이유로 NASA의 지시를 받았을 수도 있고."

"엄마한테도 말 안 하고요?" 내가 물었다. "엄마가 지질학 분야 책임자잖아요."

"있을 수 있는 일이야. NASA가 이 엄마한테 모든 걸 다 알려주는 건 아니니까."

"그 문제도 물론 중요하지만," 창 박사가 고민 끝에 말을 꺼냈다. "니나 대장은 이것들을 어디서 구했을까요? 혹시 박사님이 채

집했던 샘플들인가요?"

"그건 아닌 것 같아요." 엄마가 돌멩이를 살피며 말했다. "우리가 채집한 샘플들은 연구실에 보관돼 있어요."

"니나 대장이 금고 비밀번호를 알고 있었는지도 모르죠." 아빠가 말했다.

"그럴지도 모르겠네요." 엄마도 아빠의 말에 동의했다. "하지만 내가 그 샘플들과 함께한 시간이 얼만데, 그중 한 개라도 가져갔다면 내가 모를 리 없어요. 이렇게 많은 양이라면 더더욱 그렇죠. 이렇게 많은 양을 구할 수 있는 곳이라면…" 엄마가 차츰 말꼬리를 흐리더니 유리창 밖의 달 표면을 가리켰다. "저기뿐이겠죠."

갑자기 창 박사의 눈빛이 반짝거렸다.

"그녀가 받은 메시지의 의미가 저거였어!"

우리는 그가 외치는 소리에 깜짝 놀라서 동시에 그를 쳐다봤다.

"그 찰리라는 사람은 니나 대장과 공범인 게 분명해요." 창 박사가 말을 이었다. "그렇지 않다면, 굳이 가짜 계정까지 만들어 음악을 보낼 이유가 있겠어요? 정당한 일이라면 정체를 숨길 필요가 없었겠죠. 월석을 보니, 그 의미가 뭔지 확실히 알겠어요."

"그래요?" 아빠가 물었다.

"첫 번째 곡을 생각해보세요."

"'피난처를 주세요' 말이에요?" 내가 물었다.

"롤링스톤스가 부른 노래죠." 창 박사가 '스톤스(stones)'를 강조하며 말했다. "그리고 두 번째 곡 '자유의 50마일' 제목엔 숫자 '50'

이 들어가 있죠."

"그럼 박사님 생각엔, 찰리란 사람이 니나 대장한테 월석 50개를 구해 오라는 메시지를 보냈다는 건가요?"

"그게 아니면 뭐겠어요? 니나 대장은 은밀히 월석을 모으고 있었던 겁니다. 마침 대시와 함께 있을 때, 갑자기 찰리로부터 메시지를 받았죠. 찰리의 요구는 50개 이상이었을 겁니다. 니나 대장은 새로 받은 지령 때문에 우왕좌왕하며 대시를 쫓아내기 바빴던 거예요. 그리고 그다음엔, 다들 아시다시피, 사라져버렸죠."

"메시지만 보면, 그렇게 해석할 수도 있겠네요." 엄마가 마지못해 그의 말을 인정했다. "하지만 우린 아직 니나 대장한테 무슨 일이 생겼는지 정확히 모르잖아요."

"보나 마나, 월석을 구하려고 밖에 나갔겠죠."

"어떻게요? 그녀의 우주복은 여기 있는데."

"우주복을 안 입었을지도 몰라요." 바이올렛이 멋대로 떠들었다.

"아니라고, 바보야. 우주복이 없으면 3초도 못 견딘다니까 그러네." 내가 말했다.

"찰리가 누군지 확실하게 알아낼 방법은 없을까요?" 아빠가 물었다. "만약 그자가 니나 대장과 공범이라면, 대장이 월석을 어디서 구했는지도 알지 않겠어요?"

"대장님은 우주복을 안 입고 나갔을지도 모른다니까요." 바이올렛이 똑같은 말을 반복했다.

이번엔 아무도 바이올렛의 말을 들은 척도 하지 않았다.

창 박사가 말했다. "제가 NASA에 확인해보겠지만, 보나 마나 확인하고 연락하겠다는 말만 할 게 뻔해요. 솔직히 전 찰리란 사람이 NASA와 연관이 있지 않나 생각 중입니다."

"어째서요?" 내가 물었다.

"NASA와 관련 없는 사람이라면 월석을 손에 넣을 방법이 없기 때문이지. 내 추측으론, 니나 대장은 월석을 직접 들고 지구로 귀환할 계획은 아니었을 거야. 조만간 화물우주선 중 하나에 실어 보낼 생각이었겠지."

"왜요?" 키라가 물었다.

"그럴 만한 이유가 몇 가지 있으니까. 우선, 니나 대장은 앞으로 2년 6개월 동안이나 더 여기서 지내야 하거든. 그렇게 오랫동안 월석을 보관하고 있기란 쉽지 않은 일이지. 둘째, NASA에선 지구로 귀환하는 모든 사람들의 소지품을 하나하나 검사하거든. 바로 이런 일을 방지하기 위해서 말이야."

"월석을 몰래 들여올까 봐, NASA가 우리 모두를 의심하고 있다는 거예요?" 내가 물었다.

"꼭 월석 때문만은 아니야. 여기에 있는 것들은 뭐든지, 지구로 가져가면 값어치 있는 물건이 되거든. 지구의 수집가들한테는 연필 한 자루도 수십만 원의 가치가 있지. 달 위에서 사용하던 것이라는 이유 때문에 말이야. 우리가 기지에서 사용하던 물건들을 경매 사이트에서 사고팔지 못하도록, NASA가 우리의 소지품을 검사하는 거야. 하지만 니나 대장이 화물우주선에 월석을 몰래 실어 지구로 보낸다면? 실제로도 우린 실험 결과물들, 달에서 채집한 샘플들, 그리고 쓰레기까지, 화물우주선을 통해 온갖 것들을 지구로 보내고 있잖니. 만약 찰리란 사람이 화물 하역 업무와 관련 있는 사람이라면, 월석이 어디에 실렸는지 알 수 있고, 얼마든지 그것들을 빼돌릴 수 있겠지. 그런 사람이라면 월석을 내다 팔 암시장 경로도 알고 있을 거야."

"찰리란 사람이 여자일 수도 있잖아요." 엄마가 다른 가능성을 지적하며 말했다. "여자인데 그걸 감추려고 일부러 남성스러운 이름을 골랐을 수도 있어요."

"맞는 말입니다." 창 박사도 그 말에 동의했다. "남자인지 여자인지 확실치 않지만, 그 찰리란 사람은 월석을 팔아 벌어들인 돈을 니나 대장과 나누겠죠. 나중에 니나 대장이 지구로 돌아올 때를 기다리며, 스위스 은행 계좌 같은 것도 준비해놨을 겁니다."

창 박사의 말이 일리가 있다고 생각하는지, 엄마와 아빠는 연신 고개를 끄덕였다. 하지만 내가 보기엔 여전히 석연찮은 구석이 남아 있었다.

"박사님은 정말로 니나 대장님이 그런 식으로 법을 어겼을 거라고 생각하세요? 다른 사람도 아닌 니나 대장님이요?"

"그동안 엄청나게 위선을 떨고 있었던 거겠지." 키라가 말했다.

"나도 월석을 보지 않았다면 믿기 어려웠을 거야." 아빠가 말했다. "하지만 숙소 안 비밀 공간에 저렇게 떡하니 숨겨져 있잖니."

"혹시, 정말로 못된 사람이 몰래 숨겨놓은 거라면요? 월석을 훔친 사람은 다른 사람인데, 찰리란 사람이 그 사실을 귀띔해주려고 문자를 보냈고, 그 문자를 받은 니나 대장님이 범인을 잡기 위해 직접 움직였을 수도 있잖아요. 정신이 산만했던 것도 다 그 때문일지 몰라요. 그런데 결국 대장님이 범인을 찾아내자, 범인이…."

나는 바이올렛을 의식하며 말꼬리를 흐렸다.

"대장님을 죽였다고?" 바이올렛이 물었다.

"저기, 그러니까… 그런 뒤 범인은 마치 대장님이 밀반출하려 한 것처럼 꾸미려고 월석들을 대장님 숙소에 숨겨놓은 거죠."

부모님은 나의 이런 추측을 못내 불편해하는 눈치였다. 창 박사도 별로 와 닿지 않는 듯 인상을 찌푸렸다.

"너희 친구, 로디도 오늘 아침 나한테 살인이니 어쩌니 얘기하더구나." 창 박사가 말했다.

"걔는 우리랑 그렇게 친한 사이가 아니에요." 키라가 신경질적으로 말했다. "그리고 그 얘긴 제가 해준 거예요. 걔 생각이 아니라."

"아무튼, 로디한테 했던 말을 너희한테도 똑같이 해야겠구나. 난 니나 대장이 살해됐을 거라고 생각하지 않는다."

"홀츠 박사님 사건 때도 그랬지만," 내가 반박했다. "결과가 어땠는지 아시잖아요."

"그래서 우리가 그 살인범을 잡아 지구로 돌려보냈잖니. 그런 마당에, 여기서 또다시 살인 사건이 발생할 가능성은 거의 없다고 봐야지."

"그렇다고 가능성이 전혀 없는 건 아니죠. 그동안 니나 대장님한테 감정이 있는 사람들이 얼마나 많은데….”

“그 정도로 사람을 해치기야 하겠니?” 엄마가 말했다.

“지구에서도 어이없는 이유로 살인을 저지르는 사람들이 얼마나 많은데요.” 키라가 반박했다.

“이 기지에선 경우가 다르지.” 창 박사가 우리를 바라보며 말했다. “여기 와 있는 사람들은 모두, 수도 없이 많은 정신감정을 받고 여기까지 왔잖아. 그 과정에서 폭력성을 보였다면 누구도 통과하지 못했을 거야.”

“그런 식이라면 쇼버그 가족은 죄다 탈락했어야죠.” 키라가 말했다. “누가 봐도 사이코들인데.”

“여태껏 나온 말들이 다 맞다고 칩시다.” 화제를 돌리려는 듯, 아빠가 끼어들었다. “아무리 그렇더라도, 니나 대장이 월석을 밀반출하려는 계획을 세웠다는 건 좀처럼 믿기 힘드네요.”

“그럼 질문을 다시 원점으로 되돌릴 수밖에 없어요.” 엄마가 말했다. “도대체 저 월석들은 어디서 났을까?”

“니나 대장님은 우주복 없이 나갔을지도 모른다니까요.” 바이올렛이 똑같은 말을 또 했다.

“바이올렛.” 나는 짜증이 나는 걸 억누르며 말했다. “아까부터 얘기했잖아. 우주복이 없으면 살 수가 없다고.”

“니나 대장님이 자기 우주복 말고, 다른 사람 우주복을 입고 나갔을 수도 있잖아.” 바이올렛이 말했다.

그 말에 깜짝 놀라서 모두들 바이올렛을 바라봤다.

"뭐 하러 다른 사람의 우주복을 입었겠어?" 내가 말했다. "각자의 몸에 맞게 특별 제작된 우주복이 있는데."

"그러게 말이다." 창 박사가 말했다. "그렇다고, 니나 대장이 다른 사람의 우주복을 입으면 안 된다는 뜻은 아니지. 발니코프 박사처럼 덩치가 아주 큰 사람이나 킴 박사처럼 작은 사람의 우주복을 입는 건 어렵겠지만, 그녀와 비슷한 키에 비슷한 체구를 가진 사람의 것이라면 경우가 다르지."

"그렇긴 한데, 없어진 우주복은 하나도 없었어요." 엄마가 말했다. "비어 있는 보관함은 없던데요."

엄마는 그 말이 끝나기가 무섭게, 아차 싶은 생각이 든 모양이었다. 그건 다른 사람들도 마찬가지였다.

"그러고 보니, 우린 어른 보관함만 확인했잖아요?" 창 박사가 끙 앓는 소리를 내며 말했다. "아이들 건 보지도 않고."

"릴리랑 니나 대장님이 키가 비슷하잖아요." 키라가 말했다.

우리는 부랴부랴 니나 대장의 숙소를 나섰다. 우리가 대기구역으로 향하는 계단을 내려가는데, 창 박사는 복도 난간을 밟고 그대로 아래층으로 뛰어내렸다.

때마침 아래층 복도는 캡슐 낙하 시청을 끝내고 다목적실을 빠져나오는 사람들로 붐비고 있었다. 창 박사는 복도가 그렇게 붐비는지 모르고 급한 마음에 서두르다가, 하마터면 얀크 박사의 머리에 내려앉을 뻔했다.

그래도 얀크 박사는 화를 내지 않았다. 늘 그렇듯 그냥 웃어넘길 뿐이었다.

"창 박사! 한참 찾고 있었어요! 캡슐 낙하하는 것도 안 보고 뭐 했어요?"

"일이 좀 있었어요."

"장난 아니었는데!" 얀크 박사가 한껏 으스대며 말했다. "한 치의 오차도 없이 제대로 착륙하더라고요. 그것도 한 방에!"

"대단하군요."

창 박사는 도망치듯 얀크 박사와의 거리를 슬그머니 벌렸다. 복도에 몰려 있는 사람들 틈을 비집고 나간 끝에, 우리는 아이들 우주복을 보관하는 구역에서 다시 창 박사와 합류했다. 아이들은 기지 밖으로 나가는 게 허용되지 않고 아이들을 위한 우주복들은 별도 공간에 보관하기 때문에, 보관함을 열어볼 일은 거의 없었다. 나만 해도, MBA에 온 지 4개월이나 지나서야 딱 한 번 우주복을 입어봤을 뿐이다. 홀츠 박사님 피살 사건의 증거를 찾으려고 키라와 함께 몰래 달 표면으로 나갔을 때 말이다.

창 박사가 아이용 우주복 보관함의 문을 열었다.

문이 열리는 것과 동시에, 우리 모두의 눈은 릴리 쇼버그의 우주복이 있어야 할 자리로 향했다.

그런데, 그녀의 우주복이 보이지 않았다.

"거봐." 바이올렛이 말했다. "내 말이 맞잖아! 내 말은 듣지도 않더니."

엄마는 바이올렛의 말이 사실로 확인되자 당황한 기색이었다.

그건 창 박사나 아빠도 마찬가지였다.

근처에 있던 다른 사람들도 우리 모습을 보고 관심을 보였다. 바이올렛이 알아낸 사실이 무엇인지 알고 나니, 성공적인 캡슐 낙하로 시끌벅적하던 분위기가 갑자기 가라앉고 말았다.

"니나 대장이 릴리 우주복을 입고 나간 거예요?" 브라마푸트라 마르케스 박사가 물었다.

"네." 엄마가 말했다. "아직 밖에 있나 봐요."

근심스러운 기운이 주위를 맴돌았다.

"벌써 몇 시간째인지도 모르는데! 산소도 떨어지고 있을 것 아니오? 이미 바닥났을지도 모르지만." 발니코프 박사가 말했다.

창 박사가 사람들 틈을 헤치고 나아가 관제실로 들어갔다. 사람들이 모두 그의 뒤를 따르는 바람에, 문 앞은 북새통을 이뤘다.

"컴퓨터." 창 박사가 말했다. "릴리의 우주복에 장착된 GPS 추적 장치가 작동 중인가?"

"그렇습니다." 중앙 컴퓨터가 차분한 목소리로 대답했다.

"정확한 위치를 알 수 있나?"

"물론입니다. 릴리 쇼버그의 우주복 위치는 달기지 알파 안입니다."

관제실 안의 사람들은 하나같이 이게 도대체 무슨 말인가 싶어 서로 쳐다보기만 했다.

창 박사도 꽤나 놀란 눈치였다.

"컴퓨터, 다시 한 번 정확하게 묻겠다. 릴리가 있는 곳이 아니라,

릴리 우주복이 있는 곳이 정확히 어디인가?"

"질문의 뜻은 잘 압니다만," 중앙 컴퓨터가 차분한 목소리로 대답했다. "제가 수신한 자료에 의하면, 그 우주복은 기지 안에 있습니다. 좀 더 정확한 위치는 대기구역 안입니다."

사람들이 동시에 고개를 돌렸다. 다들 정신없는 틈을 타, 니나 대장이 몰래 에어로크 안으로 들어온 게 아닌가 해서.

그러나 그녀의 모습은 보이지 않았다.

"컴퓨터가 고장 난 게 아닐까요?" 엄마가 물었다.

"아뇨." 창 박사가 한숨을 내쉬었다. "그보다는, 니나 대장이 GPS 장치를 떼어버린 것 같아요. 아니면, 엉뚱한 위치를 가리키도록 손을 댔든가."

"뭐하러 그렇게까지 했을까요?" 얀크 박사가 물었다.

"그야 모르죠." 창 박사가 대답했다. "아마 위치를 숨기고 싶었나 보죠. 아무튼, 특별히 몸 상태가 안 좋은 분들을 제외하고, 어른들은 모두 우주복을 입으시기 바랍니다. 아무래도 우리가 직접 밖으로 나가봐야겠습니다. 니나 대장이 어디에 있든, 우리가 찾아내야 합니다. 시간이 별로 없습니다."

음식

　놀랍게도, 미국 내 주요 사망 원인들 중에서 5위를 차지하고 있는 것이 바로 기도폐쇄(질식)입니다.(매년 약 2,500명 사망.) MBA에서는 식사하는 도중에도 위험한 상황에 처할 수 있습니다. 달기지에서 섭취하는 모든 음식들은 수분을 제거한 상태로 만들어졌기 때문에, 섭취를 위해 다시 수분을 재공급하는 과정을 거치더라도, 지구에서 일반적으로 섭취하던 음식에 비해 입자가 굵고 딱딱해서 삼키기 어렵습니다. 따라서 지구에서보다 음식을 섭취하는 도중에 질식 가능성이 높은 것이 사실입니다. 음식을 씹을 때는 한 번에 너무 많은 양을 입에 넣지 않도록 각별히 주의해야 하며, 음식을 섭취하면서 동시에 운동이나 달리기, 또는 대화를 하는 것도 삼가는 것이 좋습니다.

　질식으로 인한 사고가 발생했을 때, 타인은 물론이고 자신의 기도에 막힌 음식을 배출해낼 수 있도록, 모든 주민들은 나이와 상관없이 하임리히 응급법 및 응용 처치법을 반드시 숙지하시기 바랍니다. 자세한 내용은 〈부록 B: 응급처치 및 안전에 관한 지침서〉를 참고하십시오.

우주 꼴통들의 반란

달 생활 217일째

점심시간

MBA의 거의 모든 어른들이 수색을 위해 차출됐다. 그중에서 남은 사람은 단 세 명뿐이었다. 물론, 그 세 명 중에 라스 쇼버그와 소냐 쇼버그 부부가 포함된 것은 두말하면 잔소리다. 쇼버그 가족은 그저 자신들만 챙기기에 급급할 뿐, 결코 다른 사람들을 걱정하는 법이 없었다. 오죽하면 니나 대장이 실종된 이후에도 그들은 숙소 밖으로 나온 적이 없었다. 니나 대장이 실종된 것을 모르고 있거나, 알고도 나 몰라라 하거나, 둘 중 하나이겠지만.

기지에 남은 나머지 한 명은 마르케스 박사였다. 기지 담당 정신과의사로서 아이들이 니나 대장의 실종으로 인한 트라우마에 대비할 수 있게 하자는 것이었지만, 진짜 이유는 창 박사가 그를 한낱 멍청이로밖에 여기지 않았기 때문이다. 마르케스 박사는 기지에 남으라는 말을 듣고도 기분이 상한 것 같지 않았다. 오히려 안심하는 눈치였다. 소문에 의하면, 그는 이곳으로 올 때도 우주복을 입은 것만으로 폐소공포증을 보였다고 한다. 그러니 우주복을 입고 달 표면으로 나가는 일이 절대 달가울 리 없었다.

어른들은 너 나 할 것 없이 앞다퉈 동참해서, 신속하게 조를 나누고 니나 대장을 찾아 나섰다. 모두 12명으로 구성된 수색팀은 보다 많은 구역을 수색하기 위해 2명씩 6개의 조를 이뤘다. 브라마푸트라 마르케스 박사, 얀크 박사, 골드스타인 박사, 그리고 이와니 박사―이렇게 4명은 기지 주변을 수색했다. 나머지 8명은 월면차를 대동하고 좀 더 먼 곳을 찾아 나섰다.

월면차 격납고는 한 달 전쯤 가스 그리산 씨가 로봇팔로 나를 공격했을 때 크게 손상을 입은 상태였다. 다행히 3대의 월면차 중 한 대는 멀쩡했고 2대는 경미한 피해만 입었는데, 그동안 월면차들을 사용할 일은 한 번도 없었다. 달기지 베타 건설이 시작되면 더 중요한 역할을 할 예정이기 때문이었다.(NASA는 월면차 한 대를 더 보내기 위한 준비를 서두르고 있었다.) 그래서 우리는 그보다 작은 크기의 예비용 월면차 한 대를 활용하고 있었다.

킴 박사와 알바레스 박사, 메릿 박사, 발니코프 박사는 월면차를 타고 태양열 집열판 1호기와 2호기 주변을 수색하기 위해 북쪽으로 움직였다. 엄마와 아빠, 창 박사, 하워드 박사는 달기지 베타 건설 예정지로 떠났다. 하지만 내 생각엔 다 부질없어 보였다. 니나 대장이 월면차를 타고 간 것도 아닌데 그렇게 멀리까지 갈 수 있었을지 의문이었고, 월석 때문이라면 사방에 널려 있으니 굳이 멀리 갈 이유가 없었다. 달 전체가 거대한 월석 덩어리니까.

한편, 아이들에겐 다시 학교로 돌아가 수업을 받으라는 지침이 내려졌다. 하지만 우리는 학교로 돌아가지 않았다. 수업에 집중할 수가 없었기 때문이다. 그리고 사실 기지 대장이 실종된 마당에 학교를 빼먹기에 이보다 더 좋은 기회가 언제 있을까 싶기도 했다. 그런 우리를 막기에 마르케스 박사 혼자만의 힘으로는 역부족이었는데, 반란을 주동한 것은 바로 그의 자녀들이었다.

학교로 돌아가라는 지침을 받고 일단 다목적실에 모였지만 패튼과 릴리가 코빼기도 보이지 않자, 세사르는 억울하다는 생각이 들었는지 쇼버그 남매와 똑같이 하기로 마음먹었다. 그러나 마르케스 박사는 자녀들에게 벌을 주는 교육방식은 효과가 없다고 믿는 사람이라서, 세사르가 그렇게 나와도 그저 으름장만 놓을 수밖에 없었다. 그러자 로디가 형이 수업을 받지 않으니 자기도 남아 있을 필요가 없다며 이의를 제기했고, 이네스도 들고 일어났다. 결국 삼남매는 아빠의 경고 같지도 않은 경고를 무시하고 그곳을 휙 빠져나갔고, 급기야 다른 아이들도 이에 가세했다.

마르케스 박사는 그런 상황에서도 딱히 실망한 눈치는 아니었다. 오히려 혼자만의 시간이 생겨 다행이라고 생각했는지, TV나 보겠다며 숙소로 돌아가버렸다.

바이올렛과 카모제는 다목적실의 대형 슬림 스크린을 켜고 〈다람쥐특공대〉를 시청하기 시작했다. 나와 키라는 점심을 먹기 위해 구내식당으로 갔다. 난 로디가 게임 하러 가겠거니 생각했지만, 의외로 녀석은 우리를 뒤쫓아왔다. 녀석이 가상현실 게임보다도 솔깃한 관심을 보이는 것은 역시 여자였다.

릴리와 키라는 성격이 완전히 딴판이지만, 로디는 별로 개의치 않는 것 같았다. 녀석은 틈만 나면 두 여자애 사이를 널뛰듯 오가면서, 그저 집적댈 수 있는 상대가 가까이에 있으면 그만이라는 식이었다. 두 애 중 누구도 녀석한테 관심조차 없었지만 녀석의 구애 행각을 말릴 수는 없었다. 릴리를 상대로는 언젠가 그녀가 자신의 진가를 알게 될 거라는 믿음 하나로 그녀 주위를 알짱거렸고, 키라의 경우에는 툭하면 자신을 무시하는 그녀의 행동이 속마음을 들킬까 봐 괜히 그러는 것뿐이라고, 그러니 강하게 밀어붙이면 붙일수록 그녀의 마음을 허물어뜨릴 수 있다고 믿고 있었다.

오늘도 여지없이, 로디는 자기가 얼마나 잘났는지 보여주는 것만이 키라를 매혹시킬 수 있다는 착각의 늪에 빠져 있었다. 키라와 내가 수분공급기 안에 건조음식을 넣고 점심 먹을 준비를 하는 사이, 로디가 우리한테 다가왔다.

"있잖아, 통계적으로 볼 때 저 밖에서 니나 대장을 찾아낼 확률은 거의 없다고 봐." 로디가 말했다.

키라는 으레 그렇듯, 싫은 기색을 하며 로디를 쳐다봤다. "뭔 소리야? 지금 열두 명이나 나가서 수색을 하고 있는데."

"열두 명 갖곤 턱도 없지." 로디가 콧방귀를 뀌며 말했다. "저기가 얼마나 넓은 덴지, 알긴 아는 거야?"

"그렇다고 하면, 더 이상 말 걸지 않을 거냐?" 내가 물었다.

키라가 킥킥거리며 웃었다.

로디가 나를 도끼눈으로 노려보더니, 다시 키라한테 관심을 돌렸다. "우린 니나 대장님이 어젯밤 열두 시쯤 기지 밖으로 나갔다는 걸 알고 있어. 맞지? 감시 카메라들이 먹통이 된 게 바로 그때쯤이니까 말이야. 그래서 대장님이 밖으로 나가는 장면이…."

"그건 단순히 여러 추측들 중 하나일 뿐이야."

"가장 유력한 추정이지." 로디가 말했다. "그게 진실이라고 봐야지. 감시 카메라는 자정쯤 꺼졌는데, 대장님은 그 직후에 사라졌으니까. 누가 봐도, 대장님이 카메라 작동을 중지시킨 거라니까."

"너도 대장님이 기지 밖으로 나갔다고 믿는 거야?" 키라가 물었다. "언제는 나노봇이 어쩌고저쩌고 하더니."

"그거야, 네가 대장님은 살해됐을 거란 말을 하니까 그런 거지." 로디가 맞받아쳤다. "두 가지 모두 정말 그럴듯한 추측인 건 맞아. 하지만 새롭게 알아낸 정보에 의하면, 니나 대장님은 살해된 게 아니고 에어로크를 통해 기지를 빠져나간, 인간에 가까운 존재일 가능성이 커."

"인간에 가까운 존재는 또 뭐야?"

"이 기지에서 사이보그를 한 명 꼽으라면, 바로 니나 대장님 아니겠냐?"

나는 어이가 없어 신음 소리를 내고 말았다.

"그럼, 대장님이 반은 인간이고 반은 로봇이라고?"

"최근 NASA에서 사이보그를 개발하고 있다는 사실을 모르는 사람도 있냐?"

키라의 음식도 수분 공급 과정이 끝났다. 그녀가 점심 메뉴로 고른 음식은 치킨 엔칠라다스였고, 내 것은 새우 칵테일이었다. 우리는 음식 접시를 들고 음료수 공급대로 향했다.

로디는 우리 뒤를 졸졸 따라오며 쉴 새 없이 입을 놀렸다.

"중요한 건, 나나 대장님은 벌써 열두 시간째 밖에 나가 있다는 사실이야. 대장님의 체력이야 워낙 정평이 나 있으니, 한 시간에 6킬로미터까지는 힘들지 몰라도 5킬로미터쯤은 가뿐히 움직일 수 있을 거야. 편의상 시간당 5킬로미터라고 해두자. 5킬로미터씩 12시간이면 60킬로미터. 그 말은 수색 범위가 지름 60킬로미터의 원이라는 얘기야. 바꿔 말하면, 면적이 1만 1,300제곱킬로미터에 이른다는 소리고."

나는 로디가 말한 숫자에 흠칫해서, 재생수(再生水)를 컵에 따르다 말고 멈췄다.

"한 방향으로만 60킬로미터를 갔다는 보장은 없잖아."

"바로 그게 더 큰 문제지." 로디가 꼬집어 말했다. "곧장 갔다면 단순히 그 원에 해당하는 면적만 수색하면 되지만, 그 원 안에서 어느 방향으로 갔을지 누가 알겠어? 가령 5킬로미터만 비껴가도 수색해야 할 범위는 무려 80제곱킬로미터쯤 늘어나거든. 그래서 열두 명 갖곤 턱도 없다는 거야. 차라리 백사장에서 바늘을 찾는 게 더 쉽겠다."

키라와 나는 걱정스러운 눈빛을 주고받았다. 우리 둘은 이미 한 달 전에 달 표면으로 나갔다 왔기 때문이다. 달 표면은 전체가 칙칙한 회색 일색이었다. 우리가 입은 하얀 우주복도 주변 경관에 그냥 묻히기 십상이었다. 설령 니나 대장이 이동 중이지 않더라도 그녀를 알아보기란 지극히 어려울 게 빤했다.

내가 무슨 말이라도 꺼내려던 참에, 잔 퍼포닉이 모습을 드러냈다. 그녀는 내가 놀라지 않게 하려고, 대기구역에서 어슬렁거리며 손을 흔드는 장면을 나한테 투영했다.

"미안한데." 내가 말했다. "화장실에 좀 다녀올게."

키라는 로디와 단둘이 남게 되는 상황이 싫었던지, '이런 배신자'라고 말하는 듯한 눈빛으로 나를 쏘아봤다.

"지금 당장?"

"좀 급해서."

나는 그렇게 말하고 서둘러 식당을 빠져나갔다.

화장실을 향해 가고 있는데, 스마트워치에서 전화 수신을 알리는 진동이 울렸다. 힐끗 보니 라일리 복이었다. 하와이는 지금 잠에서 깰 시간인 모양이었다. 평상시라면 곧바로 전화를 받았겠지만, 잔과 할 얘기도 있고 그녀가 언제 사라질지도 알 수 없었기 때문에, 나는 어쩔 수 없이 전화를 무시할 수밖에 없었다.

잔이 나를 따라 화장실로 들어왔다. 어른들은 모두 기지 밖에 나가고 없어서 화장실 안에 딱히 누가 있을 것 같지 않았지만, 나는 습관적으로 변기가 있는 칸을 모두 살폈다.

"어떻게 된 거예요?" 나는 소리 없이 대화하기 위해 정신을 집중하며 그녀에게 물었다.

"나야말로 그걸 물어보려고 온 거야. 니나 대장으로부터 아무 징후도 없었니?"

나는 아침에 잔을 만난 이후로 알아낸 사실들 중 중요한 내용만 간추려 말했다. 그녀는 내 말을 집중해서 듣나 싶더니, 결정적으로 니나 대장이 월석을 밀반출하려 했다는 얘기를 듣고 충격에 빠지고 말았다.

"니나 대장이 왜 그런 짓을 했을까? 그러기엔 너무 위험해 보이는데."

"아무래도 돈 때문이겠죠."

잔이 얼굴을 찡그렸다. 사실, 그녀는 예전에도 '돈'이라는 개념을 제대로 이해하지 못했다. 듣자 하니 그녀의 행성에는 돈이라는 개념 자체가 없는 것 같아서 나도 좀 난처하긴 했다. 하긴, 지구에 사는 수십억 종의 생물들 중에서 돈을 사용하는 생물은 인간밖에 없지 않은가. 돈으로 해결할 수 있는 일만큼이나 돈 때문에 생기는 문제 역시 적지 않다.

"니나 대장은 여기서 일하면서 돈을 안 받았어?"

"안 받기는요."

"사실, 여기 있는 동안엔 돈이 필요 없잖아, 그렇지?"

"맞아요. 여기선 음식이든 뭐든 죄다 공짜니까요. 다시 지구로 돌아가야 돈을 쓸 데가 있겠죠."

"그 돈이 자기 인생, 직업, 명성을 걸어도 될 만큼 그렇게나 대단한 거야?"

"부모님 말씀으론 엄청난 금액이랬어요. 한 개에 수십억 원은 될 거라던데요."

내 말이 잘 이해가 안 간다는 듯, 잔이 알쏭달쏭한 표정으로 나를 쳐다봤다.

"뭐 때문에 그렇게 많은 돈이 필요한데?"

"돈이 많으면 뭐든 살 수 있잖아요."

"비상시에 대비해 비상식량을 더 많이 살 수 있다는 뜻이니?"

"어… 그게 아니고요. 비싼 자동차나 맨션 같은 거요."

"맨션이 뭔데?"

"엄청나게 큰 집요. 방이 엄청나게 많고 화장실도 열 개쯤 있는."

"니나 대장한테 화장실이 열 개나 딸린 집이 왜 필요해? 그녀가 장이 나쁘다는 말은 한 적 없잖아?"

"그런 게 아니고, 일종의 사회적 신분을 나타내는 상징 같은 거예요."

"지구에선 집 안에 몸속 노폐물을 배출하는 장소가 그렇게 많은 게 사회적 신분을 상징하는 거니?"

"아… 네. 그렇다고 해두죠." 대화는 내가 예상했던 것과 전혀 엉뚱한 쪽으로 흘러가고 있었다. "아무튼, 집 크기가 중요하긴 해요.

예를 들어, 쇼버그 가족처럼 어마어마한 부자들은 유럽 대륙을 통틀어 손꼽힐 만큼 큰 집을 갖고 있어요. 전 세계 곳곳에 소유하고 있는 다른 맨션들도 마찬가지고요."

"고작 한 가족이 그렇게나 많은 집들을 갖고 있을 필요가 뭐가 있어? 자원 낭비가 심해도 너무 심한 거 아니니?"

"그러게 말이에요. 자원 낭비로 볼 수도 있죠. 하지만 그게 지구에서 사는 방식이에요. 돈이 많으면 많을수록 인생을 더 화려하게 살 수 있는 거죠."

"화려한 인생을 살수록 행복도 커져?"

"그런 편이죠."

"하지만 넌 꼭 그렇진 않다고 생각하는 모양이구나."

"글쎄요. 우리 인간들은 지구에서 살기 위해선 어떻게든 돈을 벌어야 해요. 하지만 우리 가족은 돈이 아주 많진 않아도 꽤나 행복한 편이거든요. 반면에, 쇼버그 가족은 주체할 수 없을 만큼 돈을 갖고 있으면서도 항상 불행해 보여요. 뭐, 순전히 여기서 옴짝달싹 못하고 있기 때문인지는 모르겠지만요."

잔이 어떻게든 이해해보려는 표정으로 고개를 끄덕였다. 나는 그녀의 행성에서는 산다는 게 어떤 모습일지 궁금해졌다. 지구와는 어떻게 다를까? 돈이라는 것이 없어도 어떻게 살고 있을까? 대신, 물물교환을 할까? 직업 따위가 있긴 할까? 궁금한 것들이 수백 가지도 넘었지만, 나는 단 한 가지의 질문도 할 수가 없었다. 설령 물어본다 해도, 잔은 어떻게든 대답을 피할 것만 같았다.

"그러니까 네 생각엔, 순전히 많은 돈을 벌기 위해 니나 대장이 온갖 위험을 감수했다는 거지?"

"대장님이 방 안에 숨겨둔 월석을 보셨다면 그렇게 생각할 수밖에 없을걸요?"

"그동안 너한테서 들은 얘기론, 니나 대장은 법 없이도 살 사람인 줄 알았는데."

"제 말이 그 말이에요. 다른 사람들 생각도 마찬가지고요. 사람들 모두 이번 일 때문에 충격을 많이 받았죠."

"니나 대장이 이런 행동을 할 만한 다른 이유는 전혀 없을까?"

"그럴걸요. 하지만 장담은 못 하겠어요. 다른 사람들 생각도 마찬가지고요. 아무튼 그 이유가 뭐든, 대장님이 기지 밖으로 나갔다는 것만큼은 확실한 것 같아요."

잔이 다시 얼굴을 찡그렸다.

"왜 그러세요?"

"설명하기 어렵지만, 그녀에게서 뭔가 느껴지는 것 같아."

"혹시, 누가 대장님을 해코지한 건 아닐까요?"

잔이 이상하다는 눈빛으로 나를 쳐다봤다.

"혹시 너, 이번에도 살인 사건일지 모른다는 뜻이니?"

"어… 혹시 몰라서요."

"그녀가 해코지를 당했는지 아닌지, 나도 그것까진 알 수 없어. 그저 위험한 지경에 처했다는 것만 알 뿐이지. 그리고 내가 받은 느낌으론, 그녀가 달 표면 같은 외부에 있는 것 같진 않아."

"그럼, 어디에 있는 거예요?"

"어두운 곳이라는 것 말곤 딱히 설명을 할 수가 없어."

"혹시 구덩이 같은 데라도 빠진 거예요?"

"확실히는 모르겠어."

나는 한숨이 절로 나왔다.

"위치를 알려주셔야 도움이 될 거 아니에요?"

"나도 최선을 다하고 있단 말이야."

"그래도 좀 더 신경을 써보세요. 대장님을 다시 감지할 수는 없
나요?"

"그게 네가 생각하는 것보다 훨씬 어려우니까 그렇지."

"왜요?"

"내가 지금 얼마나 먼 곳에서 내 생각을 전송하고 있는지 아니?
그게 쉬운 일 같아?"

"아뇨. 죄송해요. 하도 답답해서요."

"답답한 건 나도 마찬가지라고."

"대장님의 상황에 대해 다른 얘기 해주실 건 없어요?"

잔이 한숨을 내쉬었다.

"한 번 더 시도해보겠지만, 장담은 못 하겠어…."

그때, 화장실 밖에서 누군가 소리를 질렀다. 목소리의 주인공은
키라였다. 그녀는 뭔가에 잔뜩 화가 난 듯했다.

무슨 일이지? 나는 잔에게 금방 다시 오겠다고 말하곤, 서둘러
화장실 밖으로 나갔다.

드디어 쇼버그 가족이 모습을 드러냈다. 이번에는 온 가족이 함께였다. 라스 씨는 물론이고 소냐 아줌마에 패튼과 릴리 남매까지, 마침내 가족 전체가 숙소 밖으로 나온 것이다. 최근 며칠 사이에 그 집 어른들을 본 것은 이번이 처음이었다. 패튼과 릴리 남매처럼 부모 역시 그야말로 눈부신 금발 머리와 창백해 보일 만큼 새하얀 피부를 갖고 있는데, 피부색만 보면 생전 햇빛이라곤 쬐어본 적도 없는 것처럼 느껴질 정도였다. 라스 씨는 한창때는 운동선수였다는데 이젠 턱선을 찾아보기도 힘들고 티셔츠가 늘어질 만큼 배도 불룩 나와 있었다. 소냐 아줌마는 그동안 성형수술을 하도 많이 받아서인지, 예전의 진짜 얼굴이 어땠을지 가늠조차 힘들었다. 그녀의 눈과 코, 턱은 떼어놓고 보면 아름답게 보일지 모르겠지만, 한곳에 합쳐놓으니 제각각 따로 노는 것 같았다.

그들은 온실에 들어가 있었다. 쇼버그 부부가 잘 익은 딸기와 토마토를 찾느라 눈에 불을 켜고 있는 동안, 패튼과 릴리는 문 앞을 막아선 채 다른 사람들이 들어오지 못하게 하고 있었다.

다른 때 같았으면, 제아무리 쇼버그 가족이라도 함부로 그런 짓을 벌이지 못했을 것이다. 다른 어른들이 가만히 보고만 있지는 않았을 테니까. 하지만 지금의 상황은 좀 달랐다. 그들은 기지 안에 아이들밖에 없다는 사실을 알고 있었다.

"거기서 나오세요!" 키라가 소리 질렀다. "그 안에 있는 것들은 주민 전체를 위한 거라고요!"

"우리가 낸 돈을 생각하면 여기 있는 거 다 먹어치워도 된다." 라스 씨가 유리문 너머에서 으르렁거렸다. "우리가 이 끔찍한 곳에 오겠다고 내 돈이 자그마치 5천억 원이다. 너희들은 돈 한 푼 안 내고 왔잖아! 그러니, 우리 몫을 더 누리는 건 당연하지."

어느새 잔이 내 옆에 와 있었다. 그녀는 내 옆에 서서 잔뜩 골이 난 표정으로 쇼버그 가족을 노려봤다.

쇼버그 부부는 잘 익은 딸기들을 거침없이 잡아 따면서 작정한 듯 우리를 조롱했다. 소냐 아줌마가 큰 딸기를 하나 집어 들고는 한껏 냄새를 맡았다. "와, 이 맛있는 냄새!"

키라가 뭐라도 해보라는 눈치를 주며 나를 쳐다봤다.

결국 나는 큰마음 먹고 한 마디 꺼냈다. "다른 사람들이 돌아왔을 때, 이 꼴을 보면 어떻게 될지 모르세요? 사람들이 가만히 있을 것 같아요?"

"퍽이나." 라스 씨가 말했다. "지들이 아무리 설쳐봤자, 우릴 쫓아낼 수나 있고? 여기 갇혀 있는 건 피차 똑같은데? 그러니까, 차라리 우리 몫이나 실컷 챙기고 말련다."

소냐 아줌마가 딸기를 한입 깨물더니 좋아 죽겠다며 신음 소리를 냈다. 성형수술로 빵빵해진 그녀의 턱선을 따라 과즙이 질질 흘러내렸다. "오, 여보. 너무 맛있어요."

"엄마!" 릴리가 비명을 질렀다. "좀 남겨주지!"

"걱정 마세요, 우리 공주님." 소냐 아줌마가 콧소리가 잔뜩 들어간 목소리로 딸을 달랬다. "어차피 다 우리 건데 뭐." 그러곤 자기 몫으로 딸기 몇 개를 더 잡아 땄다.

엄마한테 기대해봤자 소용없다는 걸 깨달은 릴리와 패튼은 온실 안으로 달려 들어가서 딸기를 한 움큼씩 집어 들고 맹렬한 기세로 입 안에 딸기를 욱여넣기 시작했다.

나는 속이 부글부글 끓어올랐다. 우리는 신선한 과일 맛을 본 지가 한 달이나 지났건만, 쇼버그 가족은 우리가 그렇게 오랫동안 기다려왔던 결실을 아무렇지도 않게 입 속으로 털어 넣고 있었다. 그 모습을 가만히 지켜보고 있자니 도저히 참을 수 없는 고문을 받고 있는 것만 같았다.

"창 박사님이 이 꼴을 봤다면 규칙 따윈 상관도 안 했을 거예요." 내가 말했다. "창 박사님을 말릴 사람은 니나 대장님뿐인데, 그분이 사라지고 없으니 당신들한테 무슨 짓을 할지 모른다고요."

"그 양반이 이걸 우리가 한 짓이라고 생각이나 할 것 같으냐?" 라스 씨가 딸기를 야무지게 씹으며 말했다. "너희 같은 말썽쟁이들 짓이라고 생각하면 모를까."

"아뇨, 그럴 리 없어요. 창 박사님은 당신들이 얼마나 끔찍한 사람들인지 충분히 알고 있거든요."

쇼버그 가족을 상대로 그런 식으로 도발해봤자 전혀 씨알이 먹히지 않았다. 그들은 동시에 나를 향해 몸을 돌리더니 잡아먹기라도 할 기세로 나를 노려봤다. 네 사람이 하나같이 입가에 딸기 즙을 뚝뚝 흘리는 모습을 보고 있자니, 사냥한 먹잇감을 정신없이 뜯고 있는 맹수들이 떠올랐다.

그중에서도 패튼의 눈빛이 유독 포악하게 느껴졌다. 나는 그제야 녀석에겐 나한테 되갚아줄 빚이 있다는 사실이 생각났다. 녀석의 얼굴에는 오줌통 깔때기 자국이 희미하게 남아 있었다.

"앞일을 걱정하려면," 녀석이 말했다. "네놈 앞일이나 걱정해라. 너한테 갚을 빚도 있는데, 잘됐네."

만약 내가 다른 사람을 그런 식으로 협박했다면, 우리 부모님은 나를 호되게 꾸짖었을 게 분명하다. 그런데 그 집 식구들은 그 말을 듣고도 오히려 잘했다는 눈치였다. 심지어 소냐 아줌마는 신이라도 난 듯 눈빛을 반짝거렸다. "맞다! 갚을 건 갚고 살아야지!"

"그 일은 없던 일로 하기로 약속했잖아!" 내가 말했다.

패튼은 내 말은 들은 척도 안 하고, 허락이라도 받고 싶은지 자기 엄마를 쳐다봤다. "저 자식, 손 좀 봐줘도 되겠죠? 네?"

딸기 즙으로 범벅이 된 그녀의 침팬지 입술이 비아냥거리듯 실룩거렸다. "그걸 말이라고 하니, 아들아. 쇼버그 가문을 모욕하면 어떻게 되는지 본때를 보여주렴."

"알았어요!" 패튼이 신나서 우쭐거렸다. "제 딸기는 남겨두시는 게 좋을 거예요." 그러곤 나를 향해 온실 밖으로 뛰쳐나왔다.

달리기

중력이 약하게 작용한다는 점을 고려하면, 달 위에서 달리기는 대단히 어려운 동작입니다. 진행하는 경로 상에서 갑자기 장애물을 발견하면 자신의 움직임을 제어해서 갑작스럽게 방향을 변경하거나 즉시 정지하는 것이 매우 어렵기 때문입니다. 게다가, MBA 내부에는 상대적으로 좁은 공간 안에 다수의 사람들과 다양한 용도의 로봇들, 그리고 각종 장비들이 한데 뒤섞여 있습니다. 그중 어느 것과도 갑작스럽게 부딪치게 되면 심각한 부상을 초래할 수 있습니다. 따라서 MBA에서는 비상 상황이 아니라면 절대로 뛰어다니는 일이 없어야 하겠습니다. 뛰는 것보다는 걷는 것이 훨씬 안전할 뿐만 아니라, 걷는다고 해서 딱히 오랜 시간이 걸리는 것도 아니기 때문입니다. MBA는 생각보다 규모가 작은 건물입니다. 한쪽 끝에서 반대쪽 끝까지 뛰어간다 해도, 절약할 수 있는 시간은 고작 몇 초에 불과합니다. 고작 몇 초 때문에, 여러분 혹은 다른 사람을 다치게 하시겠습니까? 물론, 아니겠지요. 그러니 이동할 때에는 주위를 살피며 천천히 다니시기 바랍니다.

깨진 헬멧

달 생활 217일째

한낮

"대시! 도망쳐!" 키라가 소리쳤다.

"가서 잡아!" 한쪽에선 소냐 아줌마가 패튼한테 주문을 내렸고, 다른 한편에서는 라스 씨와 릴리가 열렬히 환호성을 질렀다.

그런 말은 어쩜 그리 잘 듣는지, 패튼이 기다렸다는 듯 우리를 추격하기 시작했다.

중력이 별로 작용하지 않는 난처한 상황에서도, 키라와 나는 최대한 빠른 속도로 기지를 누비고 다녔다. 상황이 그쯤 되면 소리 질러 주변의 도움을 요청해야 하지만, 기지에 남아 있는 어른이라곤 마르케스 박사뿐이었다. 나비 한 마리도 쫓아내기 힘들어 보이는 그에게 기대봤자 딱히 도움이 될 것 같지 않았다. 우리 집 안으로 도망쳐서 문을 걸어 잠그고 버티는 방법밖에는 없었다. 패튼이 숙소 문을 부수지 않기만을 바라면서.

그렇게 도망치는 와중에도, 나는 어떻게든 패튼을 달래보려 했다. "제발 진정 좀 하란 말이야! 그때 일은 정말 미안해. 내가 죽게 생겼는데, 그럼 어쩌라고! 형이 먼저 공격하지 않았으면 그런 일은 없었을 거 아냐!"

"너, 나한테 잡히면 어떻게 되는지 알려줄까? 네놈 머리통도 똑같이 변기 속에 처박고 말 테니까, 각오하고 있어!"

하긴 패튼이라면 그러고도 남을 만했다.

키라와 나는 체육관을 지나 진료실과 다목적실을 지나쳤다. 바이올렛과 다른 꼬맹이들은 〈다람쥐특공대〉 화면에 코를 박고 있던 터라, 우리가 지나치고 있는 것도 몰랐다.

"다람쥐특공대, 화이팅!" 바이올렛이 환호하는 소리가 들렸다. "거기서 빠져나와야 해!"

패튼이 거친 숨을 몰아쉬며 악쓰는 소리가 점점 더 가깝게 느껴지고 있었다. 소리만 들으면, 인간이 아니라 웬 짐승이 내 뒤를 쫓고 있는 것만 같았다.

원래 숙소가 있는 2층으로 가기 위해서는 대기구역에서 유턴을 한 다음 계단을 올라가야 하지만, 오늘만큼은 그럴 시간이 없을 것 같았다. 키라를 힐끗 쳐다보니, 그녀도 나와 똑같은 생각을 하고 있는 눈치였다.

키라와 나는 다목적실의 외벽을 딛고 허공으로 날아올랐다. 중력이 작은 달에서는 달릴 때는 참 난감하지만 잘만 하면 슈퍼맨처럼 날 수 있었다. 우리는 허공을 가로지르며 날다가 바로 우리 숙소 문 앞에 있는 캣워크의 난간을 붙잡았다. 키라가 가뿐히 난간을 뛰어넘기에, 나도 똑같이 뛰어오르려 하는데…

내가 난간을 다 넘기 전에 패튼이 내 발을 낚아채서 아래로 잡아당겼다. 하지만 녀석은 발을 딛지 못해 미끄러지더니, 등이 바닥을 향한 채 그대로 떨어지고 말았다. 어쩔 수 없이 함께 떨어진 나는 본의 아니게 녀석을 깔아뭉갠 꼴이 돼버렸다.

패튼이 곰발바닥 같은 손으로 내 목을 조여왔다.

"안 돼!" 키라가 비명을 질렀다. "놔주란 말이야!"

패튼이 파충류 같은 두 눈을 껌벅이더니 사악한 표정으로 키라를 노려봤다. 그러면서 보란 듯이 내 목을 더 강하게 조였다.

나는 속수무책으로 당하면서 숨을 헐떡거리고만 있었다.

그때 2층에서 마르케스 박사가 로디를 데리고 숙소에서 나오는 소리가 들렸다.

"마르케스 박사님!" 키라가 외쳤다. "좀 말려주세요!"

순간이나마, 나는 마르케스 박사가 그렇게 쓸모없는 사람은 아닐지도 모른다는 희망을 품었다. 하지만 아니나 다를까, 마르케스 박사는 이 상황이 어떤 상황인지 전혀 파악도 못하고 도리어 나를 향해 윽박질렀다. "대시, 당장 패튼한테서 떨어져라! 그러다 패튼이 다치면 어쩌려고!"

나는 목에서 패튼의 손을 어떻게든 떼어내려고 허우적거렸지만, 녀석은 너무나 힘이 셌다. 숨 쉬는 게 점점 힘들어지면서 내 눈에 별이 보이기 시작했다.

마르케스 박사가 하등 도움이 되지 않는다는 것을 깨달은 키라가 나를 구하기 위해 직접 나섰다. 2층에 올라가 있던 그녀가 패튼 옆으로 뛰어내리더니, 머리카락을 통째로 뽑을 기세로 손톱을 세워 녀석의 머리를 쥐어뜯었다.

패튼이 신음 소리를 내며 나를 잡고 있던 손을 놓았다. 나는 이때다 싶어 급히 빠져나가다가 얀크 박사의 숙소 문에 부딪치고 말았다. 키라가 혼자 패튼을 상대하게 놔두는 게 마음에 걸렸지만, 그 순간만큼은 아무것도 못 하고 숨을 몰아쉴 수밖에 없었다.

패튼이 벌떡 일어나더니 팔을 뻗어 키라의 가슴팍을 부여잡았다. 키라보다 덩치가 두 배나 큰 녀석은 바로 그녀를 집어던졌고, 그녀는 복도 위를 날아가 다목적실 벽에 부딪친 다음 그대로 바닥에 나가떨어졌다.

패튼의 공격은 곧바로 나를 향했다. 녀석의 눈가에는 키라의 손톱 공격을 받아 깊게 파인 빨간 상처가 보였다. 그 때문인지, 녀석의 모습은 평소와는 비교할 수 없을 만큼 더욱 악랄하게 보였다. 화가 머리끝까지 치밀어 올라 살벌하게 나를 노려보는 녀석의 모습을 보고 있자니, 이러다가 잡히면 정말 죽을지도 모르겠다는 생각이 들었다.

나는 뒤로 도망치려 해봤지만, 더 이상 물러설 데가 없었다. 게

다가 방금 전 목이 졸려 죽을 뻔했다가 간신히 빠져나온 터라, 제대로 서 있기도 힘들었다.

그런데 패튼이 갑자기 휘청거렸다.

"대시!" 잔이 외치는 소리가 들렸다. "단단히 버티고 있어!"

하지만 그녀가 어디에 있는지는 보이지 않았다. 그냥 내 머릿속에서 소리만 들리게 한 것 같았다.

"아무래도, 내가 이곳 규칙을 좀 어겨야겠다." 잔이 작정한 듯 말했다. "너무 겁먹지는 말고."

패튼이 다시 주먹을 불끈 쥐었다.

그 순간, 패튼과 나 사이의 바닥에서 뭔가가 솟아올랐다. 시멘트와 타일 조각들이 공중으로 솟아올랐는데, 사실 그건 실제가 아니라 내 머릿속에서 투영되는 것이었다. 하지만 패튼에게도 그 장면이 투영되었는지, 녀석은 소스라치게 놀랐다.

바닥을 뚫고 나온 미지의 존재는 그야말로 공포 그 자체였다. 워낙 빠르게 움직이는 바람에 그 정체를 제대로 확인할 수 없었지만, 얼핏 보기에도 무시무시한 이빨과 비늘, 촉수, 끈적끈적한 점액질 등등 공포영화에 나오는 괴물들의 가장 흉측한 부분만 한데 합쳐놓은 것 같았다. 내 눈에는 괴물의 뒷모습만 보일 뿐이었는데, 괴물의 목표는 바로 패튼이었다.

괴물이 쉭쉭거리는 소리를 내며 패튼의 얼굴에 입김을 내뿜었다. 괴물의 머리 주위로는 마치 코브라처럼 주름 같은 것이 펼쳐져 있었고, 그 끝에는 마디마다 발톱이 달려 있었다.

패튼은 금세라도 눈알이 튀어나올 것만 같은 표정을 짓고 있었다. 녀석은 겁에 질려 비명을 지르며 뒷걸음치다가 벽을 들이받고 키라 옆에 쓰러지고 말았다. 오줌을 지렸는지, 녀석의 바지에서 꽃이 피듯 물이 배어나왔다.

바닥으로부터 완전히 모습을 드러낸 괴물이 패튼을 향해 스르르 몸을 움직였다. 뱀처럼 기다란 형체의 괴물은 짤막한 다리들마다 발톱이 달려 있어서, 무시무시한 초대형 지네를 연상시켰다.

넋이 나갔는지 횡설수설하며 제자리에서 뒷걸음질만 하던 패튼이 마침내 죽을힘을 다해 도망쳐서 온실 쪽으로 자취를 감췄다.

잠시 후, 괴물은 온데간데없이 사라져버렸다. 괴물이 뚫고 나온 구멍도 언제 그랬냐는 듯 사라졌고, 복도도 원래 모습을 되찾았다. 저 멀리서 들려오는 패튼의 훌쩍거리는 소리와 녀석이 남기고 간 흥건한 오줌 말고는, 그곳에서 무슨 일이 일어났었는지 전혀 알 수가 없었다.

마르케스 박사가 위층에서 내려다보며 나한테 물었다. "패튼한테 무슨 짓을 한 거냐?"

"하긴 뭘 해요?" 나는 어처구니가 없어서 되물었다. "아무 짓도 안 했어요! 패튼이 저한테 무슨 짓을 했는지 못 보셨어요? 저를 죽이려고 했잖아요!"

"네가 뭔 짓을 한 게 분명해. 안 그럼, 저렇게 도망칠 이유가 없지."

"저를 건들면 안 되겠다는 생각이 들어서 도망쳤나 보죠."

여전히 분이 쉽게 가라앉지 않아 몸을 부들부들 떨면서, 나는 키라의 상태를 확인하기 위해 뒤뚱거리며 복도를 걸어갔다. 키라는 비몽사몽의 표정으로 머리를 문지르고 있었다.

"어떻게 된 거야?" 키라가 물었다. "패튼은?"

"당분간은 우리한테 까불지 못할 거야. 어쩌면, 영원히 그럴 수도 있고. 넌 괜찮아?"

키라가 뒤통수를 만져보더니 아픈 듯 움찔거렸다.

"혹이잖아? 나, 잠깐 기절했었나 봐."

나는 몸을 숙여 키라의 두 눈을 살폈다. 무니들은 어른 아이 할 것 없이 응급처치 훈련을 받았기 때문에, 혹시 그녀에게 뇌진탕이라도 생겼는지 정도는 나도 진단이 가능했다. 다행히 그녀의 상태는 뇌진탕까지는 아니었다.

"혹시 어지럽거나 그러진 않아?"

"그런 건 아닌데. 열 받아서 그렇지 뭐. 어쩌다 저런 우주 꼴통들하고 같이 이런 데 갇혀 있게 됐는지 몰라."

"이만하길 다행이다." 나는 그녀를 부축해 일으켜 세웠다.

"도대체 어떻게 쫓아낸 거야?"

"맞짱 한 번 떴지 뭐." 나는 딱히 둘러댈 말이 없었다. "네가 도와줬으니 망정이지. 네가 한 방 제대로 먹였어."

키라가 씩 웃었다. "짜식이 매를 벌잖아."

마르케스 박사가 계단을 내려와 우리에게 다가왔다. 그는 여전히 불만이 가득한 표정을 짓고 있었다.

"대시, 난 지금 밖에 나간 어른들을 대신해 이 기지를 책임지고 있는 사람이다. 그런 의미에서 한 번 더 묻겠다. 패튼한테 무슨 짓을 한 거냐?"

내가 무섭게 쩨려봤더니, 그는 잠시 움찔했다.

"패튼은 멀쩡해요. 근데 키라는 아니거든요. 패튼 때문에 키라가 다쳤다고요. 책임자라면 그런 걸 따져보셔야 하는 거 아니에요?"

"아." 마르케스 박사는 자기가 의사라는 사실도 까먹고 있었던 듯, 그렇게 말했다. "그래야지. 어디가 어떻게 아프니, 키라?"

"패튼이 집어던지는 바람에, 머리를 벽에 부딪혔어요. 아무래도 검사를 해봐야 하지 않을까요?"

"흠, 그러게 말이다. 나랑 같이 진료실로 가자꾸나."

키라는 마르케스 박사를 따라나섰다. 나는 두 사람이 떠나는 것을 바라보면서도 여전히 분을 삭일 수가 없었다. 가족 전체가 나서서 온실에서 만행을 저지른 것도 모자라 나한테 해코지를 하려 했던 것에 대한 분노, 그리고 치 떨리는 그들의 행태를 보고도 그저 방관만 하고 있던 마르케스 박사를 향한 분노였다.

그때, 내 시야에 뭔가가 깜박거리면서 나타났다. 순간 누군가 내 등 뒤에서 나타난 걸로 착각했지만, 알고 보니 잔이었다. 그녀는 니나 대장을 찾으러 갔다 온 직후처럼, 내 앞에 모습을 보이는 것에 어려움을 겪고 있었다. 이번에는 아까보다 훨씬 지친 모습이었다. 몸 뒤편의 벽이 그대로 보일 만큼 그녀의 형체는 희미했다.

"괜찮으세요?"

"피곤해서 그래. 좀 전에… 너무 힘들었거든." 그녀의 목소리조차 거의 들릴 듯 말 듯 했다. "네 머릿속은 나를 받아들일 준비가 돼 있어 괜찮은데, 패튼의 경우엔 내가 억지로 들어가야 했거든. 걔 머릿속은 꽉 막혀 있더라."

"그 인간 머리통엔 돌만 잔뜩 들어 있을걸요?"

잔이 미소를 지은 뒤, 깜박거리면서 잠시 모습이 사라졌다. 그녀가 다시 나타났을 때는 아까보다 더 투명한 모습이었다.

"내가 참았어야 했는데… 딱히 방법이 없겠더라고. 하마터면 정말 큰일 날 뻔했잖아, 안 그러니?"

나는 패튼한테 목을 졸려 부어오른 부위를 손으로 더듬거렸다.

"그러게 말이에요."

"별다른 이유도 없는데 그런 거야?"

"그러게 말이에요."

나는 똑같은 대답을 반복하면서, 그녀가 인간의 돈에 대해 이런 저런 소리를 했을 때보다도 더 창피한 기분이 들었다.

내 뒤쪽 복도 끝에서 발소리가 들려왔다.

"가야겠다." 그렇게 말하고 잔이 사라졌다.

잠시 후, 세사르가 모퉁이에서 빠끔 머리를 내밀고 이쪽을 살폈다. 우주복을 입을 때나 착용하는 헬멧을 쓰고 있어서, 처음에는 누구인지 알아볼 수 없었다.

복도를 찬찬히 살펴본 다음, 세사르가 물었다. "너, 여기서 대빵 크고 무지막지한 괴물 뱀 못 봤냐?"

"못 봤는데." 나는 아무것도 모르는 척했다. "왜 그러는데?"

"패튼이 봤다고 하길래."

세사르는 여전히 경계 태세를 유지하며 찔끔찔끔 모퉁이를 돌았다. 그는 제 딴엔 방어용 무기랍시고 큼지막한 포크를 손에 꼭 쥐고 있었다.

"내 생각엔 패튼이 뭘 보긴 한 것 같아. 도무지 이해할 수 없는 짓을 하고 있거든."

"뭘 하고 있는데?"

"온실 바닥에 웅크리고 앉아서 아기처럼 울고만 있지 뭐야." 헬멧을 쓰고 있어서인지, 세사르의 말이 명확히 들리지 않았다. "이빨이 백만 개나 달린 거대한 우주 괴물 뱀이 바닥을 뚫고 나오더니, 자기를 잡아먹으려고 했다나 뭐라나."

나는 웃음이 터져 나오려는 걸 간신히 참으면서, 뚫린 흔적 따위가 보일 턱이 없는 바닥을 가리켰다. "저게 뭔가 뚫고 나온 것처럼 보여?"

딱 보면 금세 답이 나올 텐데, 세사르는 생각보다 오랫동안 바닥을 뚫어지게 봤다. 그러더니 패튼이 흥건하게 남기고 간 오줌 자국을 가리켰다. "저건 뭐야?"

"패튼이 그런 거야."

"이런, 된장. 저런 것까지 재활용하진 않겠지? 해야 하나?"

"아마 해야 할걸?"

"헐, 난 못 해. 할 거면 패튼한테 하라고 해. 그 녀석이 그런 거잖아." 세사르는 한 번 더 복도를 살폈다. "참나, 뭔가에 겁을 먹은 게 분명한데, 아무리 봐도 우주뱀인지 뭔지는 보이질 않으니 원."

"혼자 소설 쓴 거 아닌지 몰라."

"내 말이."

세사르가 포크를 휙 내던지더니 헬멧을 벗으려고 했다. 하지만 헬멧이 머리에 걸려서 생각만큼 쉽게 벗겨지지 않았다.

"괜찮아?"

"아니!" 세사르가 쏘아붙였다. "망할 놈의 헬멧!"

"이 헬멧, 형 거 맞아?"

"아니. 로디 거야."

세사르가 화를 주체 못 하고 주먹으로 헬멧을 내리쳤다. 그 바람에 그의 몸이 벽을 향해 비틀거렸다. 그 꼴을 보고 있자니 한심하기 짝이 없어서, 나는 머리를 절레절레 흔들었다. 인간의 이런 어리석은 면을 볼 새 없이 떠나버린 잔이 고맙기까지 했다.

"아이고, 당연하지. 로디 머리가 형보다 훨씬 작은데."

"맞는 헬멧을 찾을 틈도 없었단 말이야! 우주뱀인지 뭔지가 돌아다니고 있다는데, 그럼 어떻게 하냐!"

"가만히 있어봐. 내가 도와줄게."

내 말은 들리지도 않는지, 세사르는 계속 허우적대느라 바빴다. 벽에 부딪칠 때마다 머리가 핀볼처럼 뎅그렁거리며 흔들리는데도 그는 같은 짓을 반복하며 욕지거리를 퍼부어댔다.

"그만해. 그래봐야 소용없다니까."

"더 세게 부딪치면 될지도 몰라."

그 말과 함께 세사르가 머리를 뒤로 한껏 젖혔다가 벽을 향해 박치기했다. 물론 헬멧은 전혀 깨질 기미를 보이지 않았고, 그는 술에 취한 사람처럼 이리저리 비틀거렸다.

그 순간, 어떤 생각이 머릿속을 스쳤다. 나는 세사르가 다시 똑바로 설 때까지 기다렸다가 물었다. "그런데, 왜 형 헬멧은 놔두고 남의 것을 쓰고 온 거야?"

"망가졌으니까 그렇지."

"언제? 어떻게 망가졌는데?"

"어젯밤에. 패튼하고 릴리하고 나, 이렇게 셋이서 미식축구를 하다가."

"헬멧까지 쓰고 했단 말이야?"

"당연하지." 세사르가 한심하다는 표정을 지으며 비웃었다. "헬멧도 안 쓰고 어떻게 미식축구를 하냐?"

"헬멧은 기지 밖으로 나갈 때만 쓰게 돼 있잖아."

"답답하긴. 그러니까 혹시라도 누구한테 들킬까 봐 한밤중에만 하는 거지."

세사르가 아무리 애써도 헬멧 안에 습기가 차는 것을 어쩌지는 못했다. 얼굴이 거의 보이지 않을 정도였다.

"그러니까, 헬멧이 망가질 정도로 과격하게 놀았다는 거야?"

"그렇다니까." 세사르가 소리 내어 웃었다. "우리 셋은 다목적실에서 게임을 하고 있었어. 패튼이랑 릴리가 서로 대결하기로 하고, 난 쿼터백만 맡기로 했어. 그렇게 게임을 하다가 나하고 릴리가 힘을 합쳐 점수를 냈는데, 갑자기 패튼이 나한테 태클을 걸더라구. 난 예상도 못하고 있다가 갑자기 당한 거지. 아무튼 녀석이 얼굴부터 들이밀면서 나한테 달려드는 바람에, 왜 그거 있잖아, 얼굴 가려주는 판때기인지 뭔지, 그게 빠지직~"

"가리개 말하는 거야?"

"맞아! 그 녀석이 완전 박살 냈다니까." 세사르가 뭔가 생각이 난 듯 인상을 찌푸렸다. "이 얘긴 아무한테도 하지 않는 게 좋을 거야. 혹시라도 일러바쳐봐. 확 그냥~"

나는 새삼스레 세사르의 우둔함에 말문이 막혀 그를 빤히 쳐다봤다. 그러다 다른 생각이 떠올랐다. "그럼, 릴리 헬멧도 망가졌겠네?"

세사르가 어깨를 으쓱했다. "아마 그렇겠지? 걔 것도 엄청 부딪혔으니까."

"세사르 형!" 나는 어이가 없어서 소리를 질렀다. "니나 대장님이 릴리 헬멧을 쓰고 나갔단 말이야! 그게 망가졌다면 죽었을지도 모른다고!"

세사르는 그제야 사태를 파악한 것 같았다. "이런. 젠장."

하지만 내 머릿속에 더 끔찍한 생각이 떠오르고 말았다.

"혹시, 다른 어른들 것까지 망가뜨린 거 아냐?"

헬멧 안에 여전히 습기가 잔뜩 서려 있었지만, 세사르가 내 시선을 피하고 있는 표정만큼은 고스란히 보였다. 세사르는 나보다 나

이가 네 살이나 위인데도, 하는 짓은 바이올렛보다 하나도 나을
게 없었다.

"그럴지도 몰라."

"그럴지도 모른다고?"

"그게… 일단 내 헬멧이 망가졌으니까 다른 헬멧을 써야 할 거
아냐? 하지만 꼬맹이들 건 하나도 맞는 게 없어서… 어른들 것 중
에서 몇 개 골라 썼지."

"몇 개나?"

"패튼이 우리 것보다 훨씬 낫다고 하길래."

"그것들도 망가뜨렸어?"

"꼭 그렇진 않을걸? 유리가 깨지거나 하진 않았단 말이야."

"누구, 누구 헬멧이었는데?"

"그걸 다 어떻게 기억하냐?"

나는 두 손으로 머리를 탁 쳤다.

"그러니까, 저 밖에 나간 사람들 중에서 누구 것인지 모른다는
말이야?"

세사르는 아무 말도 하지 않았지만, 그건 그렇다는 대답이었다.

나는 부랴부랴 관제실로 향했다. 그곳에는 밖에 나가 있는 어른
들과 교신할 수 있는 무전기가 있었다. 혹시라도 누군가 망가진
헬멧을 쓰고 있다면 지체 없이 그 사실을 알려야 했다. 가리개의
유리는 사느냐 죽느냐를 결정하는 경계선과도 같다. 당장은 깨지
지 않더라도 일단 깨지면 그 헬멧을 쓰고 있는 사람은 달 표면의

극한 온도에 고스란히 노출될 수 있다. 우주복에서 산소가 완전히 다 빠져나가는 것은 굳이 말할 필요도 없고.

나는 관제실 안으로 들어갔다. 바로 옆방인 온실에서 패튼의 목소리가 들렸다. MBA를 구성하고 있는 벽들 중에서 외부에 노출된 벽은 운석과 충돌하더라도 견딜 수 있을 만큼 엄청나게 두꺼운 반면, 내부에 설치된 벽들은 종이와 다름없을 만큼 두께가 얇다. 그래서 어지간한 소리는 벽을 통해 들리기 마련이지만, 유독 패튼의 소리가 더 크게 들려왔다. 녀석은 아직도 겁에 질려 질질 짜고 있는 모양이었다.

"날 잡아먹으려고 했단 말이에요! 괴물이 자기 입술을 핥고 있었어요. 입술이 여섯 개나 됐다니까요!"

"당장 뚝 그쳐." 패튼의 아빠, 라스 쇼버그 씨가 매몰차게 명령조로 말했다. 그의 말투를 들으니 전형적인 애정 결핍 같은 게 느껴져서, 패튼이 행패를 일삼는 사이코일 수밖에 없는 게 충분히 이해됐다. "자꾸 한심한 소리만 지껄일 거냐!"

"아직 기지 안을 돌아다니고 있을 거라고요!" 패튼이 악을 쓰며 말했다. "가만히 있다간, 다 잡아먹힌다니까요!"

나는 더 이상 참을 수가 없었다. 나는 잔이 만들어냈던 괴물을 흉내 내기 위해, 최대한 크게 쉭쉭거리는 소리를 냈다.

패튼이 벽을 통해 그 소리를 들은 모양이었다. "저 소리예요! 이리 오고 있나 봐요! 이러다 우린 다 죽을 거예요!"

겁에 질려 흐느껴대는 바람에, 나는 패튼의 말을 제대로 알아들을 수가 없었다.

나는 패튼이 징징 짜는 소리가 듣기 싫어서 무전기 헤드셋을 머리에 쓰고 귀를 막았다. 헤드셋에서는 달 표면에 나가 있는 어른들이 서로 대화를 주고받는 소리가 들렸다.

얀크 박사: "정화수 처리장치 부근에도 니나 대장의 흔적은 보이지 않는다, 오버."

창 박사: "알았다, 오버. 비상탈출용 에어로크 쪽을 살펴보는 게 어떤가? 오버."

이와니 박사: "골드스타인 박사와 내가 지금 그곳에 있다. 여기에도 아무것도 없다, 오버."

중앙 컴퓨터 화면에 주변 지역의 지도와 함께 사람들의 우주복에 장착된 GPS 신호들이 표시되고 있었다. 각자의 이름이 표시된 12개의 신호들이 깜박이고 있었다.

그들과 대화하기 위해서는 정해진 방법이 있겠지만, 나는 뭘 어떻게 만져야 할지 알 수 없었다. 그래서 그냥 마이크에 대고 말했다. "밖에 계신 분들은 잘 들으세요. 저는 기지에 남아 있는 대시입니다. 비상 상황입니다. 세사르 형의 말에 의하면, 여러분 중에서 최소 한 명의 헬멧 가리개가 고장 나 있다는 정보입니다."

그 순간, 웅성웅성 난리가 났다. 내가 모든 사람들을 상대로 무전을 보내는 바람에 그 말을 들은 사람들은 하나같이 겁을 먹거나 믿을 수 없다는 반응을 보였다. 모두가 동시에 한 마디씩 내뱉는 말 때문에 무전은 완전히 엉망이 돼버리고 말았다.

결국 창 박사가 나섰다. "기지 대장, 창 코왈스키입니다. 대시를 제외하곤, 모두들 조용히 해주세요."

그 즉시 무전 상태가 깨끗해졌다.

창 박사가 말했다. "대시, 좀 더 자세히 말해보거라."

"세사르 형한테 들은 얘긴데요, 어젯밤 쇼버그 남매랑 셋이서 헬멧을 쓰고 미식축구를 했다고 합니다. 그 와중에 세사르 형과 릴리의 헬멧 가리개가 망가졌고, 그래서 대신 어른들 것을 몇 개 쓰고 놀았는데, 문제는 그게 누구 것인지 기억나지 않는다는 거예요."

무전 헤드셋에서 너 나 할 것 없이 한 마디씩 화를 내며 중얼거리는 소리가 들렸다. 다들 조용히 해야 한다는 것을 알면서도 악명 높은 쇼버그 남매 이름까지 거론되자 참을 수가 없었던 모양이다. 더 큰 문제는 세사르의 엄마 역시 듣고 있었다는 것이다. 세사르 엄마가 세사르의 머리가 어쩌고저쩌고 하며 심한 말을 내뱉는 게 똑똑히 들렸다.

"조용!" 창 박사가 거칠게 말했다. "내가 묻기 전에는 조용히 하세요. 자, 자기 헬멧에 이상이 있다고 느끼신 분 있습니까?"

각자 헬멧을 확인하느라 쥐 죽은 듯 조용해졌다. 잠시 후 누군가 말했다. "제 가리개에 금이 간 것 같아요."

로즈 박사, 즉 우리 엄마였다.

나는 순간 오싹해졌다.

"많이 심각한가요?" 창 박사가 물었다.

"얼핏 보기엔, 실금 정도만 보여요." 엄마는 목숨이 위태로운 지경에서도 놀라우리만큼 차분한 목소리로 말했다. "그래도 깨진 건 분명해요. 아마 밖에 나와서 생긴 듯해요. 기지에서 나오기 전에는 없었거든요."

나는 안절부절못하고 관제실 안을 서성거리면서, 속으로는 세사르와 쇼버그 남매한테 연신 욕을 해댔다. 유리에 큰 충격이 있었더라도, 밖으로 나가기 전까지는 문제가 없어 보였을 것이다. 기지 내부와 외부의 기압은 완전히 딴판이기 때문이다.

"제 헬멧에도 실금이 보이는 것 같아요." 또 다른 여자 목소리가 들렸다. 다프네 박사였다.

"상태가 어떻습니까?" 창 박사가 물었다.

"로즈 박사랑 비슷해요." 다프네 박사가 상황을 알렸다. 놀란 가슴을 애써 쓸어내리고 있는지, 그녀의 목소리는 엄마보다 훨씬 더 떨렸다.

"일단, 알겠습니다." 창 박사가 말했다. "현재로선 어느 누구의 헬멧도 안전하다고 확신할 수 없으니, 당장 응급조치를 취할 필요가 있습니다. 제 제어 패널 상에는 일부 인원이 MBA에서 너무 먼 곳까지 나가 있는 것으로 파악되기 때문에, 그 인원들은 되돌아오는 것이 오히려 위험해 보입니다."

어른들의 우주복에는 천으로 된 소매 부분에 컴퓨터 기능을 갖춘 제어 패널이 장착되어 있기 때문에, 그런 상황들을 판단하기가 용이했다.

"다행스럽게도, 달기지 베타의 작업동은 현재 산소 공급장치가 작동되고 있어서 안전합니다. 하워드 박사와 제가 월면차에 깁슨 박사 부부를 태우고 그쪽으로 이동하겠습니다. 다른 분들은 즉시 달기지 알파로 복귀하세요. 아셨습니까?"

"알겠습니다." 사람들이 이구동성으로 대답하는 소리가 들렸다.

창 박사의 목소리가 다시 들려왔다. 그는 무전을 하는 도중에도 서둘러 이동하고 있는지, 숨소리가 다소 거칠었다.

"대시! 우주복 보관함에 가면, 안쪽에 교체용 가리개와 수리 키트가 있을 거다. 네가 키라와 함께 그것들을 챙겨서 소형 월면차를 타고 우리한테 가져다줬으면 좋겠구나."

나는 창 박사의 말을 듣고 깜짝 놀라 몸이 뻣뻣해졌다.

"제가요?"

"무리한 부탁이라는 건 알지만, 그 일을 할 만한 사람이 너희밖에 없구나."

"알겠어요."

심장이 마구 요동쳤지만, 나는 어떻게든 담담하게 말하려고 애썼다.

나에게 또다시, 달 표면으로 나갈 일이 생기고 말았다.

월면차

어쩔 수 없이 달 표면에 나가 먼 곳까지 이동해야 할 일이 있다면, 여러분은 월면차를 이용할 수 있습니다. 월면차를 이용하면 엄청난 양의 시간과 에너지, 산소를 아낄 수 있지만, 월면차 역시 운송수단이라는 점을 명심하고 지구에서와 마찬가지로 사용 시 각별한 주의가 필요합니다. 사실, 월면차의 최고 속도는 일반 자동차에 비하면 상대도 되지 않을 만큼 느리지만, 일단 사고가 발생하면 매우 위험합니다. 특히, 월면차에서 튕겨나가거나 월면차가 전복되어 그 밑에 깔리는 경우에는 그 피해 정도가 더욱 심각할 수 있습니다. 따라서 월면차를 운전할 때는 가까운 거리에 다른 월면차(단 한 대일지라도)가 있는지, 혹은 갑작스러운 지형 변화, 급경사, 예리한 화산석, 로봇 등의 잠재적 장애물이 있지 않은지 경계를 늦추지 말아야 합니다. 또한, 달 표면에서는 어떠한 이유에서든 드래그 레이스, 점프 등의 묘기 운전을 해서는 안 됩니다. 여러분의 몸을 안전하게 잡아줄 안전벨트를 항상 착용하는 것도 잊지 마시기 바랍니다.

위험천만한 드라이브

달 생활 217일째

오후

처음 달 표면으로 나갔을 때, 나는 거의 죽다 살아났다. 가스 그리산이라는 사람이 나를 죽이려고 했기 때문이다. 그는 로봇팔을 이용해서 나를 벌레처럼 깔아뭉개려 했다. 그 과정에서 내 헬멧 가리개에 금이 가는 바람에, 몇 초만 늦었으면 숨 막혀 죽을 뻔했다. 그날 이후로, 나는 다시 기지 밖으로 나간다는 생각만 해도 치가 떨렸다. 처음 며칠 동안은 악몽에 시달려야 했다. 산소는 떨어지고 있는데 나는 어떻게든 살아보겠다고 발버둥 치며 달 표면을 달리고 있는 악몽이었다. 살려달라고 비명을 질러대다가 문득 꿈에서 깨면 온몸이 식은땀으로 흥건히 젖어 있었다. 그 이후 악몽을 꾸는 일은 차츰 잦아들었지만, 나는 여전히 그때 그 순간을 온몸으로 기억하고 있었다.

그런데, 이젠 엄마의 목숨이 위태로웠다. 나는 휘몰아치는 두려움을 떨쳐내면서 헬멧 수리 키트를 찾는 일에 집중했다. 그런 뒤 우주복을 챙겨 입고 다시 달 표면에 발을 내딛었다.

"내가 운전할까?" 터벅터벅 월면차 격납고로 걸어가는 동안, 헤드셋에서 키라의 목소리가 들렸다.

"운전할 줄은 알아?" 나는 침착함을 잃을까 봐 오로지 호흡에만 집중하며 정신을 바짝 차리고 있었다.

"내가 할 줄도 모르면서 물어봤겠어? 당연히 할 줄 알지."

과연 그 말을 믿어도 될까 싶어서, 나는 키라를 힐끔 쳐다봤다. 자율주행차 시대를 맞이한 이후로는, 운전을 할 줄 모르는 사람들도 굳이 운전교육을 받을 필요가 없었다. 지구에서는 운전대가 달린 자동차를 찾아보기 힘들 정도였다. 그리고 꼭 그런 게 아니더라도, 키라의 나이는 이제 겨우 열두 살이었다.

"어디서 배웠어?"

"우리 사촌들 농장에 오래된 산악 오토바이가 몇 대 있었거든. 예전에 그걸 타고 여기저기 돌아다닌 적이 있어."

"알았어. 그럼, 키라 네가 해."

창 박사가 키라도 함께 불러서 그나마 다행이었다. 지난번 로봇 팔이 나를 공격할 때 키라도 그 자리에 있었지만, 그녀는 그런 끔찍한 기억에도 불구하고 딱히 고통을 받는 것 같지 않았다.(하긴,

죽을 뻔한 사람은 바로 나니까.) MBA의 다람쥐 쳇바퀴 같은 일상이 지겨웠는지, 다시 한 번 기지 밖으로 나가게 됐다는 사실에 그녀는 오히려 크게 기뻐하는 눈치였다. 그녀는 뭐가 그렇게 신이 나는지, 내 옆에서 통통 튀어 다니며 콧노래까지 흥얼거렸다. 그런 그녀의 모습은 내 기분까지 덩달아 가볍게 해줬다.

해가 기울면서, 달 표면이 발갛게 빛나고 있었다. 대기층이 없는 칠흑 같은 하늘에는 별들이 반짝이고 있었다. 그 모든 광경이 아름답기 그지없었다. 잠시 동안, 인류 역사를 통틀어 이런 경험을 할 수 있는 극소수 사람들 중 한 명이 바로 나라는 사실에 행복감마저 느꼈다.

월면차 격납고는 중앙 에어로크로부터 그리 멀리 떨어진 곳이 아니어서, 거기까지 이동하는 데는 오랜 시간이 걸리지 않았다. 격납고는 원래 그저 하얗기만 한 돔 건물인데, 지난번 로봇팔의 공격을 받아 지붕에 구멍이 나고 말았다. 필요한 자재를 달까지 가져오려면 우주선을 동원해야 하기 때문에, 몇 년이 지나야 제대로 보수가 될지는 알 수 없는 상황이었다. 그래서 우리 아빠와 창 박사, 발니코프 박사가 임시방편으로 돔 지붕의 꼭대기를 잘라냈는데, 그 때문에 이글루에 선루프를 뚫어놓은 모양새가 돼버렸다.

어른들은 대형 월면차를 끌고 나간 다음, 격납고 문을 그대로 열어뒀다. 지난번에 공격을 받고도 살아남은 월면차들이 있던 자리에서부터, 흙먼지 자국들이 여러 갈래로 뻗어나가며 겹쳐져 있었다. 대형 월면차 3호기는 지난번 공격 때 경미한 손상을 입은 덕분에, 여분으로 보유 중인 부품만으로도 수리가 가능해 보였다. 격납고 뒤편에는 소형 월면차 한 대가 얌전히 주차돼 있었다.

얼핏 보기에도 볼품없는 소형 월면차는 마치 아이들 손으로 대충 조립해놓은 것처럼 무척이나 빈약해 보였다. 차체를 이루는 금속 뼈대들은 내 손가락만큼이나 가늘었고, 모터는 장난감에 사용해도 될 만큼 허접해 보였다. 다만 바퀴만큼은 제법 크고 폭도 넓어서, 달 표면의 삐죽한 바위들을 타고 넘는 데 아무 문제가 없을 만큼 튼튼해 보였다.

키라가 신이 나서 운전석 안으로 미끄러지듯 들어가 앉았다. 시동 스위치를 켜니, 엔진이 푸드득 떨리면서 시동이 켜졌다.

"그렇지!" 키라가 소리 질렀다. "어디, 성능이 어떤지 한번 볼까!"

나도 조수석에 자리 잡고 앉아 안전벨트를 채웠다. 키라가 곧바로 가속 페달을 쿡 밟으며 괴성을 질러댔다. 하지만 그녀의 기대와는 영 딴판이었다. 굉음을 내며 달리는 F1 레이싱 카는 고사하고, 꼬락서니가 골프 카트만도 못했다. 월면차는 힘이 부치는 듯 계속 통통거리기만 했다.

"아니, 뭐 이런…" 키라가 말했다. "어떻게 해야 속도가 나는 거야?"

"아무래도 딱 이 정도로만 달리게 만들어진 것 같아. 최고 속도가 시속 12킬로미터밖에 안 되는 걸 보니."

"헐~" 키라가 우주선 착륙장 쪽으로 방향을 돌렸다. "우리 할머니도 이것보단 빠르겠다."

그때 착륙장 주위를 감싸고 있는 보호벽 주변에서 뭔가 움직이는 것이 느껴졌다. 기지에서 가까운 곳을 중심으로 수색 작업을 벌이던 4명의 무니들 중 2명이 에어로크 쪽으로 급히 이동하고 있었다. 보아하니, 당장이라도 헬멧이 깨질까 봐 겁을 먹은 듯했다.

기지의 측면을 수색하던 나머지 2명도 마찬가지로 허겁지겁 서두르는 모습이 보였다. 헬멧 때문에 누구인지 알아볼 수 없었지만, 그들이 느꼈을 두려움이 고스란히 전해지는 것만 같았다. 새삼스레 우리한테 얼마나 막중한 임무가 주어졌는지 느낄 수 있었다.

키라는 월면차의 속도에 연신 불만을 쏟아냈지만, 그래도 걷는 것보다는 백번 나았다. 착륙장을 빠져나온 지 얼마 지나지 않아, 예전에는 한 번도 본 적 없는 신대륙과도 같은 지역이 눈앞에 나타났다.

달기지 알파의 인근에는 인간의 발자국과 월면차의 타이어 자국이 뒤덮여 있었고, 심지어 건축물의 잔해들도 흩어져 있을 만큼 인간이 만들어낸 보기 싫은 흔적들이 많았다. 하지만 착륙장만 벗어나면 거의 모든 지역이 오염되지 않고 그대로 남아 있었다. 착륙장과 MBB 예정지 사이를 월면차와 탐사로봇들이 수없이 지나다니면서 만들어진 도로를 제외하면, 모든 것이 수십만 년 전의 모습을 그대로 간직하고 있었다. 달의 흙먼지들이 드넓은 바다처럼 펼쳐진 그곳에는 섬처럼 솟은 바위들과 분화구들이 있었다.

우리의 오른편으로 달의 흙먼지들이 쌓여 만들어진 순백의 거대한 산이 보였다. 높이가 60미터나 되는 아름다운 산이었다.

"저것 좀 봐. 끝내준다, 그렇지?"

"그러게." 키라가 맞장구쳤다. "저 위로 지나가봤으면 좋겠다."

나는 그녀를 힐끗 쳐다봤다. "그랬다간 우리가 망친 자국이 영원히 남게 될 거야."

"그게 뭐? 어차피 조만간 누군가 망쳐놓을 텐데. 그럴 바엔 차라리 우리가 하고 말지. 우리가 최초로 올라가면 틀림없이 저기에다 우리 이름을 따서 붙이지 않겠어?"

"그럴 필요 없이, 그냥 우리끼리 이름을 붙이면 되잖아."

"키라대시 산이라고 부르자!" 그녀가 큰 소리로 말했다. "아, 정말, 비상사태만 아니면 당장이라도 올라가고 싶다."

"조심해!"

언덕을 보느라 정신이 팔려 있던 키라는 반대쪽에서 다른 월면차가 다가오는 것도 몰랐다. 발니코프 박사, 메릿 박사, 킴 박사, 알바레스 박사가 헬멧 가리개가 깨지기 전에 서둘러 기지로 돌아가는 중이었다. 우리가 탄 월면차가 정면을 향해 오는 것을 보고, 그들이 필사적으로 손을 저으며 오른쪽으로 틀라는 신호를 보냈다. 키라가 급히 방향을 틀었다.

다행히 그들의 월면차는 우리를 아슬아슬하게 비켜나갔고, 휘청거리며 MBA로 향했다.

"아이쿠."

"허허벌판에 차라곤 달랑 두 대뿐인데, 그걸 부딪칠 뻔하냐?"

"다른 차가 있을 거라곤 생각도 못했지."

나는 우리의 진행 방향으로 혹시 또 다른 사람들이 있는지 다시 한 번 살핀 다음, 끝없이 펼쳐진 달의 지표면을 찬찬히 살폈다. 문득 로디가 했던 말이 떠올랐다. 니나 대장이 어느 쪽으로 갔는지도 모를뿐더러, 설령 안다 해도 그녀를 발견하는 건 거의 불가능하다고 했던 말이. 나는 고개를 돌려 MBA 쪽을 쳐다봤지만, 기지의 모습은 키라대시 산에 가려 보이지 않았다.

"넌 니나 대장님이 정말로 이렇게 먼 데까지 왔을 거 같아? 그것도 혼자서?"

"그 정도로 먼 데는 아니야." 키라가 대답했다. "이 답답한 월면차 속도로 봐선 1.5킬로미터도 못 왔을걸?"

"우린 월면차를 타고 왔잖아. 홀몸으로 기지에서 이렇게 멀리까지 왔다는 게 대장님답지 않아. 너무 위험하잖아."

"기지를 떠났다는 것부터가 이미 대장님답지 않은데 뭐. 월석을 훔친 것도 그렇고. 하지만 분명한 건, 우리 중 누구도 니나 대장님을 제대로 아는 사람이 없다는 거야. 모든 사람들이 대장님을 범생이인 줄로만 알았는데, 막상 알고 보니 그동안 줄곧 남의 눈을 피해 나쁜 짓을 하고 있었다는 얘기잖아."

나는 한숨을 내쉬었다. "어쨌든, 적어도 살해당한 건 아니었어."

"꼭 그렇다고 볼 수도 없지. 가능성은 여전히 남아 있어. 니나 대장님이 월석을 밀반출하려는 걸 누군가 알게 됐는데, 그 사람도 그 일에 끼고 싶어 했다고 가정해봐. 그런데 대장님이 안 된다고 거절했다면? 무슨 일이 벌어졌을지는 아무도 모른다는 얘기지."

"넌 대장님이 그깟 돌 몇 개 때문에 살해됐다고 생각하는 거야?"

"그냥 돌이 아니라 수십 억짜리라며? 맞지? 그보다 훨씬 못한 것 때문에도 사람들은 서로 죽이고 난리잖아."

나는 달 표면을 물끄러미 바라보며 키라의 말을 곰곰이 되새겨봤다. 이번에도 키라의 생각은 일리가 있었다. 니나 대장이 아무도 모르게 일을 꾸몄다고는 하지만, 누군가 그녀를 해쳤을지도 모른다는 것과는 별개의 문제다. 잔은 니나 대장이 아직 살아 있다고 했지만, 그건 이미 몇 시간 전의 일이다. 그동안 그녀에게 무슨 일이 생겼을지는 아무도 모르는 일이다. 무엇보다 그녀가 어디에 있는지조차 모른다는 게 문제였다. 달 위를 아무리 열심히 찾아다녀봤자 그녀의 흔적을 찾을 수 있을 것 같지 않았다. 설령 그녀가 불과 몇 미터 앞 땅속에 묻혀 있다고 한들, 과연 내가 무슨 수로 그걸 알아낼 수 있을까?

"그래서, 넌 누가 제일 의심스러운데?"

"그야 쇼버그 가족이지." 키라가 대답했다.

"쇼버그 가족? 그 사람들이 고작 몇 십억 원 때문에 그런 짓을 했을까? 몇 조 원이나 되는 재산을 갖고 있는 사람들이?"

"그건 모르는 일이지. 휴가랍시고 이런 데 올 만큼 정신 나간 사람들이라면, 그런 식으로 엉뚱한 곳에 전 재산을 다 날렸을지 누가 알겠냐? 그 바람에 파산이라도 당했다면 한 푼이 아쉽겠지. 그들은 없이 살아본 적이 없는 사람들이잖아. 근본적으로 우리처럼은 살 수 없는 사람들이란 말이야. 순금 욕조나 캐비어, 애완용 눈표범 없이 살기란 쉽지 않을걸?"

"그래도 그렇지, 고작 몇 십억 원 갖고 간에 기별이나 가겠어?"

"그래도 없는 것보다야 백번 낫지. 누가 뭐래도, 우리 기지에서 돈 때문에 그런 짓을 할 사람은 그 집 식구들밖에 없어. 그래, 파산까지는 아니라고 치자. 그냥 날 때부터 심성이 괴물 같아서 그렇게 추악한 짓을 스스럼없이 한 건지도."

"에이, 그건 좀….'"

"아무튼 이유가 뭐든 간에, 최근 들어 부쩍 의심스러운 짓을 하고 다녔다는 건 너도 알잖아."

"그건 그래."

나는 키라의 말에 수긍할 수밖에 없었다. 그들이 한동안 숙소에서 꼼짝도 안 하고 있었던 것과 어젯밤 로디가 쇼버그 남매의 꿍꿍이짓을 목격한 사실이 떠올랐다.

"뭔가 못된 짓을 벌이고 있는 것만큼은 분명한 것 같아."

"저기," 키라가 앞쪽을 가리키며 말했다. "달기지 베타 예정지가 보인다."

얼핏 보기에도 공사가 특별히 많이 진행된 것 같지는 않았다. 측량을 위한 줄 몇 개만이 말뚝에 달랑 묶여 있을 뿐이었다. 그리고 승용차 한 대가 거뜬히 들어갈 만한 크기의 화물 캡슐 9개가 여기저기 흩어져 있었다. 캡슐의 모양이 죄다 똑같아서, 그중에서 어떤 것이 오늘 아침 도착한 것인지는 분간할 수 없었다. 9개의 캡슐은 모두 개봉을 하지 않은 상태였다. MBB 건설이 시작되기 전까지는 그 상태로 있을 것 같았다.

그나저나, 나는 작업동의 위치를 찾을 수가 없었다. 작업동은 운석과의 충돌에 대비해 지하에 지어졌기 때문이다. 작업동은 수십억 년 전 화산 폭발로 생성된 거대한 동굴 안에 위치해 있었다.

나는 MBB 건설 예정지로부터 조금 떨어진 곳에서, 우리 부모님과 창 박사, 하워드 박사가 타고 온 월면차를 발견했다. 월면차는 용암 동굴의 입구 쪽, 바위의 경사면 옆에 주차돼 있었다.

나는 그쪽을 가리켰다. "저기가 작업동인가 봐."

그런데 그때, 나의 오른쪽에서 갑작스러운 움직임이 느껴졌다.

내 시야의 가장 끝자락에서 뭔가가 휙 하고 움직였다. 그쪽으로 고개를 돌려봤지만, 알 수 없는 그 존재는 사라져버린 뒤였다.

"왜 그래?" 키라가 물었다.

"뭔가 본 것 같았는데."

"혹시, 니나 대장님?"

"모르겠어. 차 좀 세워봐."

키라가 브레이크를 세게 내리밟았다. 그렇게 빠른 속도도 아닌데 월면차가 흙먼지 위에서 살짝 미끄러졌다.

나는 수평선을 따라 오른쪽으로 찬찬히 살폈다. 마음 한구석에선 니나 대장이 멀쩡한 모습으로 발견되길 기대하면서, 혹시 또 다른 움직임이 있는지 지켜봤다. 하지만 아무것도 보이지 않았다.

그 순간, MBB 건설 예정지와 가까운 곳에서 하얀 연기 같은 것이 보였다. 달의 흙먼지가 아주 작은 구름처럼 허공에 피어올랐다.

중력이 작은 탓에 흙먼지들이 지표면으로 다시 떨어지는 데 한참이나 걸렸다. 그 모습이 마치 혹등고래가 물을 뿜는 것만 같았다.

"저것 봐!"

"나도 보여." 키라가 대답했다.

우리의 왼쪽에서도 또 한 번 연기 같은 것이 피어올랐다. 이번에는 아까보다 더 가까운 거리였다.

순간 공포가 엄습했다. 나는 그것의 정체를 알아차렸다.

"운석이잖아!"

우리 주위에서 운석들이 떨어지고 있었다. 운석을 맞고 바위에서 떨어져나간 조각들이 허공으로 떠올랐다. 충격 정도로 봤을 때, 운석들은 조약돌보다 작은 것들이었다. 지구에서는 운석들이 대기권을 통과하면서 타버리고 말겠지만, 대기층이 없는 달에서는 떨어지는 운석들의 속도가 전혀 줄지 않았다. 로켓만큼이나 빠른 속도로 떨어지는 운석들은 달 표면과 부딪치면서 구덩이를 만들었다.

우리 양쪽 옆에서 또다시 흙먼지가 피어올랐다. 점점 더 많은 운석들이 떨어지면서 달 표면에 더 많은 구덩이들이 생겨나고 있었다. 줄어들 기미는 전혀 보이지 않았다.

우리 두 사람은 그야말로 무방비 상태로, 유성우(流星雨)가 내리는 한복판에 서 있었다.

운석 충돌

MBA에서 생활하는 동안 가장 예측하기 어려운 위험 요소가 있다면, 그것은 바로 달 외부의 요인인 운석과의 충돌일 것입니다. 대기층이 존재하지 않는 달에서는 지표면을 향해 추락하면서 타버려야 할 운석들의 속도가 전혀 줄지 않고, 오히려 로켓의 속도만큼이나 빠르게 떨어지기 때문에 지표면에 충격을 주게 됩니다. 그러므로 아무리 크기가 콩알만큼 작은 운석이라도 우주복, 혹은 사람에게 직접 맞으면 큰 피해를 입힐 수 있습니다.(그러나 걱정할 필요는 없습니다. MBA는 이러한 운석과의 충돌에 대비하여 엄청나게 두꺼운 벽으로 지어졌습니다. 또한, 온실 천장의 채광창 역시 어지간한 충격에도 견딜 수 있도록 설계되어 있습니다.) NASA에서도 태양계 전체의 모든 운석 정보를 확보할 수는 없으므로, 기지 밖으로 나가기 전에는 외부 상황에 대한 가장 최근의 정보를 확인해야 합니다. 그럼에도 불구하고, 유성우를 만났을 경우에는 즉시 안전한 장소로 대피해야 합니다. 유성우를 만났을 때의 가장 안전한 대책은, 아직까지는, 여러분의 몸을 숨기고 보호하는 것뿐입니다.

마른하늘에 날벼락

달 생활 217일째

내 생애 마지막이 될지도 모르는 순간

"달려!"

"나도 알아!"

키라가 소리 지르며 가속 페달을 냅다 밟았다. 월면차 뒷바퀴가 크게 헛돌면서 바퀴 밑의 흙먼지들이 구름처럼 피어올랐다. 이러다 지면에 파묻힐까 봐 겁이 날 정도였지만, 월면차는 곧 접지력을 되찾고 덜컥거리며 앞으로 움직였다. 그 바람에 헬멧이 등받이에 세게 부딪치며 내 머리가 땅콩 껍데기 안의 알맹이처럼 달가닥거렸다. 무릎 위에 있던 헬멧 수리 키트가 미끄러져서 하마터면 흙먼지 속으로 내동댕이쳐질 뻔했지만, 나는 간신히 그걸 잡아챘다.

우리 바로 앞에서, 운석 세 개가 땅속으로 곤두박질쳐 흙먼지 기둥을 만드는 것이 보였다.

그것들은 눈에 보이는 것들이었다. 헬멧을 쓰면 육안으로 확인할 수 있는 범위가 좁아지기 마련이다. 운석들이 지면에 부딪치기 전까지는 어떤 운석이 어느 쪽으로 떨어질지 예측조차 할 수 없었다. 대기층이 없으니 운석들이 마찰을 일으켜 불꽃이 일지도 않을 뿐더러, 온통 새까만 우주 하늘에서 시커먼 바윗덩이들이 눈에 보일 리는 만무했다. 설상가상으로, 떨어지는 운석에서는 아무 소리도 들리지 않았다. 그러고 보니, 우리가 타고 있는 월면차도 엔진 소리가 나지 않았다. 우리가 들을 수 있는 소리라곤 헤드셋을 통해 전달되는, 서로의 거친 숨소리뿐이었다.

방금 전까지만 해도 키라가 미친 사람처럼 월면차를 운전한다고 걱정했는데, 지금은 미치고 팔딱 뛸 만큼 느리게 느껴졌다. 운석들이 시속 수백 킬로미터의 속도로 지면에 내리꽂히고 있었지만, 우리는 가긴 하는 건지 의심이 들 정도로 천천히 움직이고 있었다. 저 앞에 보이는 가장 가까운 대피소인 동굴은 도무지 가까워질 기미가 보이지 않았다.

갑자기 내 헬멧에서 반가운 목소리가 들렸다. 엄마였다.

"대시! 키라! 너희들, 밖에 있니?"

"네!" 우리는 동시에 외쳤다.

엄마가 근심이 가득 담긴 한숨 소리를 냈다.

"정확히 어디니?"

"동굴이 보여요. 백 미터쯤 더 가면 될 것 같아요."

그 와중에도 우리 주위에서 운석 서너 개가 지면을 파고들며 먼지를 일으켰다. 이제는 셀 수도 없을 만큼 많은 운석들이 한층 강렬하게 쏟아져 내리고 있었다.

"최대한 빨리 이쪽으로 와야 해." 엄마가 강하게 말했다. "입구에서 기다리고 있을게. 일단 안으로 들어오면 안전해."

나는 그저 키라만 바라볼 수밖에 없었다.

"최고 속도로 가는 중이라구." 그녀가 있는 힘껏 가속 페달을 밟으며 말했다.

우리 주위에서는 딱히 어디라고 콕 집기도 힘들 만큼 사방에서 먼지들이 피어오르고 있었다.

키라는 두 손으로 운전대를 꽉 붙잡고 꼿꼿이 앞쪽만 쳐다보며 월면차를 운전했다. 1초가 중요한 순간이었다.

느닷없이 운석 하나가 내 옆을 스치고 지나갔다. 오른쪽 뒷바퀴가 터지고, 뒤쪽 차축이 부러져 지면을 파고들었다. 월면차가 경로를 벗어나 빙그르 돌다가 작고 뾰족한 돌에 올라타더니 허공으로 튕겨 올랐다.

지구에서라면 기껏해야 60센티미터쯤 튀어 올랐다가 금세 지면에 내려앉았겠지만, 작은 중력 때문에 월면차는 깜짝 놀랄 만큼 오랫동안 공중에 떠 있었다.

"꽉 잡고 있어!" 키라가 소리 질렀다.

다행히 우리가 떨어진 곳은 바위 위가 아니라 흙먼지 쌓인 평지였다. 월면차 앞부분이 지면에 내리꽂히면서 엄청난 먼지를 일으켰고, 그 먼지를 뒤집어쓴 우리 앞에 눈이 시리도록 하얀 세상이 펼쳐졌다. 나는 몸이 튀어나갈 것만 같은 충격을 받았지만, 안전벨트가 내 몸을 단단히 붙잡아줬다. 그러나 헬멧 수리 키트는 내 손에서 빠져나가버렸다.

꼭 감았던 눈을 다시 떠보니, 눈앞이 온통 암흑 세상이었다. 헬멧 가리개를 뒤덮은 먼지들 때문이었다. 그것들을 걷어내려 해봤지만 잘 떨어지지 않았다. 결국 나는 얼룩진 좁은 틈새로만 간신히 앞을 볼 수 있었다.

"괜찮아?"

"응." 키라가 대답했다. "넌?"

"나도 괜찮아. 빨리 나가자."

하지만 두툼한 장갑을 낀 채로 안전벨트 버클을 풀기란 쉽지 않았다.

"무슨 일이니?" 무전을 통해 엄마가 물었다.

"월면차를 망가뜨렸어요." 내가 말했다.

"운석에 맞아서 그런 거예요!" 키라가 끼어들었다. "제 잘못이 아니고요!"

도저히 안전벨트를 풀 수가 없어서, 나는 하는 수 없이 버클 쪽을 세게 내리쳤다. 그러자 안전벨트가 풀렸고, 나는 재빨리 월면차에서 뛰어내렸다.

지긋지긋할 정도로 침착하기 그지없는 컴퓨터의 목소리가 내 귀에 들렸다. "경고. 산소가 20퍼센트 남았습니다. 즉시 대피소로 이동하세요." 가리개 안에서 남아 있는 산소의 수치를 보여주는 영상과 함께 경고 메시지가 흘러나왔다.

그런데, 아무래도 뭔가 이상했다. 벌써 산소의 80퍼센트가 소진될 만큼 내가 그렇게 오래 밖에 나와 있었던 것은 아니기 때문이었다. 너무 당황한 나머지 숨을 몰아쉬느라 필요 이상으로 빨리 산소를 소비한 게 아닌가 하는 생각이 들었다. 그래서 나는 최대한 천천히 숨을 쉬기로 했다.

주위에 여전히 먼지들이 구름처럼 떠다니고 있어서 도무지 어디가 어디인지 분간하기 힘들었다. 기껏해야 나와 몇 발 떨어져 있는 키라의 모습조차 뚜렷하게 보이지 않았다. 나는 키라의 팔을 붙잡고 동굴 방향이라고 생각되는 쪽을 향해 비틀거리며 나아갔다. 그렇게 몇 미터쯤 갔을까. 먼지구름이 순식간에 사라져버리고, 머리 위로 다시 온통 새까만 하늘이 나타났다.

2~3미터쯤 떨어진 곳에 헬멧 수리 키트가 반쯤 파묻혀 있는 게 보였다. 나는 어기적거리며 그쪽으로 향했다.

"그럴 시간 없어!" 키라가 소리쳤다.

키라가 그러거나 말거나, 나는 수리 키트를 향해 발걸음을 옮겼다. 그대로 나뒀다가 박살이라도 나면, 우리의 임무는 실패로 돌아가기 때문이었다. 나는 손잡이 밑으로 손을 밀어 넣어 먼지 더미 속에서 수리 키트를 잡아챘다.

"대시! 달려!" 키라가 다시 소리쳤다.

나는 죽을힘을 다해 움직였다. 그러나 안타깝게도 늘 우리의 발목을 잡는 그놈의 중력 때문에, 우리는 먼지가 두껍게 쌓인 모래늪 지형에 빠지고 말았다.

주위를 둘러보니, 사방에서 먼지가 피어오르고 있었다. 마치 로디와 함께 하는 가상현실 게임 속에서 미처 방어 태세도 못 갖추고 사방의 적들로부터 동시에 공격을 받는 것만 같았다. 굳이 차이가 있다면, 지금은 중지 버튼을 누를 수 없다는 것이었다.

그렇다고 달릴 수 있는 것도 아니었다. 열심히 몸을 움직여도 실제로 나아가는 속도는 환장할 만큼 더뎠다. 동굴 입구가 엎어지면 코 닿을 곳에 있었지만, 1초가 1시간처럼 길게만 느껴졌다.

내 헬멧에서 또다시 경고음이 울렸다.

"경고. 산소가 10퍼센트 남았습니다."

아무래도 내 우주복에 뭔가 문제가 생긴 게 분명했다. 산소가 너무 빨리 떨어지고 있었다. 나는 최대한 빨리 움직여야 했고, 동굴에 도착할 때까지 산소가 남아 있기만을 바랄 수밖에 없었다.

키라가 옆에서 비틀거렸다. 나는 그녀가 균형을 잡을 수 있도록 팔을 잡아줬다. 몇 발 더 가서는 그녀도 나를 부축하며 움직였다.

"거의 다 왔어!" 엄마 목소리가 들렸다. "빨리! 한 발만 더!"

먼지가 잔뜩 들러붙은 내 헬멧 가리개에 당장이라도 산소가 바닥날 것 같은 경고 표시가 보였다. 코앞에 보이는 동굴 입구까지 가는 것도 벅차 보였다. 동굴 입구는 높이가 3~4미터쯤 됐고, 주변으로는 둥글게 바위들이 들쭉날쭉 솟아나와 있었다. 동굴 언저리에는 굴착 공사 때문에 생긴 구덩이가 있었고, 먼지가 소복이 쌓인 경사면은 아래쪽으로 가파르게 입구까지 이어져 있었다. 경사면 초입에는 월면차 한 대가 주차돼 있었다. 우리는 비틀거리면서 간신히 그 월면차를 지나쳤다.

그때, 동굴 입구에 맞고 튀어나온 운석 하나가 키라와 나 사이를 총알처럼 빠르게 스쳐 지나갔다. 간발의 차이였다.

우리는 경사면 초입에서 몸의 중심을 잃고 말았다. 중력이 작은 상황에서 경사면에 적응하기란 힘든 일이었다. 흙먼지 위로 엎어진 키라와 나는 동굴 입구 쪽을 향해 데굴데굴 굴렀다. 세상이 몇 번 뒤집히는 경험을 하다가 동굴 안쪽 바위에 강하게 부딪쳐 멈춰 섰다. 키라도 내 옆에 와 있었다.

"경고." 컴퓨터 목소리가 들렸다. "산소 공급이 한계치에 도달했습니다. 현재 상태로는 2분 후에 산소 공급이 중단됩니다."

간신히 정신을 차리고 일어서 보니, 바로 몇 발 앞에 에어로크가 보였다. 작업동은 동굴 안에 부풀어 있는 거대한 흰색 풍선과도 같았다. 물론 일반 풍선보다는 백만 배쯤 튼튼한 강도를 지녔지만, 개념으로만 보면 풍선과 다를 바 없었다. 동굴 밖으로 삐죽 삐져나온 형태 때문에, 얼핏 보면 용이 미처 삼키지 못한 커다란 소시지 같았다. 에어로크는 그 끝부분에 있었다. 에어로크까지 이어진 바위투성이 바닥에 수십 개의 발자국이 보였다.

나는 키라의 겨드랑이 밑으로 손을 넣어 그녀를 들어 올린 다음, 에어로크까지 질질 끌고 갔다.

"도착했어요." 내가 말했다.

"엄마도 보여."

엄마가 스위치를 만졌는지, 우리가 문 앞에 도착하자마자 에어 로크가 저절로 열렸다. 우리는 간신히 안쪽으로 기어들어간 다음, 바깥쪽 문을 단단히 잠갔다.

"1분 후에 산소 공급이 중단됩니다." 컴퓨터가 말했다. "저산소 증 위험이 있으니, 최대한 신속하게 안전한 장소로 대피하시기 바랍니다."

전광판에서 안내 문구가 깜박였다.

기압 조정 중

쉭 하고 바람이 불면서 내 우주복이 출렁거렸다. 건물 안에서 근심 어린 웅성거림과 기계들의 작동음, 그리고 컴퓨터의 목소리가 들려왔다. 헬멧이 아닌, 밖에서 나는 소리였다.

"기압 조정이 끝났습니다. 이제 헬멧을 벗어도 안전합니다."

그와 동시에, 내 헬멧에서도 똑같은 목소리가 들렸다.

"30초 후에 산소 공급이 중단됩니다. 즉시 안전한 장소로 이동 하지 않으면, 의식을 잃고 사망에 이를 수 있습니다."

나는 장갑과 헬멧을 홱 벗어던지고 한껏 공기를 들이마셨다.

키라도 헬멧을 벗어던지고 미소를 지었다.

"우리가 해낸 거지?"

"그래. 우리가 해냈어."

유리문 바로 너머에 부모님과 창 박사, 하워드 박사의 모습이 보였다. 우리가 멀쩡히 살아 있는 모습을 보고 안도의 표정을 짓고 있었다. 하워드 박사마저 우리에게서 눈을 떼지 못하고 있었다. 그의 그런 모습은 처음이었다.

"여기 있는 압축공기 분사기는 힘이 약해서, 너희 우주복에 묻은 먼지를 완전히 떨어내진 못할 거야." 아빠가 유리문 너머에서 말했다. "너희가 직접 먼지를 다 떨어내야 해. 안 그럼, 이 안이 온통 먼지투성이가 되고 말 거야."

"알겠어요."

대답을 하고 나서야 내 우주복에 얼마나 많은 흙먼지들이 들러붙어 있는지 확인할 수 있었다. 밀가루라도 뒤집어쓴 것 같았다. 키라는 나보다 더 심해 보였다. 그녀가 몸을 움직일 때마다 우주복에 있는 틈이란 틈에서 폭포수처럼 흙먼지가 쏟아졌다.

키라와 나는 서둘러 서로의 우주복에서 잠금장치를 푸는 것을 도왔다. 키라가 몸을 좌우로 흔들며 먼저 우주복에서 빠져나왔고, 그다음은 내 차례였다.

키라의 얼굴색이 갑자기 창백하게 변했다. 그녀는 아무렇지 않은 척하며 숨기려 했지만, 내 눈에는 그게 다 보였다.

"왜 그래?"

"여기." 키라가 내 우주복의 오른쪽 어깨에 찢긴 곳을 가리켰다.

운석에 맞은 어깨 부위의 천이 한두 겹이 아니라 거의 다 뚫려 있었다. 내 우주복에서 왜 그렇게 빨리 산소가 소진됐는지 이해가 됐다. 아까 뭔가 스친 것 같았던, 우리가 탄 월면차를 전복시켰던 그 운석이 범인인 듯했다. 마지막 한 겹 남은 천 조각에 내 목숨이 달려 있었던 셈이다.

생각만 해도 다리가 후들거렸다. 두 다리에 힘이 풀려버린 나는 결국 키라의 부축을 받아야 했다.

에어로크 안쪽 문이 쉭 하고 열렸다. 부모님이 득달같이 달려와서 나를 부축했다. 하워드 박사도 곧바로 따라 들어왔다.

엄마와 아빠가 나를 와락 껴안았다. 내 옆에서는 하워드 박사가 키라를 꽉 끌어안았다.

"우린 하마터면 네가…" 엄마가 말끝을 흐리며 말했다. "너희들을 빨리 부르는 데만 급급해서 그만, 아무도 운석 예보를 확인하지 못했구나."

"미안하게 됐다." 아빠가 말했다.

"괜찮아요." 나는 두 분을 향해 말했다.

"괜찮긴." 엄마가 말했다. "하마터면 다신 못 볼 뻔했는데."

나는 엄마가 한 말을 너무 염두에 두지 않으려고 애써 외면하면서, 대신 이렇게 말했다.

"여기 와서 처음 몇 달 동안, 제가 이곳 생활이 얼마나 지루한지 틈만 나면 불평했던 거, 기억나세요?"

"그래." 아빠가 대답했다.

"차라리 그때가 정말 그립더라고요."

그 말을 남기고 나는 아빠의 품 안에 풀썩 쓰러지고 말았다.

우주복

달 표면에 나가 있는 동안, 잠재적 위험이 가장 큰 요소는 운석이나 월면차 사고가 아닙니다. 바로 인간의 실수입니다. 우주복을 착용할 때 너무 서두르거나, 그래서 올바르게 착용하지 않으면, 운석으로 인한 피해보다 수천 배나 심각한 결과를 초래할 수도 있습니다. 따라서 달 표면으로 나가기 전에는 여러분의 우주복에 장착되어 있는 생명 유지장치 및 안전장치를 수차례에 걸쳐 꼼꼼히 점검해야 합니다. 함께 나갈 동료의 우주복을 점검해주는 것 역시 필수입니다. 또한, 외부에 있는 동안에는 항상 경계를 늦추지 말아야 합니다! 수시로 안전장치들을 확인하고, 아무리 사소한 손상이라도 입지 않도록 주의해야 합니다. 그리고 항상 비상 상황이 발생하는 것에 대비하십시오. 혹시라도 문제가 발생하면, 피해 상황을 정확히 파악하는 동시에, 최대한 신속하게 기지로 복귀해야 합니다. 우주복의 기능에서부터 작동에 이르기까지 보다 상세한 정보는 NASA에서 별도로 제공하는 우주복 사용 안내서를 참조하시기 바랍니다.

뜻밖의 인터뷰

달 생활 217일째

정신적 트라우마 회복기

운석들이 쏟아지는 와중에도, 다행히 헬멧 수리 키트는 멀쩡했다. 창 박사, 엄마, 하워드 박사는 곧바로 각자의 헬멧에 교체용 가리개를 장착하기 시작했다. 그동안 아빠는 내 우주복의 파손 부위에 다른 천을 덧대느라 바빴다.

어른들은 유성우가 그치는 대로 나나 대장 수색 작업을 다시 시작하기로 했다. 그러고 보면, 정말 운도 없지, 하필 키라와 나는 운석들이 가장 맹렬하게 쏟아져 내릴 때 밖에 있었던 것이다.

작업동은 내가 예상했던 것보다 많이 좁아서, 안에 있는 사람들로 인해 북적거리는 느낌마저 들었다. 작업동은 원래 MBB 건설이 시작되면 동시에 4명이 지낼 수 있는 공간이었다. 어지간한 작업들은 로봇들에 의해 진행되겠지만, 그렇다고 사람들이 지낼 공간이 아예 필요 없는 것은 아니었다. MBA와 그렇게 멀리 떨어진 것은 아니지만, 두 곳을 왔다 갔다 하려면 시간과 에너지가 제법 소모될 터였다. 이미 키라와 내가 경험했듯이, 이동 시간을 최대한 줄이는 것이야말로 최선의 방법이었다.

연구동 안에는 벽을 맞대고 4개의 침대가 설치되어 있었고, 4대의 컴퓨터와 물품 보관소, 작은 주방, 그리고 MBA에 있는 것보다도 훨씬 끔찍해 보이는 화장실 한 칸을 갖추고 있었다. 지구에 있는 내 침실보다도 작아 보이는 관(管) 모양의 공간 안에 이 모든 것이 빽빽이 들어차 있었다. 화장실조차 별도 공간이 아니라 같은 공간 안에 마련되어 있었다. 물론 프라이버시를 지키기 위해 커튼이 마련되어 있었지만, 행여나 누군가 독한 냄새라도 풍긴다면 그 안의 사람들은 한참이나 고약한 냄새를 맡을 수밖에 없을 터였다.

"여기에 비하면 MBA는 호화 리조트네요." 내가 말했다.

"너마저 여길 그렇게 형편없다고 생각한다면, MBA를 건설한 인부들은 어땠겠니?" 엄마가 헬멧에서 깨진 가리개를 떼어내 옆으로 휙 던지며 말했다. "그래도 여기서 지낼 사람들은 가끔씩 MBA로 가서 샤워하고 쉴 수나 있지. MBA를 지을 때는 이런 데서 꼬박 1년이란 시간을 보내야 했다더라."

"한꺼번에 네 명이, 이렇게 비좁은 데서 1년씩이나요? 그런데도 아무도 미치지 않았다는 게 놀랍네요."

"그건 모르는 일이야." 아빠가 말했다. "NASA에서 공개하지 않는 게 워낙 많아서 말이야."

내 손목에서 스마트워치의 진동이 울렸다. 하와이에서 걸려온 라일리 복의 전화였다.

"라일리예요. 받아도 되죠?"

"물론이지." 엄마가 말했다. "헬멧 수리가 끝나기 전엔 아무 데도 안 갈 거야."

나는 전화를 받았다. 스마트워치에 라일리의 얼굴이 나타났다. 그녀는 내가 다니던 학교에서 교실을 이동하는 중이었다. 미국 땅은 대부분 한겨울일 시기이지만, 하와이의 날씨는 여느 때처럼 화창했다. 라일리는 티셔츠에 반바지 차림이었고, 어두컴컴한 작업동 내부와 대조적으로 햇빛이 눈부실 만큼 환하게 비추고 있었다.

"알로하, 무니!" 그녀가 말했다. "달기지에 무슨 일 생겼니?"

나는 잠시 움찔했다가 그녀가 농담 삼아 던진 말이라는 것을 알아차렸다.

"왜?"

"어제 너한테 문자를 30통이나 보내고 전화도 한 번 했는데, 그냥 씹혔으니까 그렇지."

"미안. 정신없이 좀 바빴어."

나는 신중하게 단어를 선택했다. NASA에서는 달기지 프로그램에 관한 안 좋은 얘기나 중요한 기밀이 외부로 전해지지 않도록 우리의 모든 통화 내용을 감시하고 있었다. 혹시라도 내가 그런 얘기를 꺼낸다면, NASA에서 즉시 '접속이 끊겼습니다'라는 가짜 메시지를 보내며 통신을 차단하는 것은 물론, 이후 내가 전화를 사용하는 것을 영영 막을 게 뻔했다. 한 달 전 홀츠 박사님 살인 사건이 발생했을 때도, 나를 포함한 모든 무니들은 지구에 사는 어느 누구에게도 그 사건과 관련해 입도 뻥긋하지 말라는 지침을 받은 바 있었다. 사건의 모든 진실은 NASA에 의해 철저히 가려져 있었다.

"내가 어젯밤에 보낸 영상, 아직 못 봤어?"

"영상? …아니." 나는 오늘 일어난 어수선한 일들 탓에, 라일리가 보낸 메시지들을 거들떠볼 엄두조차 못 내고 있었다. "네가 보낸 것도 모르고 있었어."

"이그. 아무튼 한번 봐…."

잘 나오던 화면이 갑자기 끊기더니, 화면에 작은 점들이 마구 뒤섞이며 잡음이 몇 초간 들렸다. 지금 내가 있는 곳이 지구와 약 40만 킬로미터 떨어진 동굴 안이라는 사실을 감안하면, 화면이 끊기는 게 그리 놀랄 일은 아니었다.

"잠깐." 내가 말했다. "잘 안 들려."

라일리는 자기 말이 나한테 들리지 않는 것도 모르고 계속 말을 하고 있었다. 그러다, 갑자기 소리가 들렸다. "…쇼버그 가족…."

나는 에어로크 쪽으로 가까이 가면 수신 상태가 조금이나마 나아질까 싶어서 그쪽으로 움직였다.

"다시 한 번 말해줄래?"

에어로크 가까이 가니 화면이 좀 더 깨끗하게 보였다. 라일리는 체육관 밖에 서 있었다. 그녀 뒤로 모여든 수많은 학생들이 나한테 손을 흔들거나 우스꽝스러운 표정을 지어 보였다.

"그러니까, 이젠 너도 쇼버그 가족하고 잘 지내고 있는 것 같다고. 그런 거지?" 라일리가 말했다.

NASA에서 우리 무니들에게 우주 관광객의 신분으로 달에 여행 온 그들을 함부로 대하지 말라는 지침을 내리긴 했지만, 나는 그동안 그들과 사이가 좋지 않다는 사실을 굳이 감춘 적은 없었다.

"음… 뭘 보고 그딴 소리를 하는 거야?"

"그러니까 영상을 보라고! 그리고 혹시라도 그 사람들이 널 호화 별장으로 초대하면, 네 절친인 나도 꼭 초대해달라고 전해줘!"

내가 뭐라고 대꾸도 하기 전에, 화면이 또다시 부옇게 변하면서 '접속이 끊겼습니다'라는 문구가 나타났다.

키라가 에어로크 근처의 보관함들 사이에 있는 컴퓨터를 가리켰다. "저 컴퓨터로 볼 수 있지 않을까?" 그녀는 내 대화를 엿들은 것을 대놓고 드러냈다. 하긴, 이렇게 코딱지만 한 공간에서는 그러지 않기가 더 힘들어 보였다.

나는 빨리 그 영상을 보고 싶었다. 스마트워치에서 라일리가 보낸 메시지 목록을 불러, 영상이 첨부된 메시지를 찾았다. 라일리가 왜 전화까지 했는지 알 것 같았다. 그녀는 어젯밤에 그 영상을 보냈고, 오늘 아침에도 수많은 문자를 보낸 것으로 되어 있었다.

나는 영상을 찾아 컴퓨터로 전송했다. 곧바로 컴퓨터 모니터에서 영상이 재생되기 시작했다. 인터네트워크 뉴스(INN)라는 로고가 나타난 다음, 가장 유명한 뉴스 앵커 중 한 명으로 꼽히는 케이티 갤러거의 모습이 등장했다.

"INN에서 단독으로 입수한 뉴스를 전해드리겠습니다. 조금이라도 달기지 알파에 관심을 갖고 계신 시청자 분들이라면 세계 최초로 달을 여행하게 된 쇼버그 가족의 이름을 들어보셨을 것입니다. 그동안 MBA에 거주하는 무니들이 비디오블로그를 만들어 올리며 수시로 소식을 전하긴 했지만, 우리는 유독 쇼버그 가족으로부터는 그런 소식을 전혀 접하지 못하고 있었습니다. 그로 인해 많은 사람들이, 혹시 그들의 생활이 별로 즐겁지 않은 것은 아닌가 하는 의구심을 품게 만들기도 했는데요.

이제, 저희 INN이 시청자 여러분께 그 실상을 전해드리려고 합니다. 쇼버그 가족이 오랜 침묵을 깨고, 마침내 저희와의 인터뷰에 응해주셨습니다."

"오, 이런." 창 박사가 말했다. "이거, 언제 방송된 거지?"

"아마, 어젯밤이겠죠." 내가 말했다. "방송 직후에 라일리가 저한테 보냈나 본데요."

영상의 배경이 MBA 내 쇼버그 가족 숙소로 바뀌었다. 쇼버그 가족이 큐브를 하나씩 차지하고 앉아 있는 모습을 보니, 처음으로 멀쩡한 한 가족처럼 느껴졌다. 라스 씨와 소냐 아줌마가 중간에 앉아 있었고, 그 양옆으로는 패튼과 릴리가 앉아 있었다. 케이티 갤러거는 졸지에 영상 아래쪽 조그마한 화면으로 밀려났다.

"저 사람들이 어떻게 저런 걸 찍었을까요?" 키라가 물었다. "NASA가 알았다면 막았을 텐데요?"

"NASA의 검열을 피할 방법을 찾아냈나 보네." 엄마가 대답했다.

"인터뷰에 응해주셔서 감사합니다." 케이티 앵커가 말했다.

"뭘요, 저희가 영광입니다." 라스 씨가 지난 몇 달 동안을 통틀어 처음 보는 환한 미소를 지으며 대답했다. "저희 가족도 INN 뉴스를 즐겨 보고 있습니다."

앵커도 활짝 웃으며 화답했다. "그렇게 말씀해주시니 대단히 고맙습니다. 결례가 되지 않는다면, 바로 본론으로 들어갈까 합니다. 선생님 가족이 MBA 생활에 불만이 많다고 항간에 떠도는 소문에 대해 말씀해주실 수 있을까요?"

"물론이죠." 라스 씨가 대답했다. "저는 이번 기회에, 그런 소문은 전혀 근거가 없는 헛소문이라는 사실을 분명히 하고 싶습니다. 저희 가족은 달기지 알파에서 아무 문제 없이 잘 지내고 있습니다. 오히려, 이곳 생활에 너무나 만족하고 있다고 해야 할까요."

"뭐라고?" 키라가 어이없다는 듯 말했다.

케이티 갤러거 역시 전혀 예상 밖이라는 표정을 지었다. 그녀는 달기지 알파에 관한 깜짝 놀랄 만한 폭로를 기대한 눈치였지만, 그 계획이 무산될 처지에 놓이고 말았다.

"네?" 앵커가 물었다. "너무나 만족하신다고 말씀하셨나요?"

"그럼요." 소냐 아줌마가 달달한 목소리로 말했다. "그저 경이로울 따름이에요. 이번 여행은 그동안 저희가 다녔던 여행 중에서 단연 으뜸이죠. 프랑스 리비에라 해안이나 몰디브, 스위스 크슈타트보다도 훨씬….”

“바하마도 비교가 안 돼요.” 릴리가 거들었다. “거기엔 우리 섬도 있는데 말이에요!”

“비용이 전혀 아깝지 않을 정돕니다!” 라스 씨가 힘주어 말했다.

“5천억 원이 넘는 돈을 지불하셨는데도 말입니까?”

“두말하면 잔소리죠.” 라스 씨가 대답했다. “물론 지구에 있는 호화 리조트에서 지낼 때랑은 다르죠. 여기엔 시중을 들어줄 사람도 없고, 고급 침대는 물론이고, 산책을 나갈 해변도 없으니까요. 하지만 스스로에게 질문을 던져보세요. 정말 행복한 여행을 만드는 요인이 무엇인지 말입니다. 진정으로 행복한 여행은 어떤 장소에 가서 어떻게 시간을 보내느냐에 달려 있지 않을까요? 달보다 더 신나는 장소가 있을까요? 실제로 우주선을 타고 우주로 향하는 것보다 더 짜릿한 경험이 있을까요? 이렇게 끝내주는 곳에서 가족과 함께 6개월씩이나 시간을 보내는 것보다 더 굉장한 일이 있을까요? 저는 지구에 있는 여러분이, 우리 가족이 이곳에서 경험한 일들 중 일부분이나마 공유할 수 있기만을 바랄 뿐입니다.”

영상을 지켜보던 우리는 라스 씨의 입에 발린 소리에 넋 나간 듯 서로의 얼굴만을 쳐다봤다.

라스 씨의 인터뷰는 누가 봐도, 보여주기 위해 철저히 준비된 것이었다. 인터뷰 영상 속의 라스 씨는 지난 몇 달 동안 우리가 겪었던 그 사람이 아니었다. 라스라는 사람 자체가 완전히 바뀐 듯 보였다. 영상 속의 라스 씨는 품위를 지키며 말도 재치 있게 잘했다. 내가 아는 라스 씨는 성격도 불같을 뿐 아니라 고약한 표현도 서슴없이 내뱉는 사람인데 말이다. 나는 그가 인터뷰를 하기 전에 미리 모범답안을 만들고 외웠다는 인상을 강하게 받았다.

"저 사람이 정말, 라스 쇼버그 씨 맞아요?" 키라가 물었다. "혹시 똑같이 생긴 로봇을 앉혀놓은 건 아니고요?"

"아… 그럼, 다른 주민들과의 관계는 어떻습니까?" 앵커가 물었다. 그녀는 그들로부터 격한 반응을 유발할 만한 뭔가를 찾으려고 안절부절못하는 눈치였다. "제가 전해 들은 바로는, 당초 예상과 다르게 주민들과 썩 좋은 관계는 아니라고 하던데요."

재미있는 말을 듣기라도 한 것처럼, 라스 씨가 억지로 큰 소리를 내며 웃었다. 다른 가족들도 그를 따라 웃었다.

"아이고, 앵커님도 참." 라스 씨가 피식 웃으면서 말했다. "그동안 각종 매체들로부터 들었던 온갖 소문들이 사실과는 전혀 다르다는 것을 아셔야 합니다. 함께 생활하고 있는 기지 주민들과의 우정이야말로 이번 여행에서 최고로 꼽을 만한 것이 아닐까 합니다. 이곳에서 워낙 멋진 친구들을 많이 만든 덕분에, 다시 지구로 돌아가는 것이 고민될 정도입니다."

"사실은요," 소냐 아줌마가 끼어들었다. "우리 가족은 지구로 돌아가서도 여기 주민들과 계속 친구처럼 지낼 생각이랍니다. 그분들이 우리가 갖고 있는 별장 어디로든 놀러 왔으면 좋겠어요."

언젠가 저녁식사 자리에서 우리한테 모조리 병에 걸려 죽어버렸으면 좋겠다는 말을 서슴지 않았던 사람에게서 나온 말이었다.

쇼버그 가족이 기분 나쁠 정도로 즐거워하는 반면, 케이티 앵커는 그러지 못하고 있었다. 그녀는 애써 미소를 짓고 있었지만, 그 모습이 힘겨워 보였다. 그녀는 관심을 쇼버그 남매에게 돌렸다.

"패튼 군과 릴리 양도 이번 여행이 부모님과 마찬가지로 대단한 경험이라고 생각하나요?"

"오빠와 저는 부모님보다 훨씬 즐거운 시간을 보내고 있는 것 같아요. 마르케스 남매와 깁슨 남매, 그리고 키라 하워드하고도 정말 재미있게 지내고 있거든요. 가족처럼요."

"맞아요." 패튼이 맞장구쳤다.

"달기지 알파에서 불편한 점이 전혀 없다는 건가요?"

"이번 여행에서 마음에 들지 않는 것이 한 가지 있긴 합니다." 라스 씨가 대답했다. "그건 다름 아니라, 조만간 여행을 끝내야 한다는 점이죠. 안타깝게도 NASA에서는 저희의 체류기간 연장을 승인할 수 없다고 하네요. 우리 말고도 다른 많은 가족들이 이미 비용을 지불하고 대기 중이라 하더군요. 하지만 언젠가는 우리 가족이 다시 달을 찾을 수 있겠지요. 제가 알기론, 많은 회사들이 이곳에 호텔을 지을 계획이라고 하니, 우리 가족도 그 점을 충분히 고려해 봐야겠다는 생각이 듭니다."

"그렇고말고요." 소냐 아줌마가 맞장구쳤다. "여기서 지내보니, 지구에서는 어딜 여행하든 별 재미가 없을 것 같아요. 한마디로 말해, 여태껏 다녀본 곳들 중에 달이 최고예요. 그 어떤 곳과도 비교할 수 없다니까요."

"바라건대," 라스 씨가 말했다. "그리 멀지 않은 미래에는 돈 많은 사람들뿐 아니라 누구든지 달을 여행할 수 있으면 좋겠습니다. 이런 여행은 꼭 한 번 해봐야 하는 경험이니까요. 이번 여행이 얼마나 놀라운지는 한두 마디 말로 표현이 안 됩니다."

"그렇게 말씀하시니, 인터뷰는 여기서 그만 줄여야 할 것 같군요. 라스 씨, 소냐 씨, 패튼 군, 그리고 릴리 양. 달기지 알파에 대해 많은 이야기를 들려주시기 위해 시간을 내주신 데 대해 대단히 감사드립니다. 만나 봬서 즐거웠습니다."

"아닙니다." 라스 씨가 말했다. "오히려 우리가 즐거웠죠. 감사합니다."

영상은 그렇게 끝이 났다.

"아니, 대체 저게 뭐예요?" 키라가 물었다.

"NASA가 저 사람들한테 기지에 대해 좋은 말만 해달라고 설득한 게 아닌가 싶구나." 엄마가 대답했다.

"자기들한테 생기는 게 없다면, 절대로 저런 짓을 할 사람들이 아니잖아요." 창 박사가 뭔가 수상쩍다는 듯 말했다. "저 사람들이 NASA라면 얼마나 질색을 하는지 아시잖아요? 뭔가 다른 꿍꿍이가 있는 거예요. 틀림없어요."

칙 소리와 함께 무전이 들려왔다.

"여러분!" 다프네 박사의 해맑은 목소리가 들렸다. "지난 10분 동안 유성우가 내리지 않았어요. 유성우가 올 거라는 예보도 없고요. 그러니, 이제 기지로 돌아오셔도 괜찮지 않을까 싶어요!"

"그거 좋은 소식이네요. 바이올렛은 잘 있죠?" 엄마가 회신을 보냈다.

"그럼요. 그 성격이 어디 가겠어요?" 다프네 박사가 대답했다. "실은 바로 옆에 있는데, 통화하고 싶다네요."

"엄마!" 바이올렛이 말했다. "아이스크림 먹어도 돼요?"

"그 얘긴 엄마가 기지로 돌아간 다음에 하자꾸나." 엄마가 교신을 끊고 사람들을 향해 몸을 돌렸다. "제 헬멧은 다 고쳤어요. 다른 분들은 어때요?"

"이젠 새것 같아요." 하워드 박사가 가리개의 마지막 나사를 조이며 말했다.

"대시 우주복도 다 됐어요." 아빠가 직접 천을 덧댄 부위를 가리키며 말했다.

"좋습니다." 창 박사가 말했다. "모두 우주복 챙겨 입으세요. 다시 밖으로 출동하겠습니다."

유성우는 내리지 않을 거라는 다프네 박사의 말을 듣긴 했지만, 그래도 내 심장은 쿵쾅거리기 시작했다. 나는 유리창 너머로 달의 지표면을 물끄러미 바라봤다.

제발 이번만큼은, 죽을 고비를 넘기는 일이 없기만을 바라면서.

미승인 물품

MBA의 예민한 실내 환경 유지를 위해, 기지 내에는 사전에 승인된 물품들만 반입이 허용됩니다. 그러므로 지구에서 기지로 가져오기를 희망하는 개인 물품이 있다면, 사전에 NASA의 승인을 받아야 합니다. 승인을 받은 물품은 지정된 대행업체로 보내져 살균 및 방사능 처리를 마친 후, 운송에 필요한 포장 작업을 하게 됩니다. 다른 장비들은 물론, 음식들도 동일한 절차를 거친 후에 달기지로 운송됩니다. 아울러 기지 내부가 오염되는 것을 방지하기 위하여, 달 표면에서 채집된 것은 어떠한 것이든, 사전에 승인을 받아야만 기지로 반입할 수 있습니다. 사실, 달의 표면은 그 자체가 무균 환경입니다. 하지만 혹시라도 그런 환경을 이겨낼 만큼 내성이 강한 생명체가 존재할 경우, 인간에게 치명적인 피해를 입힐 수도 있습니다. MBA는 척박한 환경에서 여러분을 지켜주는 보호막 같은 존재이므로, 기지의 오염을 야기할지도 모르는 어떤 행위도 삼가시기 바랍니다!

우주쓰레기

달 생활 217일째

오후

　우리는 각자 산소를 보충하고 우주복을 챙겨 입은 다음, MBA로 복귀하기 위해 길을 나섰다. 키라와 내가 타고 온 월면차는 못쓰게 돼버려서, 탈 수 있는 월면차는 한 대뿐이었다. 그리고 그 차는 4명까지만 탈 수 있었다. 창 박사는 엄마와 아빠한테 키라와 나를 태우고 출발하라고 했고, 자기와 하워드 박사는 걸어서 가겠다고 했다. 아빠는 그게 무슨 소리냐며 사양했지만, 창 박사는 임시 대장의 자격으로 내리는 명령이라고 했다. 상황은 그렇게 정리됐다.

　MBA로 돌아가는 길은 아까보다 훨씬 수월했다. 그렇지만 여전히 불안한 마음을 감출 수가 없었다. 또 어디선가 느닷없이 운석이 떨어질지 모르기 때문이었다. 내 딴엔 애써 침착함을 유지하려 했지만, 다른 사람들의 눈을 속일 수는 없었다. 사람들은 헬멧에 장착된 인터컴을 통해 나의 모든 소리를 듣고 있었다. 나는 다른 사람의 숨소리만 듣고도 얼마나 겁에 질렸는지 알 수 있다는 사실을 비로소 깨달을 수 있었다. 내 헬멧에서도 키라의 거칠고 고르지 못한 숨소리가 들려왔다. 그녀 역시 초조한 마음에 안절부절못하기는 마찬가지였다.

시간을 조금이라도 단축시키기 위해, 아빠는 키라와 나, 엄마를 기지 앞에 먼저 내려줬다. 그리고 월면차를 주차시키기 위해 격납고로 향했다.

에어로크 옆에 또 다른 월면차 한 대가 주차되어 있었다. 발니코프 박사, 메릿 박사, 킴 박사, 알바레스 박사가 탔던 월면차였다. 그 월면차도 운석을 몇 군데 맞고 심하게 망가진 듯 보였다.

에어로크 안으로 발을 들여놓자, 우주에서 날아오는 돌덩이들을 피할 수 있다는 생각에 비로소 마음이 놓였다. 에어로크 안에서 기압 조정이 끝나자, 우리는 기다렸다는 듯 헬멧을 벗어던졌다.

에어로크 안쪽의 유리창 너머에서는 바이올렛과 다프네 박사가 우리를 기다리고 있었다. 유리창에 바짝 코를 들이밀고 있는 바이올렛의 얼굴이 우스꽝스럽게 보였다. 바이올렛의 얼굴에는 콧수염처럼 초콜릿 자국이 묻어 있었다.

"어서 오세요, 여러분!" 바이올렛이 소리쳤다.

"고맙다, 우리 공주님." 엄마가 장단을 맞췄다. "벌써 아이스크림을 먹은 모양이네."

"아뇨, 안 먹었어요!" 바이올렛이 오리발을 내밀었다.

다프네 박사가 당황해서 얼굴을 붉혔다. "안 된다는 말을 못 하겠더라고요. 어찌나 아양을 떠는지."

우주복에 묻은 먼지들을 털어내는 데는 꽤 오랜 시간이 걸렸다. 특히 나와 키라의 우주복이 심했다. 격납고에서 돌아온 아빠가 에어로크 바깥쪽 문 앞에 도착했을 때까지도, 우리는 겨우 헬멧의 먼지를 털어냈을 뿐이었다.

"일단 우주복은 벗어서 여기에 놔두자." 엄마가 말했다. "아빠도 들어오셔야 하고, 우린 다른 할 일이 있으니까."

우리는 우주복을 바닥에 그대로 놔둔 채 헬멧만 들고 대기구역 안으로 들어간 다음, 등 뒤에서 안쪽 문을 닫았다. 우리가 자리를 비켜주자, 에어로크 안으로 아빠가 들어왔다.

내가 기지 안으로 들어가자마자, 바이올렛이 두 팔을 벌리고 달려와 나를 꼭 끌어안았다.

"오빠가 무사해서 너무 기뻐!"

"고맙다."

"못된 운석들!" 바이올렛이 에어로크 유리창을 쳐다보며 소리 질렀다. "멍청한 운석들아! 다신 우리 오빠 옆에 오지 마!"

"나도 너희가 무사해서 기쁘구나." 다프네 박사가 키라와 나를 한꺼번에 안으며 말했다.

"아야!" 바이올렛이 키라와 내 틈에서 비명을 질렀다. "살려주세요! 이러다 짜부라지겠어요!"

거의 모든 무니들이 우리의 기지 복귀를 환영하기 위해 모여들었다. 쇼버그 가족은 온실 서리를 끝내고 숙소로 돌아갔는지 보이지 않았다. 골드스타인 박사의 모습도 보이지 않았다. 왠지, 쇼버그 가족의 습격을 당한 온실에 혼자 남아서 피해 정도를 확인하고 있지 않을까 싶었다.

제일 먼저 로디가 다가왔다. "살아남아서 다행이다."

사람들의 시선이 하나같이 내심 기대하는 눈빛으로 세사르를 향했다. 하지만 그는 고개를 푹 숙인 채 꼼짝도 않고 서 있었다. 결국 세사르 엄마가 아들을 툭 밀었다. "세사르가 할 말이 있대요."

"네." 세사르의 시선은 여전히 바닥을 향하고 있었다. "제가 쇼버그 남매랑 놀다가 헬멧을 망가뜨리는 바람에, 여러분을 위험에 빠뜨려서 정말 죄송해요."

"괜찮아." 엄마는 그렇게 말했지만, 여전히 세사르한테 분이 풀리지 않은 게 느껴졌다.

"바깥은 어떻디?" 로디가 득달같이 물었다. "사방에서 운석들이 막 쏟아지니 짜릿했겠는데?"

"열라 짜릿해서 탈이다, 왜?" 내가 말했다.

"혹시, 니나 대장 소식은 없었어요?" 엄마가 물었다.

사람들 사이에서 참담하고 불안한 기운이 맴돌았다.

"전혀요." 다프네 박사가 말했다. "수색팀도 전혀 소득이 없었어요."

"수색은 예정대로 다 하신 거예요?" 엄마가 물었다.

"아뇨." 발니코프 박사가 사실대로 털어놓았다. "그놈의 헬멧 때문에 더 이상 수색을 할 수 없었고, 운석들이 쏟아지니 다시 나갈 수가 있어야죠."

"주요 지역들은 다 찾아봤는데," 알바레스 박사가 거들었다. "니나 대장의 흔적은 발견하지 못했어요."

"유성우가 그친 다음, 제가 탐사로봇을 몇 대 내보내긴 했어요." 다프네 박사가 말했다. "뭐, 별 소득은 없었지만요."

"저는 기지를 샅샅이 찾아봤어요!" 물어보지도 않았는데, 바이올렛이 말했다. "화장실도요. 하지만 아무것도 못 찾았어요."

엄마가 나를 보며 말했다. "니나 대장이 어디로 갔을지, 혹시 짐작 가는 거 없니?"

"아뇨." 나는 힘없이 말했다.

"전혀?" 엄마가 다그치듯 물었다.

"생각 좀 해봐, 오빠." 바이올렛이 말했다. "오빠는 홀츠 박사님 사건도 해결한 사람이잖아."

그 말에 동의하는 웅성거림이 여기저기서 들려왔다.

하지만 안타깝게도 아무 생각이 나지 않았다. 니나 대장이 스스로 종적을 감췄는지, 혹은 누군가 그녀를 해친 다음 어딘가에 시신을 숨겼는지, 만약 숨겼다면 그게 어디일지 도무지 짐작조차 할 수가 없었다.

그때 아빠가 에어로크에서 기지 안으로 들어오며 말했다. "아까 그것들은 유성우가 아니었습니다."

사람들의 이목이 한꺼번에 아빠한테 쏠렸다.

"그건 누가 봐도 운석들이 쏟아지는 거였어요." 키라가 말했다. "제가 바로 그 한복판에 있었단 말이에요."

"다른 게 쏟아지는 한복판에 있었던 거겠지." 아빠가 키라의 말을 바로잡으며 말했다. "아무튼 운석이 아니라," 아빠는 완두콩만 한 크기의 쇳조각들을 손에 들고 있었다. "이런 거였어."

엄마가 쇳조각 몇 개를 건네받아 뚫어지게 보다가 기겁하며 말했다. "그럼, 유성우인 줄로만 알았던 게 사람이 만든 거였어요?"

"그럴 목적으로 만든 건 아니지만," 아빠가 말했다. "보이는 그대로예요. 격납고 근처에 움푹 파인 구덩이들을 살펴봤는데, 죄다 우주쓰레기들 때문에 그렇게 됐더군요."

입에서 저절로 신음 소리가 나왔다. 우주쓰레기는 점점 그 위험성이 커지고 있는 골칫거리였다. 지구에서는 쓰레기라고 해봤자 그저 보기 흉할 뿐이지만, 우주에서 시속 2만 7,000킬로미터 속도로 궤도를 돌고 있을 때는 그야말로 치명적인 존재가 될 수밖에 없다. 만에 하나, 그 속도로 날아가던 작은 볼트 하나라도 우주선과 부딪친다면, 우주선이 폭발해 그 안에 탄 사람들이 모두 죽을 수도 있다. 안타까운 일이지만, 인간에게 유별난 능력이 한 가지 있다면, 그건 바로 쓰레기를 생산하는 능력이다. 인간은 우주로 뭔가를 쏘아 올릴 때마다 어김없이 온갖 쓰레기들을 우주에 방치해왔다. 그 쓰레기들은 우주선에서 떨어져 나간 볼트나 너트처럼 작은 물체에서부터, 수명이 다해 버려진 인공위성에 이르기까지 종류가 다양했다. 더 심각한 사실은 우주쓰레기는 스스로 증식하는 경향이 있다는 것이다. 아무리 작은 물체일지라도 그게 인공위성과 충돌하면, 부딪힌 인공위성은 수백만 개의 또 다른 우주쓰레기들로 쪼개지게 된다. 그 조각들이 또다시 다른 인공위성과 부딪치면, 수백만 개의 쓰레기 조각들을 또 만드는 셈이다. NASA에서는 그런 우주쓰레기들을 추적하고 회수하기 위해 노력하고 있지만, 승산 없는 싸움을 하는 것이나 마찬가지다. 툭하면 우주선 발사가 연기되는 데는 우주선의 항로를 방해할 수 있는 우주쓰레기들도 한몫한다.

"대체 어디서 날아온 거예요?" 내가 물었다.

아빠가 말했다. "대부분은 다른 나라들에서 인공위성을 폐기 처리하고도 그 사실을 알려주지 않은 것들이겠지."

"미국은 다를 거라는 생각은 하지도 마시오." 발니코프 박사가 딴죽을 걸고 나섰다. "첩보위성을 가장 많이 보유하고 있는 나라가 바로 미국 아니오? 내가 장담하는데, 그 위성들이 산산조각 나더라도 CIA가 그 사실을 동네방네 떠들진 않을 겁니다."

"그게 다 인간이 만든 인공위성이라고, 누가 그래요?" 로디가 물었다. "수많은 외계인 종족들이 우리를 감시하고 있을 거예요. 그들의 우주선이 망가진 것일 수도 있잖아요."

"내가 보기엔, 네 머리가 망가진 게 아닌가 싶다." 세사르가 로디의 뒤통수를 후려치면서 말했다.

"지금 인공위성이 누구 건지가 뭐 그리 중요해요?" 엄마가 화를 내며 말했다. "그것 때문에 대시랑 키라가 죽다 살아났다는 게 중요하지! 달 궤도에 우주쓰레기들이 잔뜩 있다는 사실을 즉시 NASA에 알려야죠!"

여기저기서 웅성거리며 동의하는 목소리들이 들렸다.

"제가 당장 알려야겠어요." 다프네 박사가 말했다. "우주쓰레기들이 휩쓸고 지나간 시간을 정확히 알고 있으니까, 지금쯤 어디를 지나고 있는지 알 수 있을 거예요." 그녀는 몸을 홱 돌려 관제실 쪽으로 향했다.

그녀는 너무 서두르는 바람에, 작은 암석을 들고 막 연구동에서 나오고 있던 킴 박사와 부딪칠 뻔했다. 그제야 나는 대기구역에 모인 사람들 틈에 그녀가 보이지 않았다는 사실을 깨달았다. 킴 박사는 워낙 유순하고 말이 없는 편이라, 방 안에 단둘이 있어도 그녀의 존재를 인식하지 못할 때가 많을 정도였다.

"죄송해요." 순전히 다프네 박사 때문에 충돌할 뻔했는데도, 그녀는 그렇게 말했다. 잔뜩 모여 있는 사람들을 발견하고 얼어붙은 듯 꼼짝 못하는 그녀의 모습이 마치 달려오는 자동차의 전조등 불빛을 보고 놀라서 꼼짝 못하는 사슴 같았다.

그 와중에 로디와 세사르는 말다툼을 벌이고 있었다.

"우리를 감시하는 외계인들이 있다니까 그러네." 로디가 말했다. "이미 증명된 사실이라구."

"에라, 이 얼빠진 놈아." 세사르가 로디의 뒤통수를 갈겼다.

"그만 좀 때려!"

"내가 그런 게 아니야. 외계인이 내 몸을 조종하고 있나 봐." 세사르가 또다시 로디를 후려쳤다. "이것 봐! 또 그러잖아!"

"아, 정말!"

로디가 악을 쓰며 자기 형한테 달려들었다. 두 사람은 바닥에 쓰러져 한데 뒤엉켜 데굴데굴 굴렀다.

"얘들아, 그만두지 못하겠니!" 말썽꾸러기 형제의 엄마가 소리질렀다. "기지 사람들이 다 보고 있는데, 창피하게 이게 뭐 하는 짓이야!"

한편, 우리 엄마는 누가 싸우든 말든 전혀 관심이 없었다. 엄마의 시선은 킴 박사의 손에 들린 암석에 꽂혀 있었다.

"킴 박사님, 그거 월석이에요?" 엄마가 물었다.

"저, 그게… 네." 킴 박사가 수줍게 대답했다. "니나 대장 숙소에서 가져온 거예요."

"그걸로 뭐 하시려고요?"

"어… 그게… 화학 성분을 좀 분석해볼까 해서요. 성분이 뭔지 알면 이게 어느 지역에서 온 것인지 범위를 좁힐 수 있고, 그럼 니나 대장이 어디 갔었는지 정확히 알 수 있지 않을까 싶어서요."

엄마가 환한 미소를 지었다. "그거 좋은 생각이네요!"

"정말요?" 킴 박사가 여전히 수줍어하는 모습으로 말했다. "고마워요."

엄마는 킴 박사를 조용한 곳으로 데려갔다. 내가 두 사람을 쫓아가자 아빠와 바이올렛, 그리고 키라까지 내 뒤를 따라나섰다.

"알아낸 게 있어요?" 엄마가 물었다.

"예상대로, 각력암이었어요." 킴 박사가 대답했다.

"각력암이 뭐예요?" 바이올렛이 끼어들었다.

"각력암이란 다른 바위들로부터 떨어져 나온 조각들이 다시 합쳐져 만들어진 암석이야." 엄마가 바이올렛한테 설명했다. "그런 뒤 뜨거운 열을 받아 단단히 결합되지. 우리가 달 지표면에서 발견할 수 있는 거의 모든 암석이 각력암이라고 생각하면 돼."

"대부분의 암석들과 마찬가지로," 킴 박사가 이어 설명했다. "이 암석에는 감람석과 휘석, 그리고 사장석 성분이 많이 함유되어 있는데, 특이하게 아말콜라이트 성분도 엄청 많이 들어 있었어요."

"아말콜라는 또 뭐예요?" 바이올렛이 물었다.

엄마가 바이올렛을 보며 빙그레 웃었다. "아말콜라가 아니라 아말콜라이트라는 거야. 아폴로 11호를 타고 인간이 처음으로 달에 착륙했을 때 발견한 광물의 이름이지. 그 명칭은 그때 갔던 암스트롱(Armstrong), 알드린(Aldrin), 콜린스(Collins)라는 우주비행사의 이름을 따서 만든 거야. 그후 지구에서도 발견되긴 했지만 극소량뿐이지." 엄마가 다시 킴 박사에게 향했다. "하긴 달에서도 귀한 편이죠, 그렇죠?"

"어지간해선 발견하기 어렵죠." 킴 박사가 대답했다. "그렇지만 종종 암석 분출이 발생할 때 제법 많은 양이 발견되곤 해요."

"그 암석 분출이 발생하는 장소 중에 가장 가까운 데가 어딘데요?" 키라가 물었다.

"비상탈출용 에어로크를 나가면 바로야." 킴 박사가 기지 반대편을 가리켰다. "여기랑 아주 가까운 곳이지."

우리가 서 있는 곳에서 비상탈출용 에어로크는 보이지 않았다. 우리는 티격태격 다투고 있는 마르케스 형제를 뒤로하고 그쪽으로 향했다. 로디는 세사르한테 붙잡혀 바닥에 깔려 있으면서도 온몸을 비틀어가며 반격하고 있었다. 결국 형제의 엄마가 더 이상 참지 못하고 소리 질렀다. "너희 둘, 도저히 안 되겠다! 당장 그만두지 않으면, 둘 다 방 안에서 못 나올 줄 알아!"

"마음대로 하세요." 세사르가 투덜거렸다. "어차피 갇혀 있는 건 마찬가진데요 뭐."

"인터넷도 한 달간 금지야!"

그 순간 세사르와 로디가 싸움을 멈췄다.

"그런 법이 어딨어요!" 로디가 징징거렸다. "먼저 시비를 건 사람은 바로 형이잖아요!"

온실 옆을 지나는데, 내 예상대로 온실 안에 골드스타인 박사가 보였다. 다만 온실 안의 식물들을 바라보고 있는 그녀의 표정은 내 예상보다 훨씬 심각해 보였다. 하긴 쇼버그 가족이 메뚜기 떼처럼 휩쓸고 지나간 뒤니 그럴 만도 했다. 그들은 아직 제대로 익지도 않은 토마토와 딸기까지 남김없이 먹어치웠다.

엄마와 아빠가 그 광경을 보고 멈춰 섰다.

"온실에 무슨 일이 있었던 거니?" 엄마가 깜짝 놀라며 말했다.

"쇼버그 식구들이 다 먹어버렸어요!" 바이올렛이 일러바쳤다.

그 말을 듣는 순간, 아빠의 얼굴이 붉으락푸르락했다. "언제?"

"어른들이 기지 밖으로 나가자마자 그랬어요. 미친 사람들처럼 다 먹어치웠어요. 그러더니 패튼 오빠한테 대시 오빠를 패주라고 시켰고요!"

엄마가 걱정이 가득한 눈으로 나를 봤다. "그 녀석한테 맞았니?"

"그럴 뻔했죠." 내가 대답하려는데, 키라가 먼저 말했다. "목을 졸려서 거의 질식할 뻔했어요."

"하지만 오빠가 이겼어요!" 바이올렛이 신나서 말했다. "오빠 때문에 패튼이 바지에 오줌까지 쌌다니까요!"

아빠가 위층의 쇼버그 가족 숙소를 무섭게 노려봤다. 아빠가 그렇게 무서운 표정을 지은 것은 이번이 처음이었다. "이런, 형편없는 돼지 같은 놈들. 이번에야말로 코를 납작하게 해줘야지, 도저히 안 되겠어." 아빠는 그 집 식구들을 박살이라도 낼 기세로 계단으로 향했다.

나는 아빠의 앞을 가로막았다. "아빠, 됐어요. 이젠 괜찮아요. 지금은 니나 대장님을 찾는 게 우선이잖아요."

아빠가 눈을 껌벅거렸다. "알았다. 일단 니나 대장부터 찾고 나서, 이 일을 매듭짓기로 하자." 하지만 아빠는 체육관 쪽으로 향하는 내내, 쇼버그 가족 숙소에서 눈길을 거두지 않았다.

비상탈출용 에어로크는 체육관 안의 운동기구들과는 멀리 떨어진 벽에 설치되어 있었다. 에어로크 유리창 너머로 달 지표면 위에

삐죽 솟은 검은색 암석 덩어리들이 보였다.

"저기가 분출지예요?" 내가 물었다.

"윗부분이야." 킴 박사가 말했다. "저 밑으로 한참 더 깊은 곳에 있어."

"박사님은 니나 대장님 방에 있던 암석들이 모두 저기서 가져온 거라고 생각하세요?" 키라가 물었다.

"확실한 건 아니야." 킴 박사가 부끄러워하며 눈을 아래로 향했다. "아직 다 확인해본 건 아니거든."

"하지만 모두 같은 암석이라면," 아빠가 힘주어 말했다. "니나 대장이 저기서 그 암석들을 가져왔다는 추측이 충분히 가능하죠?"

"네. 저곳이 기지 주변에서 아말콜라이트가 가장 많이 나는 장소 인 건 맞아요."

"그렇다면," 아빠가 말했다. "굳이 기지에서 멀리 떨어진 곳까지 갈 이유가 하나도 없었겠군. 기지 주변을 휙 돌기만 하면 되니까."

나는 유리창에 얼굴을 바짝 들이대고 암석 덩어리를 바라봤다. 바위 주변에 수많은 발자국들이 남아 있었다. "그런데요, 아무래 도 니나 대장님이 저기로 가진 않은 것 같아요. 수색팀이 저기도 찾아봤을 것 아녜요."

"골드스타인 박사랑 이와니 박사가 살펴봤는데," 킴 박사가 대 답했다. "아무것도 못 찾았다고 했어."

"저도 아무것도 못 찾았어요." 바이올렛이 내 옆으로 와서 유리 창에 얼굴을 들이대며 말했다. "어쩌면 우주선으로 순간이동을 했을지도 몰라요! 스타트렉 영화처럼요!"

"그건 꾸며낸 얘기야." 내가 말했다. "실제론 불가능해."

"아냐, 할 수 있어." 바이올렛이 되받아쳤다. "내가 텔레비전에서 봤단 말이야."

내가 한마디 하려는데, 엄마가 내 팔을 붙잡으며 지금은 그럴 때가 아니라는 신호를 보냈다.

"아말콜라이트가 많이 나오는 장소가 또 있어요?"

"기지 북쪽으로 가면 작은 암석층이 있긴 한데," 킴 박사가 대답했다. "거기까지 가려면 꽤 걸어야 해요. 이렇게 가까이에서도 얼마든지 구할 수 있는데, 니나 대장이 그렇게 멀리까지 갈 이유가 있을까요?"

"어쨌든, 그쪽도 수색해볼 필요가 있겠어요." 아빠가 말했다. "이렇게 코앞에서도 월석을 쉽게 구할 수 있다는 사실을 미처 몰랐을 수 있으니까요."

"거기 좌표, 알고 있어요?" 엄마가 킴 박사한테 물었다.

"확인해볼 수는 있어요."

"그럼, 확인해보자고요."

어른들이 그 위치를 확인하러 가기 위해 차례대로 체육관을 나섰다. 나는 키라, 바이올렛과 함께 그대로 남아서 에어로크 유리창을 통해 바위를 바라봤다.

"대시 네 생각에도 니나 대장님이 정말 그 먼 데까지 갔을 것 같아?" 키라가 물었다.

"아니."

"엄마랑 아빠는 그렇댔어." 바이올렛이 말했다.

"두 분 생각이 맞을지도 모르지. 아니면, 두 분도 딱히 다른 방법이 없어서 그런지도 몰라. 나라고 뾰족한 수가 있는 건 아니지만." 나는 답답한 마음에 이마를 유리창에 바짝 들이밀었다. "그냥, 모든 게 느낌이 안 좋아."

"그러게." 키라가 내 말에 수긍했다. "니나 대장님이 사라진 다음, 쇼버그 가족이 뭔가 꾸미고 있다는 게 찜찜해. 인공위성 잔해 때문에 우리가 죽을 고비를 넘긴 것도 그렇고. 왠지, 갑자기 기지 전체에 마가 낀 것만 같아."

"그렇게 기분이 안 좋을 땐 어떻게 해야 하는지 알아?" 바이올렛이 말했다. "긍정적으로 생각해야지!"

"그런다고 해결될 문제가 아니야." 내가 말했다.

"웃기는 얘기 해줄까?" 바이올렛이 말했다. "똑똑!"

"집어치워, 바이올렛."

"'집어치워' 그러면 안 되지. '누구세요?'라고 해야지."

"장난하는 거 아니야, 바이올렛. 그만하라니까."

"똑똑."

"닥치라고! 넌 왜 맨날 사람을 귀찮게 하냐!"

바이올렛의 얼굴에서 웃음기가 사라졌다. 아랫입술을 떨며 울먹거리더니 바이올렛은 결국 울음을 터뜨리며 체육관 밖으로 뛰쳐나갔다.

나는 에어로크에 털썩 기대며 키라를 쳐다봤다. "넌 동생이 없어서 정말 좋겠다."

"너야말로 저런 여동생이 있으니 복 받은 거지. 그냥 분위기 좀 띄워보려는 거였는데."

"그거야 알지만… 쟤는 가끔 상황이 얼마나 심각한지 잘 모르는 게 문제야. 지금 돌아가는 상황이 얼마나 엉망인지도 모르고, 기껏 한다는 짓이 '똑똑' 하면서 까불기나 하고 있으니."

"자기도 겁은 나는데 뭘 어떻게 해야 할지 모르니까 그러겠지. 겨우 여섯 살이잖아."

나는 여동생을 그런 식으로 대한 것이 부끄러워졌다. 나도 마르케스 형제와 별반 다를 바 없다는 생각이 들었다.

"가서 미안하다고 해야겠다."

나는 한숨을 내쉬고 바이올렛을 찾으러 체육관을 나섰다. 키라도 나를 따라 나왔다.

어디서 우는 소리가 들리기에 따라가봤지만, 바이올렛은 아니었다. 소리의 주인공은 골드스타인 박사였다. 그녀는 그때까지도 온실 안에 앉아서 엉망이 된 토마토들을 보며 슬퍼하고 있었다.

바이올렛은 어디로 갔는지 보이지 않았다. 순간, 혹시 바이올렛도 니나 대장처럼 사라져버린 것은 아닌지 걱정이 됐다. 바이올렛은 삐쳤을 때마다 어딘가 숨을 곳을 찾곤 했다. 한 번은 연구동 안에 있는 보관함에서 그 애를 찾은 적도 있었다.

우리는 바이올렛을 찾으며 대기구역 쪽으로 향했다.

대기구역에는 창 박사와 하워드 박사, 두 사람뿐이었다. 그들도 MBB에서 복귀해 에어로크를 통해 기지 안으로 들어온 참이었다.

키라가 두 팔을 벌리고 달려가서 아빠를 꼭 끌어안았다. "오셨어요!" 그녀는 기뻐서 소리쳤다. "괜찮으세요?"

"괜찮고말고." 하워드 박사도 그녀를 껴안았다. "사실은, 너무 좋았어."

"좋았다고요?"

"언제 달 위를 그렇게 오래 걸어보겠니."

"혹시, 방금 전에 이쪽에서 제 동생 바이올렛 못 보셨어요?" 내가 물었다.

"못 봤는데." 창 박사가 대답했다. "에어로크에서 우주복 벗느라 정신없어서 말이야. 라스 쇼버그 씨는 어디 있는지 아니?"

"자기 집에 있겠죠 뭐."

"고맙다."

창 박사는 즉시 위층으로 올라가는 계단으로 향했다. 가만히 보니, 창 박사는 화가 많이 난 듯한 표정이었다. 근육에도 힘이 잔뜩 들어가 있었다.

그때, 엄마가 관제실 밖으로 급히 나왔다. "창 박사님! 잠깐만요! 니나 대장의 행방에 대해 뭔가 알아낸 것 같아요."

그 말을 듣고도 창 박사는 멈추지 않았다. "잘됐군요. 좀 더 자세히 파악하세요. 난 라스 씨와 담판을 지을 일이 있어서요."

"무슨 담판요?"

"이것저것 다요. 그 집 애들이 우리 컴퓨터를 엉망으로 만든 것도 그렇고, 인터뷰도 그렇고, 무슨 꿍꿍이가 있는지 알아야겠어요. 우리가 알고 있는 것들을 종합해보면, 니나 대장하고 관련 있는 게 분명합니다. 그러니 무슨 일인지 꼭 알아야겠어요."

"그렇다고 폭력을 쓰거나 하실 건 아니죠?"

"그렇잖아도 마음은 굴뚝같습니다. 오는 길에 다프네 박사한테 들었습니다. 쇼버그 가족이 온실에서 무슨 짓을 했는지 말입니다."

때마침 아빠가 관제실 밖으로 나왔다.

"여보, 창 박사 좀 말려봐요!" 엄마가 아빠한테 말했다.

"뭐 하러? 나야말로 혼쭐을 내주라고 등 떠밀고 싶구만."

엄마가 짜증난 표정으로 아빠를 째려봤다.

창 박사는 이미 쇼버그 가족 숙소에 가까이 다가가 있었다.

"잠깐만요!" 내가 소리쳤다.

창 박사가 걸음을 멈췄다.

"뭔데 그러냐?"

"그 사람이 무슨 짓을 꾸미고 있었는지, 제가 알아낼 수 있을 것 같아요."

정신적 피폐

MBA에서의 생활이 놀라운 경험이라는 사실은 반박의 여지가 없지만, 한편으로는 스트레스나 우울증, 또는 기타 정신적 긴장감을 불러일으킬 수도 있습니다. 그러므로 여러분 스스로는 물론이고, 주변 동료들의 정신 건강 상태까지 관심을 기울여야 합니다. 만약 정신건강과 관련해 사소한 증상이라도 나타나면, 즉시 기지의 정신과 전문의로부터 도움을 받으시기 바랍니다. 상담 내용은 다른 사람들과의 관계에 전혀 영향이 없도록 철저히 비밀이 보장되니 안심하시기 바랍니다. 정신과 전문의와의 상담에도 불구하고 전혀 효과가 없거나, 전문의가 여러분의 요구에 부응하지 못한다고 판단될 경우에는, 컴링크를 통해 NASA에 상주하는 다른 전문의의 도움을 받을 수도 있습니다.

어떠한 경우에도, 정신건강과 관련한 후속 조치를 소홀히 하는 일이 없도록 하십시오. 설령 증상이 발생했다 해도, 그것을 인정하는 것은 부끄러운 일이 아닙니다. 오히려, 증상이 발생한 것을 알고도 못 본 척 넘기는 것이야말로 부끄러운 일입니다.

우주 꼴통들의 음모

  결정적으로, 나는 다른 사람들한테 내 계획을 곧이곧대로 털어
놓을 수는 없었다. 설령 털어놓고 싶어도 딱히 설명할 방법이 없었
다. 그저 돌려서 말할 수밖에 없었다.

  "저한테 쇼버그 가족과 먼저 얘기할 기회를 주세요."

  "패튼이 또 달려들면 어쩌려고?" 창 박사가 물었다.

  "그땐 박사님이 문을 부수고 들어와서 혼내주시면 되죠."

  창 박사가 고개를 끄덕였다. "그렇다면, 좋다."

  "잠깐만요." 엄마가 말했다. "우리 아들이 다칠 수도 있는데, 지
금 승낙을 하신 거예요?"

"다칠 일 없을 거예요." 내가 말했다.

"제가 바로 앞에서 대기하고 있겠습니다." 창 박사가 말했다.

"걱정 마세요." 내가 말했다. "패튼은 공격할 생각도 못 할 거예요. 지난번에 된통 당했기 때문에, 함부로 못 할 거예요."

"지난번에 무슨 일이 있었길래?" 엄마가 물었다.

"패튼이 대시 때문에 제대로 식겁했거든요." 키라가 말했다. "오줌까지 지렸으니 말 다 했죠."

"아니, 어떻게 했길래?" 아빠가 물었다.

"당당히 맞서다 보면, 그런 인간들도 제풀에 꼬리를 내리기도 해요." 내가 대답했다.

그래도 엄마와 아빠는 내 계획에 동조할 마음이 없어 보였지만, 이렇게 옥신각신하고만 있을 때가 아니었다. 니나 대장은 여전히 행방이 묘연했고, 그녀의 실종과 쇼버그 가족이 관련 있다면 그 내막을 밝혀내야만 했다. 결국 창 박사가 문 앞에서 지키고 있다가 무슨 일이 생기면 바로 쳐들어가겠다고 거듭 약속한 다음에야, 엄마와 아빠도 마음을 바꿨다.

엄마와 아빠는 관제실로 가서 다프네 박사, 킴 박사와 함께 새로운 수색 작전을 구상하기로 했다. 그러는 사이, 창 박사는 쇼버그 가족 숙소로 나를 데리고 갔다.

창 박사가 문을 두들겼다. "창 박사요. 얘기 좀 합시다."

"그냥 가시오." 문을 통해 라스 씨의 대답이 들렸다. "우린 당신과 할 얘기 없소."

"이봐요, 라스 씨. 난 지금 문을 열어달라고 부탁하는 게 아니오. 임시 대장의 자격으로, 문을 열라고 명령하는 것이란 말이오. 문을 열지 않으면 강제로 부술 수도 있소. 오늘 아침만 해도 막상 해보니 그렇게 어려운 것도 아닙디다. 내가 문을 부수게 놔뒀다간 문도 못 잠글 테니 나중에 후회나 하지 마시오. NASA에서 부품을 보내려면 앞으로 몇 달은 더 걸릴 거요."

문 너머에서 짜증 섞인 탄성과 함께 스웨덴어로 수군거리는 소리가 들렸다. 식구들끼리 조용히 대책을 상의하는 모양이었다.

창 박사가 다시 한 번 문을 두드렸다. "내 인내심을 시험하지 마시오! 5초 안에 문을 열지 않으면, 부수고 들어가겠소."

"알았으니까," 라스 씨가 투덜거렸다. "진정하시오. 지금 나가요." 잠시 후, 그가 문을 빠끔 열더니 문틈 사이로 노려봤다. "이게 무슨 짓이오?"

창 박사가 재빨리 힘주며 문을 밀어젖히자, 라스 씨가 문에 이마를 부딪히고 뒤로 밀려났다. 나는 숙소 안으로 들어갔다.

그런 특실은 난생처음 봤다. 아까 인터뷰 영상 속에서 힐끔 봤을 뿐, 실제로 보긴 처음이었다. '여행객용 특실'은 거창한 이름과 달리 MBA의 여느 숙소들과 별다를 바 없어 보였다. 굳이 차이가 있다면 조금 더 넓다는 것뿐이었다. 우리보다 가구가 더 많은 것도 아니어서 실내 공간이 썰렁해 보이기만 했다. 아늑한 것으로만 치면 차라리 우리 숙소가 더 낫다는 느낌마저 들었다.

그나마 훨씬 좋아 보이는 것이 있다면, 벽면을 가득 채운 대형 슬림 스크린뿐이었다. 그들의 슬림 스크린은 최신형인 데다 해상도도 어마어마했다. 서부영화를 시청 중이었는지, 세 명의 남자가 한창 총격전을 벌이는 장면이 일시 정지되어 있었다. 그 장면을 보고 있으니, 서부 개척시대에 와 있는 것만 같은 느낌이 들었다.

라스 씨, 소냐 아줌마와 릴리가 불편한 심기를 드러내며 우리를 노려봤다. 라스 씨의 이마에는 방금 전 문에 부딪혀 생긴, 빨갛게 부은 자국이 선명했다.

"무슨 권리로 남의 사적인 공간에 침입하는 거요?" 라스 씨가 씩씩거리며 말했다.

세 사람 옆에, 나를 발견하자마자 겁에 질려 바짝 긴장하고 있는 패튼이 보였다. 잔이 혼내준 지가 벌써 몇 시간이나 지났는데도, 녀석은 헝클어진 머리 그대로 안절부절못하고 있었다. 내가 바라던 대로였다.

"지금 뭐 하자는 거요?" 라스 씨가 따지듯 묻더니 나를 향해 손가락질하며 말했다. "그리고 쟤는 왜 온 거요?"

"대시가 당신들한테 물어볼 게 좀 있다고 합디다." 창 박사가 말했다. "괜히 쟤한테 허튼짓 하지 마시오, 알겠소? 그랬다간 내가 당신들한테 험한 꼴이 뭔지 똑똑히 보여줄 테니 말이오." 그 말을 남기고 그는 슬그머니 밖으로 나가서 문을 닫았다.

그렇잖아도 언짢은 티가 역력하던 라스 씨의 얼굴이 사악한 표정으로 돌변했다. 창 박사가 나가고 나만 덜렁 남겨지니, 고양이 앞에 던져진 생쥐가 된 기분이었다.

"멍청한 녀석." 라스 씨가 말했다. "여기 온 걸 크게 후회하게 될 거다."

"저한테 협박하지 마세요." 나는 그렇게 말하고 패튼을 쳐다봤다. "아까, 나한테 까불다가 어떻게 됐는지 알지?"

패튼은 아까 봤던 우주 괴물이 떠올랐는지, 몸까지 떨며 훌쩍거렸다.

"여차하면 다시 불러낼 수도 있어. 내 친구니까…."

"웃기시네." 스스로도 확신은 없는 듯, 패튼이 기어들어가는 소리로 말했다.

"그게 왜 나타났을 거 같아? 그리고 왜 난 거들떠보지도 않고 형한테만 달려들었을까? 걔는 내가 위험할 때마다 나타나서 날 지켜주거든. 형이 손가락 하나라도 까딱하면, 어쩔 수 없이…."

"안 돼!" 패튼이 비명을 질렀다. "아빠, 쟤한테 협박하시면 절대 안 돼요! 쟤가 뭐라고 하든지간에요!"

라스 씨가 언짢은 표정으로 아들을 노려봤다. "세상에 우주뱀이 어디 있다고! 네 머릿속 상상일 뿐이야!"

"아니라니까요!" 패튼이 악을 쓰며 되받아쳤다. "제가 봤다고요! 정말이에요! 그것도 바로 코앞에서요!"

"그럼, 그 괴물이 뚫고 나온 구덩이가 있어야 할 거 아니냐!" 라스 씨가 다그쳤다. "난 아무리 봐도 없던데! 넌 지금, 이 맹랑한 꼬마한테 놀아나고 있는 거란 말이다!"

나는 라스 씨한테 말을 꺼내봤자 소용없을 것 같아서, 직접 패튼한테 물었다. "뉴스 인터뷰에선 왜 그런 거짓말을 한 거야?"

패튼이 막 대답하려는데, 소냐 아줌마가 아들을 향해 스웨덴어로 소리 질렀다. 아무래도 무슨 협박이라도 하는 것 같았다.

패튼이 갑자기 입을 꼭 다물었다.

"아, 왜 이래." 내가 말했다. "괜히 우주뱀 부르게 만들지 말자구."

패튼이 자기 부모님을 본 다음, 다시 나를 봤다. 성난 부모님과 무시무시한 우주 괴물 사이에서, 누굴 선택하는 게 나을지 머리 굴리는 것 같았다.

소냐 아줌마가 스웨덴어로 계속 뭐라 뭐라 했다.

그래서 나도 압박 수위를 높이기로 했다. "할 수 없지. 산 채로 잡아먹히더라도 내 탓은 하지 마. 난 분명히 경고했어." 나는 여차하면 괴물을 부를 것처럼 손으로 입을 가렸다.

"잠깐! 말하면 되잖아! 부모님이 아무도 모르게 여행사에 투자해서 그런 거야!"

"패튼!" 라스 씨가 버럭 소리쳤다. "가만있지 못해!"

패튼이 움찔하며 입을 꼭 다물었다.

하지만 이미 물은 엎질러진 뒤였다. 그 순간, 쇼버그 가족의 그간 행동이 모두 이해가 됐다.

"그래서 그런 거짓말을 한 거야? 달이 정말 끝내주는 곳이라는 둥 사기를 쳐서 다른 사람들도 오게 만들려고?"

라스 씨가 나를 향해 몸을 홱 돌렸다. "꺼져! 당장!"

그래도 나는 꿋꿋이 버티고 섰다. 지금 내가 물러나면 내 말이 허풍이라는 것을 패튼이 알게 될지 모르고, 그랬다간 다시는 이런 얘기를 할 기회가 없을 것만 같았다.

"투자했다는 회사가 어딘데?"

그러자 소냐 아줌마가 또 스웨덴어로 온갖 협박의 말을 퍼붓기 시작했다.

나도 협박의 강도를 높였다. "아까 봤던 우주뱀이 어느 정도였는지 잘 생각해봐. 그런데, 걔는 아기일 뿐이야. 걔보다 훨씬 더 큰 놈들이 얼마나 많은데. 기지 바로 밑에 걔들 둥지가 있거든. 원래 한 놈만 부를 생각이었는데, 이런 식이면 두 놈은…."

"맥시멈 어드벤처 여행사!" 패튼이 놀라서 꽥꽥거렸다. "그 회사 맞아! 그러니까, 제발 괴물은 부르지 말라구!"

"그만하라니까!" 라스 씨가 있는 힘껏 고함을 질렀다.

"원래 난 이 일에 끼고 싶지 않았어!" 패튼이 자기 아빠를 가리켰다. "이게 다 아빠가 계획한 거란 말이야! 괴물을 부를 거면, 아빠나 공격하라고 해!"

"패튼!" 소냐 아줌마는 더 이상 말을 잇지 못했다.

패튼은 항변을 계속했다. "처음부터 여기 오자고 한 사람도 아빠야. 어젯밤에 로봇들을 먹통으로 만든 것도…."

"이유가 뭔데?"

"달기지 베타 건설을 지연시키기 위해서지. 아빠가 로봇들을 먹통으로 만드는 프로그램을 개발했고, 그걸 우리한테 컴퓨터에 깔라고….”

“로디한테 그걸 들킨 거야?”

“그래.”

“닥치라고, 좀!” 릴리까지 자기 오빠한테 소리 지르고 나섰다. “이 멍청아! 오빠가 일을 다 망치고 있잖아!”

패튼도 릴리한테 고함을 지르며 응수했다. “그럼 나더러 아빠 계획이나 지키다가 괴물 뱀한테 잡아먹히라는 소리야!”

“그런데, 그 일과 니나 대장님은 무슨 연관이 있는 거야?” 내가 물었다. “대장님한테 무슨 짓을 한 거냐고!”

패튼이 깜짝 놀란 표정을 지었다. “뭔 소리야! 우린 대장님은 건들지도 않았는데! 우린 로봇들 건드린 죄밖에 없어!”

“혹시, 대장님이 그 계획을 눈치챘던 건 아니고?”

“아니라니까!” 패튼이 울먹이며 말했다. “대장님은 우리한테 그런 말 한 적도 없단 말이야! 우린 대장님이 실종된 거랑 전혀 상관이 없어. 정말이야!”

잡아먹힐까 봐 벌벌 떠는 모습으로 봐서, 패튼이 거짓말하는 것 같지는 않았다.

결국 라스 씨가 참지 못하고 나한테 덤벼들었다. 나는 문 쪽으로 물러나려 했지만 그럴 겨를이 없었다. 라스 씨가 내 양팔을 꼼짝 못하게 옆구리에 꽉 밀어붙이더니 코앞에서 소리 질렀다.

“너, 지금 들은 걸 함부로 입 놀렸다간 재미없을 줄 알아!”

“안 돼요, 아빠!” 패튼이 악을 썼다. “그러지 말라니까요!”

나는 고약한 라스 씨의 입 냄새로부터 고개를 돌리며 소리 질렀다. "도와주세요!"

"거봐요, 그러지 말라니까!" 공포심에 사로잡힌 패튼이 울부짖었다. "우주뱀이 튀어나올 거라고요! 우린 이제 다 죽었네!"

그때, 창 박사가 문을 걷어차고 안으로 들어왔다.

"대시를 놔주시오."

하지만 라스 씨는 나를 놓아주지 않았다. 나한테 너무 열 받아서 그랬는지, 아니면 식구들이 하도 소리를 질러대는 바람에 그랬는지 모르겠지만, 그는 창 박사의 경고를 듣지 못한 것 같았다. 그는 계속해서 협박했다. "내 말을 무시했다간, 넌 물론이고 네 가족들까지 곤욕을 치르게 될 줄 알아라!"

"난 분명히 경고했소." 그렇게 말하고 창 박사가 라스 씨의 얼굴에 주먹을 날렸다. 라스 씨가 방을 가로질러 볼링공처럼 굴러가더니 식구들과 부딪쳐 쓰러졌다.

창 박사가 나를 보며 말했다. "괜찮니?"

나는 고개를 끄덕였다.

"이런, 젠장!" 라스 씨가 비명을 질렀다. "당신은 지금, 인생 최대의 실수를 한 거야! 내가 당신을 잘라버리고 말겠어!"

"당신이 어린아이를 폭행하려고 해서," 창 박사가 침착하게 말했다. "난 그만두라고 경고했지만 당신은 듣지 않았소. 그래서 난 어쩔 수 없이 정당하게 권한을 행사한 것뿐이오."

"당신, 박살내고 말 거야!" 라스 씨가 격렬하게 말했다. "내가 비록 이런 곳에 있지만, 난 당신 인생을 망가뜨릴 수 있다고!"

"그만하시라니까요!" 패튼이 자기 아빠한테 말했다. "그렇게 계속 협박했다간, 우주뱀을 불러낼 거라고요!"

"아니." 내가 말했다. "이번엔 그냥 넘어가겠어. 하지만 지금 이 순간부터 난 물론이고 다른 애들한테도 가까이 접근하지 않는 게 좋을 거야. 또다시 우릴 괴롭히면, 우주뱀의 밥이 될 각오를 해야 할 거야."

패튼이 훌쩍거리며 말했다. "얌전히 있을게. 약속해."

나는 앞장서서 그 집을 나섰다. 쇼버그 가족에게 맥시멈 어드벤처 여행사와의 관계에 대해 더 물어보고 싶은 게 있었지만, 이 정도만으로도 그동안 벌어졌던 일들을 꿰맞추기엔 부족함이 없다는 생각이 들었다.

"그 우주뱀 얘긴 뭐냐?" 복도로 나오자 창 박사가 물었다.

"패튼이 꼼짝 못하게 하려고 제가 꾸며낸 외계 괴물이에요."

"잘했다." 창 박사가 내 등을 토닥이더니 한숨을 내쉬었다.

"왜 그러세요?"

"난 니나 대장의 실종과 저 사람들 사이에 분명 뭔가 있을 거라고 믿고 있었거든. 아무것도 알아내지 못한 셈이 돼버렸구나."

창 박사의 말이 맞았다. 니나 대장은 여전히 행방이 묘연했다. 그런데 우리는 알아낸 것이 아무것도 없었다.

개인의 건강 관리

MBA는 무균 환경을 유지하는 시설을 갖추고 있지만, 그럼에도 다양한 경로를 통해 질병에 감염될 가능성은 존재합니다. 그러므로 개인의 위생은 물론이고, 동료의 건강 관리를 위해서라도 필요한 조치는 무엇이든 취할 필요가 있습니다.

화장실을 사용한 다음, 또는 기타 오염의 위험이 있는 활동 직후에는 반드시 손을 깨끗이 씻어야 합니다.

또한 충분히 수면을 취하고, 하루에 세 번씩 양치질을 하며, 필요한 경우 치실 사용을 권장합니다.

몸에 이상이 느껴지면, 즉시 진료실을 방문하여 다른 동료에게 감염되지 않도록 신경 써야 합니다. MBA와 같은 제한된 공간에서 무심코 지나치는 질병은 매우 급속도로 다른 사람에게 영향을 미칠 수 있습니다.

상상 속의 친구

달 생활 217일째

늦은 오후

우리 부모님은 또다시 달 표면으로 나갔다. 다른 어른들도 마찬가지였다. 킴 박사의 노력으로 니나 대장이 아말콜라이트를 찾으러 갔을 가능성이 있는 위치를 알아내자, 어른들은 최대한 신속하게 수색할 계획을 세웠다. 시간은 자꾸 흘러가는데, 다프네 박사의 로봇들은 사람보다 이동 속도가 느리기 때문이었다.

이번에는 어른들 중에서 창 박사가 기지에 남았다. 창 박사는 그 결정에 영 탐탁지 않은 반응을 보였지만, 쇼버그 가족이 또 무슨 짓을 할지 모르기 때문에 어쩔 수 없이 그 결정을 받아들였다.

나는 창 박사와 함께 중앙관제실에서 시간을 보냈다. 하지만 그건 생각했던 것보다 훨씬 피를 말리는 일이었다. 월면차의 이동 속도가 말도 못하게 느렸기 때문이다. 한편, 창 박사는 쇼버그 가족과 맥시멈 어드벤처 여행사 사이의 연관성을 조사해달라는 요청, 니나 대장 수색과 관련한 현재까지의 상황 보고, 그리고 우주쓰레기 때문에 받은 피해 상황 및 복구 요청을 위해 지구의 휴스턴 관제센터와 교신하느라 무전기에서 손을 놓지 못하고 있었다. 그래서 나는 조용히 생각할 시간을 갖기 위해 숙소로 돌아갔다.

그런데 그곳에서 잔과 마주쳤다. 그녀는 내가 집 안으로 들어가려는 순간, 내 앞에 모습을 보였다.

"오셨어요? 아까 패튼을 혼내주셔서 고마워요."

잔이 인상을 찌푸렸다. "다신 그런 짓 못 할 것 같아."

"제 생각에도 그러실 필요는 없을 것 같아요. 패튼은 아직까지도 잔뜩 겁에 질려 있거든요. 까불면 언제든지 괴물 뱀을 불러낼 거라고, 단단히 겁을 주고 왔어요."

그 얘길 들으면 잔도 좋아할 줄 알았는데, 오히려 그녀는 기분이 가라앉아 보였다.

"그때, 내가 그러면 안 되는 거였는데."

"아뇨. 패튼의 행동이 잘못된 거죠."

"그건 그렇지만, 그 바람에 규칙을 너무 많이 깨버렸어… 우리 종족도 대부분 나한테 잘했다는 소리는 안 하더라."

"그건 어떻게 알았대요? 그들도 우릴 볼 수 있어요?"

"설명하자면 복잡해. 아무튼… 우리 행성에서도 너한테 오면 안 된다는 얘기가 나오고 있어."

"말도 안 돼요!" 나는 그만 소리를 지르고 말았다.

내 반응에 감동이라도 받았는지, 잔이 미소를 지었다.

"물론, 전부 그렇게 생각하는 건 아니야. 그러니 내가 다시 왔지. 하지만 앞으로는 더욱 조심해야 할 것 같아. 그나저나, 네 머릿속에서 오늘 하루가 굉장히 힘들었다는 느낌이 전해지는구나."

"말도 마세요. 키라하고 저하고, 유성우 한복판에 있다가 죽다 살아났다니까요."

그 말을 들은 잔의 얼굴이 걱정스러운 표정으로 바뀌었다.

"저 바깥에 또 나간 거야?"

"워낙 상황이 급박해서요."

나는 무슨 일이 있었는지 잔에게 다 털어놓았고, 잔은 진지하게 내 말을 끝까지 들었다.

"내가 너희 종족의 능력을 아니까 하는 말인데, 니나 대장이 위험을 무릅쓰고 그렇게 멀리까지 갔을 리는 없어."

"하지만 니나 대장이 근처에 없는 건 분명해요."

"꼭 그렇지 않을 수도 있잖아."

"아뇨. 맞다니까요. 안 찾아본 데가 없어요."

"그걸 어떻게 알아?"

"죄다 찾아봤다니까요. 갑자기 증발한 게 아니라면, 달리 갈 데가 어디 있겠어요!"

"짜증낼 것까진 없잖아. 나도 도우려고 하는 것뿐인데."

"참나, 그런 것엔 되게 재주가 없으시네요."

잔은 잠시 동안 아무 말도 못 하다가 나한테 물었다. "그렇게 짜증을 내는 이유가 뭐니?"

나는 그녀에게 어떻게 설명해야 할지 답답해서 몸을 돌렸다.

"그냥 모든 게 짜증나요. 니나 대장님 일도 그렇고, 쇼버그 가족도 그렇고, 우주쓰레기 때문에 죽다 살아난 것도 그렇고…."

"아니야, 대시. 넌 나한테도 짜증이 나 있어. 내가 네 속마음을 다 읽을 수 있다는 걸 잊었니?"

아, 그렇지. 나 자신보다 더 내 마음을 잘 아는 누군가와 대화를 나누고 있다는 사실에 새삼 당황스러웠다.

"맥이 빠져서 그런가 봐요."

"왜?"

"당신처럼 고도로 진화한 종족도 이 일을 도울 수 없다는 생각이 들어서요. 은하계 저편까지도 생각을 전할 수 있는 분이, 니나 대장님의 위치는 모르잖아요. 내 감정은 그렇게 잘 읽으면서, 우주쓰레기들이 언제 덮칠지 저한테 미리 귀띔도 못 해줘요?"

"내가 앞일을 내다볼 수 있는 건 아니야."

"참나, 그럼 할 수 있는 게 뭐예요? 할 수 있는 거라곤 나한테 질문하는 것밖에 더 있어요? 당신이 누군지도 말 안 해주고, 어느 행성에서 왔는지, 그리고 인류에게 무슨 위험이 닥칠지도…."

"난 인류에게 위험이 닥칠 거라는 말은 한 적 없어."

"하지만 맞긴 맞잖아요. 요점은 그거 아니에요? 그렇죠?"

잔은 무슨 말을 해야 할지 잠시 머뭇거렸다.

"꼭 그렇다고는 할 수 없어."

"도대체 무슨 일이길래 그래요?" 나는 다그쳐 물었다. "거대한 행성이 지구로 향하고 있기라도 한 거예요? 아니면, 태양이 폭발 직전이에요? 우리 스스로 멸망이라도 한대요?"

"그런 일들은 일어나지 않을 거야." 잔은 얄밉도록 차분하게 말했다.

"그럼, 도대체 뭐냐고요?" 나는 결국 소리를 지르고 말았다. "우리가 관계를 유지하는 게 그렇게나 중요하다면서, 그 이유에 대해선 입도 뻥긋 안 하려 하고. 그러면서도 제 불만이 뭔지는 감이 안 잡혀요? 제가 이러는 게 전혀 이해가 안 가요?"

잔은 한동안 나를 빤히 쳐다보기만 했다. 내 머릿속에서 내 속마음을 느끼고 있는 것 같았다.

"내가 예상했던 것보다 스트레스를 훨씬 많이 받은 모양이구나. 미안하다, 대시. 니나 대장을 찾는 일에 어떻게든 도움이 되길 바랐는데, 내 능력이 부족했나 봐. 하지만 네 말처럼, 앞으로는 너한테 좀 더 솔직할 필요가 있겠구나. 물론, 그렇게 되겠지만."

"그게 언제인데요?"

"곧."

"정확히 언제냐고요!"

"누구랑 얘기하는 거야?" 바이올렛이 물었다.

황급히 몸을 돌려 보니, 바이올렛이 자기 수면 캡슐에서 고개를 빠끔 내밀고 있었다.

나는 속으로 조심성 없었던 나 자신에게 욕을 퍼부었다. 아까 집 안에 들어왔을 때 수면 캡슐들까지 꼼꼼히 확인했어야 했는데. 나를 더욱 당황하게 한 건, 잔과 대화할 때는 실제 소리를 내지 말아야 한다는 기본 원칙도 전혀 지키지 않았다는 점이었다.

깜짝 놀라기는 잔도 마찬가지였다. 그녀의 푸른 눈이 깜짝 놀라서 휘둥그레졌다.

"누구긴 누구야, 아무도 없는데." 나는 재빨리 얼버무렸다. "그냥 혼잣말한 거야."

"거짓말하면 코가 커진대요." 바이올렛이 놀렸다.

"가야겠다." 잔이 말했다.

"잠깐만요!" 나는 허둥대던 나머지, 또 소리 내어 말해버렸다.

"거봐!" 바이올렛이 큰 소리로 말했다. "또 그러잖아!"

"이번엔 오래 걸리지 않을 거야." 잔이 말했다. "약속할게. 하지만 지금 당장은, 넌 몰라도 되는 복잡한 일이 있어서 그래."

그 말을 남기고 그녀는 눈앞에서 사라져버렸다.

좌절감만 더 커져버린 나는 뒤늦게 바이올렛한테 눈길을 돌렸다. 바이올렛은 자기 수면 캡슐을 빠져나오고 있었다. 꽤나 오랫동안 단잠을 잤는지 바이올렛의 머리카락이 솜사탕처럼 헝클어져 있었다. 하지만 방금 잠에서 깨어난 사람치곤 지나치게 쌩쌩했다. 나는 바이올렛이 우리의 대화를 어디까지 들었을지 궁금했다.

"어디 갔어?" 바이올렛이 주위를 두리번거리며 물었다.

"넌 여기서 뭐 하고 있었는데?" 나는 화제를 돌리려고 일부러 윽박질렀다.

"오빠 때문에 숨어 있었어. 아까 오빠가 나한테 못되게 굴어서, 아무도 못 찾게 여기 숨어 있었단 말이야. 그러다 잠이 들었는데, 오빠가 들어와 큰 소리로 말해서 깬 거야."

바이올렛이 큐브 하나를 잡더니 그 밑을 들여다봤다. 마치 내가 그 밑에 숨을 만큼 작은 사람이랑 얘기를 했다고 생각한 듯. 아니면, 지능이 높은 곤충일 것이라 생각했든지.

"어디로 간 거야?"

"잠에서 깬 다음, 얼마나 오랫동안 내 얘길 듣고 있었어?"

"잘 모르겠어." 바이올렛이 대답했다. "시간까지 어떻게 알아? 난 시계도 없는데."

"그래도, 잘 생각해봐."

기억을 쥐어짜낸답시고 바이올렛이 오만가지 인상을 썼다.

"네 시간."

"알았다." 나는 한숨을 내쉬며 말했다. "말을 말자."

바이올렛이 뭔가 생각하는 표정으로 나를 빤히 쳐다봤다.

"오빠한테도 상상 속의 친구가 있어?"

열두 살씩이나 먹은 나한테 상상 속의 친구가 가당키나 한가 싶어, 본능적으로 거부 반응이 들었다. 하지만 딱히 더 그럴듯한 대답이 생각나지 않았다.

"그래, 맞아. 그 친구랑 얘기하고 있었어."

"이름이 뭔데?"

"잔 퍼포닉."

바이올렛이 콧방귀를 뀌며 웃었다. "무슨 이름이 그래."

나는 어깨를 으쓱하며 말했다. "이름이 그런 걸 어떡하라고."

"그런 이름이 어디 있어! 그리고 오빠한테 무슨 상상 속의 친구가 있다고! 벌써 열두 살이나 됐으면서!"

"여기선 같이 놀 만한 친구가 별로 없으니까 그렇지."

"아무리 그래도 그렇지. 상상 속의 친구라니, 이상하단 말이야."

"너도 상상 속의 친구가 있잖아!"

바이올렛이 고개를 갸우뚱하며 나를 봤다. "아니, 없는데."

"뭔 소리야, 있잖아. 오늘 아침에도 걔랑 얘기하는 걸 봤는데!" 그 이름을 떠올려봤지만, 생각이 나지 않았다. "두다였나? 그, 말하는 바다소 이름이?"

"디다거든? 걘 우주에 사는 바다코끼리야. 그리고 실제로 살아 있단 말이야."

나는 어이가 없어서 눈을 위로 치켜떴다.

"너, 정말 여자화장실 변기 속에 우주 바다코끼리가 살고 있을 거라고 생각해?" 나는 더 이상 대화할 필요를 못 느끼고 문 쪽으로 향했다. "그러면서 나더러 이상하다는 소리나…."

"사실, 나도 그게 뭔지 정확히는 몰라. 아직 실제로 본 적은 없거든. 하지만 바다코끼리 소리가 분명히 들렸단 말이야."

나는 문 앞에 멈춰 서서 다시 바이올렛을 쳐다봤다.

"그게 무슨 말이야? 소리가 들렸다니?"

"내가 화장실에 있는데, 바다코끼리 소리가 들렸어."

"그게 언제였는데?"

"오늘 아침에. 응가가 마려워서 일찍 깼는데, 화장실에 갔더니 그 소리가 들렸단 말이야."

"전에도 디다 소리를 들어본 적 있어?"

"아니. 오늘이 처음이었어."

문득 머릿속에 스치는 생각이 있었다. 하루 종일 머릿속에 뒤엉켜 있던 것들이 풀리기 시작했다. 나는 바이올렛의 팔을 잡고 집 밖으로 나섰다.

"소리가 어땠다고?"

"말했잖아! 바다코끼리 소리라고! 그런데, 어디 가는 거야?"

"화장실."

"왜? 오빠도 응가하려고?"

"네가 디다 목소리를 들은 데가 어딘지 알려줘."

"오빠는 남자라서 여자화장실에 못 들어가잖아!"

나는 바이올렛을 이끌고 계단을 내려가 대기구역으로 향했다.

"오빠가 하는 말, 장난처럼 생각하지 말았으면 좋겠어. 정확히 화장실 어디에서 그 소리를 들었는지 오빠한테 말해줘야 해. 그 바다코끼리가 어떤 소리를 냈는지, 흉내 낼 수 있지?"

"응. 이런 소리였어." 바이올렛이 최대한 음을 낮추고 우는 소리를 냈다. "으으음에엘프읍."

관제실을 지나가다 보니, 안에서는 창 박사가 컴퓨터 앞에 앉아 밖에 나간 사람들의 상황을 확인하고 있었다. 바이올렛이 내는 소리를 듣고 창 박사가 웃음을 터뜨렸다.

"너희들, 여기서 뭐 하냐?"

"대시 오빠가 여자화장실에 가서 디다랑 얘기하고 싶대요." 바이올렛이 큰 소리로 말했다.

창 박사가 또 한 번 소리 내어 웃었다.

여자화장실 앞에 도착하자, 나는 출입문을 밀고 들어가서 바이올렛을 안으로 잡아끌었다. 혹시 화장실 안에 다른 사람은 없는지 확인하기 위해 바이올렛을 먼저 들여보냈어야 했지만, 내겐 그럴 경황이 없었다.

"디다가 우는 소리 말고, 다른 소리는 못 들었어?"

"응." 바이올렛이 말했다.

"뭐야!" 화장실 한편에서 갑자기 목소리가 들렸다. 아니나 다를까, 릴리 쇼버그였다. "남자가 여길 왜 들어와!"

"급해서 그래." 나는 사정을 설명했다.

"그럼 남자화장실로 갔어야지!" 릴리가 소리 질렀다. "무슨 짓거리를 하려고 여기 온 거야?"

"진정해. 급하다는 게, 그런 뜻이 아니란 말이야." 나는 그렇게 얼버무리고 바이올렛한테 물었다. "디다가 또 어떤 소리를 냈어?"

"음, 그 소리만 여러 번 들렸어. 으으음에엘프읍. 으으음에엘프읍. 그래서 내가 '누구세요?' 했더니, '디다'라고 했어."

"그따위 게 뭐가 급한 일이라고!" 릴리가 변기에 앉은 채로 소리질렀다. "당장 나가! 이 변태야!"

"잠깐만 봐주면 안 돼? 중요한 일이라니까."

"더 이상은 못 참아!" 릴리가 단호하게 말했다. "당장 나가지 않으면 비명을 지를 거야!"

나도 더 이상은 참을 수가 없었다. 눈 딱 감고 밖으로 나가서 릴리가 편히 일을 보게 놔둘 수도 있었지만, 지금은 비상 상황이었다. 상황도 상황이거니와, 그동안 틈만 나면 기지 사람들을 못살게 굴었던 쇼버그 가족에게 이미 참을 만큼 참아온 터였다.

"아니. 누나야말로 찍소리 하지 말고 있어. 그렇게 계속 종알거리면, 옆 칸에서 흡입관을 끌어다가 누나 얼굴에 대고 짓뭉개버릴줄 알아!"

놀랍게도 내가 한 말인데도 꽤나 섬뜩하게 들렸다. 화장실 안의 울림 효과 때문인 듯싶었다.

릴리가 사뭇 겁을 먹은 목소리로 말했다. "설마."

"할 수 있나 없나, 한번 볼래?" 나는 으름장을 놓았다. "힘도 별로 안 들걸? 얼굴도 별로 안 크잖아? 그러니까 잠시만 조용히 있으면, 바로 나갈게."

"알았어." 릴리가 기어들어가는 목소리로 말했다.

나는 다시 바이올렛한테 집중했다.

바이올렛이 나를 보며 빙그레 웃었다. "와, 센데?"

"그 소리를 들은 게 어디였어?"

"변기 쪽."

"정말? 잘 생각해봐."

바이올렛은 얼굴까지 찡그려가며 곰곰이 생각에 잠겼다.

"맞아, 변기였어."

"그게 어딘데?"

바이올렛이 화장실 두 번째 칸에 들어가더니 변기 위에 앉았다. 그런 뒤 손가락으로 첫 번째 칸을 가리켰다.

"원래는 저쪽 변기에 앉았는데, 지금 릴리 언니가 응가하고 있어서 들어갈 수가 없어."

릴리 쪽에서 대꾸 대신 낮은 탄성이 들렸다.

"아무튼 내가 이렇게 앉아 있었는데, 저 밑에서 소리가 들렸어."

바이올렛이 손가락으로 옆 칸의 아래쪽을 가리켰다.

"확실해? 변기 밑에서 소리가 들렸다는 거야?"

바이올렛이 다시 얼굴을 찡그렸다.

"그런 것 같아."

"그러니까, 저 바닥 밑이라는 말이지?"

"응."

나는 몸을 낮추고 바이올렛의 눈을 빤히 바라봤다.

"혹시, 그 소리가 꼭 바다코끼리 소리가 아닐 수도 있지 않을까? 바닥 밑에서 들렸으니까 말이야. '디다'가 아니라 '니나'라는 소리를 잘못 들은 건 아니야?"

내 말이 무슨 뜻인지 알아듣고 바이올렛이 입을 쩍 벌렸다. 내가 듣고 싶었던 대답이 바로 그거였다.

바이올렛이 변명을 늘어놓기 시작했다. "내가 들었을 땐 '디다'였어! 정확히는 잘 안 들렸단 말이야!"

"괜찮아. 네 탓 하는 거 아니야. 오히려, 네가 우리를 구한 것인지도 몰라."

바이올렛의 얼굴이 금세 환해졌다.

"정말? 내가 영웅이 된 거야?"

"그래, 넌 영웅이야." 나는 장단을 맞춰줬다. "일을 엉망으로 만든 건 다른 사람들이고."

나는 변기에서 바이올렛을 일으켜서 서둘러 화장실에서 데리고 나왔다.

"고마워, 릴리 누나. 이제 됐어."

"이제 다시 응가해도 돼!" 바이올렛이 말했다.

나는 바이올렛을 이끌고 복도를 지나 관제실로 들어가자마자 창 박사에게 말했다.

"니나 대장님이 어디에 있는지 알 것 같아요."

업무 공간

　MBA는 주거 공간일 뿐만 아니라, 과학 연구를 위한 업무 공간의 역할도 하고 있다는 사실을 잊는 경우가 종종 있습니다. 예를 들면 인화성 물질, 독성 물질, 상태가 불안정한 화학 물질, 감염성 미생물, 레이저 등등 잠재적 위험이 있는 것들이 그 업무 공간 안에 많이 있다는 사실을 잊을 때가 있다는 뜻입니다. 무심코 사용할 경우에는, 심지어 망원경조차 위험한 물체가 될 수 있습니다. 물론, 그 외의 공간들 역시 무작정 안심할 수 있는 곳은 아닙니다. 따라서 모든 주민들은 각자의 업무 공간을 청결히 유지하는 것은 물론이고, 작업 후에는 업무 공간에 남아 있어야 할 것들이 주거 공간으로 유입되지 않도록 안전에 필요한 조치들을 취해야 합니다. 만약 업무 공간에 남아 있어야 할 것을 발견하면, 절대로 손대지 말고 기지 내의 해당 전문가에게 알려, 취급 능력을 충분히 갖춘 전문가의 손에 의해 처리될 수 있도록 해야 합니다.

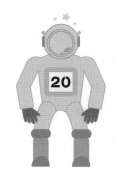

충격적인 진실

달 생활 217일째

늦은 오후

창 박사가 하던 일을 멈추고, 뭔가 기대하는 눈빛으로 나를 쳐다봤다.

"그게 어딘데?"

"여자화장실 바닥 밑이에요!" 바이올렛이 의기양양하게 말했다.

창 박사가 얼굴을 찡그렸다. "바이올렛, 지금은 장난칠 때가 아니야."

"장난치는 거 아니에요." 내가 말했다. "오늘 아침에 바이올렛이 니나 대장님과 말을 주고받은 것 같아요. 바이올렛은 상대가 누군지 몰랐다는 게 문제지만요."

"저는 변기에 사는 바다코끼리인 줄 알았어요." 바이올렛이 변명이라도 하듯 말했다.

창 박사가 어리둥절한 표정으로 바이올렛을 봤다. "바다코끼리가 변기 안에서 어떻게 살아?"

"변기 안에는 물이 있으니까요." 바이올렛이 말했다. "바다코끼리가 물을 얼마나 좋아하는데요."

"바이올렛은 니나 대장님의 구조 요청 소리를 들은 것 같아요." 내가 말했다. "하지만 변기 바닥 밑에 누가 있을 거라곤 상상도 못 했던 거죠."

"'으으음에엘프읍' 소리가 들렸어요." 바이올렛이 말했다.

"그래서 바이올렛이 누구냐고 물어보니, '니나'라고 했대요. 바이올렛은 그 소리를 '디다'로 잘못 들었고요."

"그래서 저도 이름을 말했더니," 바이올렛이 말했다. "자기가 거기 있다고 사람들한테 말하라고 했어요."

"그런데 왜 말 안 했니?" 창 박사가 물었다.

"말했단 말이에요." 바이올렛이 따지듯 말했다. "사람들한테 화장실에 바다코끼리가 살고 있다고 말했어요. 엄마, 아빠, 마르케스 박사님, 얀크 박사님, 발니코프 박사님, 이네스, 그리고 로디 오빠한테요." 바이올렛이 나를 노려봤다. "오빠한테도 말했잖아."

"그래." 나는 순순히 인정하며 창 박사를 쳐다봤다. "다들 설마 했던 거죠 뭐."

"이런." 창 박사가 말했다. "그나저나, 니나 대장은 어떻게 그 밑으로 들어간 거지? 내가 설계도를 열 번도 더 확인해봤는데. 기지 바닥 밑에는 그런 공간이 전혀 없었거든. 기지는 달 표면 위에 바로 세운 걸로 돼 있는데 말이야."

"설계도엔 기지만 나와 있을 거 아니에요?" 내가 말했다. "설계도만 봐선, 그 밑에 뭐가 있는지 모른다는 뜻이죠. 아까 달기지 베타 작업동에 갔을 때 엄마가 그러셨거든요. 이 기지를 건설할 때도 비슷한 공간이 있었다고요. 그럼, 그건 어디로 갔을까요?"

창 박사가 놀라서 입을 쩍 벌렸다. "이런, 젠장." 그는 말도 제대로 하지 못했다. 그는 곧바로 컴퓨터 앞으로 가서 명령을 내렸다. "컴퓨터, MBA가 완공되기 전의 달 표면 사진을 보여줘."

"알겠습니다." 컴퓨터가 대답했다. "지금 사진을 불러오는 중입니다."

인공위성에서 고해상도로 달 표면을 촬영한 사진이 모니터에 나타났다. 잿빛 흙먼지로 뒤덮인 넓은 구역에 시커먼 바위들이 군데군데 섬처럼 표시되어 있었다.

"MBA 구역만 따로 표시해줘."

"명령을 실행합니다."

팔각형 두 개가 서로 연결된 모양의 MBA 테두리가 사진 위에 표시됐다. 좀 더 커다란 팔각형의 위쪽, 화장실이 있는 곳의 바로 아래에 시커먼 바위와는 다른 색으로 길게 보이는 곳이 있었다.

"저거, 용암 동굴이에요?" 내가 물었다.

"저게 바로 그 동굴이야." 창 박사가 말했다. "예전에 작업동으로 사용했던 곳이지." 그는 자리를 박차고 일어나 곧장 여자화장실로 향했다.

바이올렛과 나도 그의 뒤를 따랐다.

"내 기억이 맞다면, 원래 MBA 예정지는 여기가 아니었어." 창 박사가 말했다. "내가 그런 것까지 관여하진 않아서 확실치 않지만, 이 근처 어디었어. 그런데 작업 인부들이 원래 예정지에서 몇몇 문제점을 발견하는 바람에, 차라리 지금 이곳, 즉 그들이 생활하던 공간 바로 위에 기지를 짓는 게 구조적으로 훨씬 안정적이라는 결론을 내렸지."

"그럼, 이 밑에 그 공간이 그대로 남아 있다는 거예요?" 내가 물었다.

"굳이 없애야 할 필요까진 없었으니까."

창 박사는 우리를 데리고 여자화장실로 들어갔다. 화장실 첫 번째 칸의 문틈 아래로, 여전히 릴리 쇼버그의 발목이 보였다.

"릴리 언니!" 바이올렛이 외쳤다. "우리, 또 왔어!"

"아, 왜~" 릴리의 앓는 소리가 들렸다.

"아직이야?" 바이올렛이 물었다. "화장실에서 살 거야?"

나는 창 박사에게 물었다. "그 작업동의 산소 공급장치가 아직까지 작동하고 있을까요?"

"나라면 기대도 안 하겠지만," 창 박사가 대답했다. "니나 대장이 아직 거기 있는 걸 보면, 작동 중이지 않을까 싶다."

"저기요!" 릴리가 소리쳤다. "왜 남자들이 여자화장실에 들어오고 난리예요! 도대체 무슨 일이에요?"

"미안하게 됐다." 창 박사가 말했다. "비상 상황이라서."

"또요?" 릴리가 짜증을 냈다. "화장실에서라도 마음 편히 있으면 안 돼요?"

"니나!" 창 박사가 바닥을 향해 소리 질렀다. "내 목소리 들려요? 창입니다!"

"안녕하세요. 니나 대장님!" 바이올렛도 덩달아 목청을 높였다. "전 바이올렛이에요! 저도 왔어요!"

그러나 아무런 응답이 없었다.

"니나!" 창 박사가 한 번 더 소리 질렀다. "거기 있으면, 대답 좀 해요!"

역시 대답은 없었다.

"다른 데로 갔나 봐요." 바이올렛이 말했다.

"아니야." 창 박사가 불안한 표정으로 말했다. "더 이상 갈 데는 없을 거야. 이 밑에 설치된 산소 공급장치가 어떤 건지 모르겠지만, 이렇게 오래 작동할 리가 없어. 산소가 바닥나서 무반응 증상을 보이고 있는 건지도 몰라."

"무반응? 그게 뭐예요?" 바이올렛이 물었다.

"어… 그러니까 박사님 말은, 니나 대장님이 잠들었을지도 모른다는 뜻이야." 내가 대신 설명했다.

"아하."

그래도 걱정이 되는 건 어쩔 수 없었다. 만약 산소가 바닥났다면 그녀가 의식을 잃었을지도 모르기 때문이었다. 어떤 경우든, 좋지 않은 상황인 것은 분명했다.

그 순간, 아래쪽에서 어떤 소리가 들렸다. 일정한 간격으로 천천히 쇠를 두드리는 소리였다. 짧은 간격으로 세 번 두드리는 소리가 들리더니, 좀 더 길게 세 번, 그리고 다시 짧게 세 번 두드리는 소리가 들렸다.

"변기가 고장 났나 봐요." 바이올렛이 말했다.

"그게 아니야." 창 박사가 말했다. "저건 모스 부호야. 짧게 세 번, 길게 세 번, 짧게 세 번. SOS 신호! 니나 대장이야! 그녀가 살아 있어!" 그는 바닥에 대고 크게 외쳤다. "잘 들려요! 가만히 기다리고 있어요! 우리가 구하러 갈 테니까!"

곧바로 일정한 간격을 두고 다시 두드리는 소리가 들렸다.

땅 땅 땅 땅 땅

"우리 말을 알아들었다는 뜻이야." 창 박사가 그 신호의 뜻을 설명한 뒤, 우리를 데리고 화장실을 나섰다.

문 밖으로 나서자마자, 창 박사가 나를 향해 말했다. "네 우주복이 아직 에어로크 안에 있지, 그렇지?"

"네."

내 우주복은 먼지를 완전히 털어내지 못하고 그대로 놔둔 상태였다.

"잘됐다. 그럼, 가서 다시 우주복을 챙겨 입거라. 나도 금방 갈게."

"우주복은 왜 입어요?" 나는 침을 꼴깍 삼키며 물었다.

"이번엔 구조 작전이다."

내 가슴이 쿵쾅거리며 뛰기 시작했다. 식은땀까지 났다.

"왜 제가?"

"니나 대장이 너무 위험한 것 같다. 당장 움직일 수 있는 사람이 필요해." 창 박사가 우주복 보관함을 열고 헬멧 수리 키트와 예비 산소통을 꺼냈다. "여유가 있다면 굳이 널 데리고 나갈 필요가 없겠지만, 니나 대장은 당장 구조가 절실한 상황이야. 나 혼자 나가기엔 너무 위험하니까, 널 믿고 내 목숨을 너한테 의지하는 거야. 알겠니?"

"네."

굳이 서둘러 기지 밖으로 나가고 싶은 마음은 전혀 없었지만, 창 박사가 그렇게 믿어주니 용기가 생겼다.

나는 바이올렛한테 말했다. "정말 잘했어."

"나도 알아." 바이올렛이 말했다.

"아까는 너한테 짜증내서 미안해. 넌 오빠한테 힘내라고 한 것뿐인데, 오빠가 바보처럼 굴었어."

"맞아."

"금방 다시 돌아올게."

나는 바이올렛을 껴안아준 다음, 에어로크로 향했다.

주의 태만

MBA에서는 뭔가 일이 잘못되더라도, 부상을 입을 만큼 큰 피해를 입을 가능성은 거의 없습니다. 하지만 동료의 상황 판단이 늦을 경우에는 문제가 악화될 수 있습니다. 따라서 항상 경계 태세를 늦추지 말아야 합니다.

아울러 비상 안전 훈련을 숙지하는 동시에, 주기적으로 실전 훈련을 게을리하지 말아야 하며, 기본적인 응급치료 방법 정도는 스스로 터득하고 있어야 합니다. 아무리 사소한 것일지라도, 평소와 다르게 뭔가 이상한 현상, 혹은 뭔가 찜찜한 것이 느껴지면, 무심코 넘기지 말고 즉시 기지 대장에게 알려야 합니다.

비밀 동굴

달 생활 217일째
늦은 오후

　2분 후, 나는 또다시 달 표면 위에 섰다.

　창 박사와 나는 연구동 건물을 돌아 기지 북쪽으로 향했다. 그곳은 내가 처음으로 가본 곳이었다. 그쪽으로는 조망할 수 있는 유리창이 나 있지 않아서 볼 기회조차 없었다. MBA는 당최 시선을 잡아끌 만한 매력이라곤 찾아보기 힘든 곳이지만, 그곳에 가보니 MBA는 에덴의 동산이라 불러도 좋을 정도였다. 그곳에는 식수 정화장치, 태양열 집열판, 전력 저장장치, 산소 발생장치, 공기 정화장치 등등 우리가 멀쩡히 살아가려면 꼭 필요한 온갖 기계장치가 가득 들어차 있었다. 그 외에 망가진 기계 부품들, 사용되지 않은 건축자재들도 널브러져 있었다. 대기층이 존재하지 않으니 부식될 염려도 없고, 바람이 불지 않으니 다른 곳으로 날아갈 일도 없는 탓에, 그것들은 천 년이고 만 년이고 그 자리에 그대로 쌓여 있을 게 분명했다.

조금 앞쪽으로, 시커멓고 오래된 화산석들로 뒤덮인 지형이 지면 위로 길쭉하게 솟아 있는 것이 보였다. 그것은 태양열 집열판에서 기지의 바로 밑에까지 이어져 있었다.

"저기인가 보다." 창 박사가 말했다.

"막혀 있는데 어떻게 들어가죠? 니나 대장님은 어떻게 들어갔을까요?"

"보나 마나, 저기겠지."

창 박사가 기지 외벽을 따라 쌓여 있는 기계 부품들 사이로 보이는 틈을 가리켰다. 거기에는 커다란 금속판 한 장이 지면 위에 놓여 있었다. 그 금속판은 다른 쓰레기들과 뒤섞여 있어서 만약 우리가 작정하고 찾지 않았다면 그냥 지나쳤을 수도 있었다.

지구에서라면 어림도 없겠지만, 100킬로그램은 족히 나갈 것 같은 그 금속판을 창 박사는 별로 힘들이지 않고 들어 올렸다. 금속판을 치우니 동굴로 통하는 좁은 입구가 나타났다.

"제대로 찾은 모양이다." 창 박사가 말했다. 그러고는 들어 올린 금속판을 식수 정화장치에 기대놓았다.

나는 경계심 가득한 눈으로 그 구멍을 쳐다봤다. MBB의 작업동 입구보다는 훨씬 작았다. 달 표면 위에 나와 있다는 사실만으로도 두려워 미칠 지경인데, 그 안으로 들어갈 생각을 하니 더 꺼림칙했다. 어두컴컴하고 좁은 그 안에 뭔가 위험한 것이 몸을 숨기고 있을 것만 같았다. 우주뱀 따위 존재하지 않는다는 것을 알면서도, 혹시 그런 게 있다면 딱 이런 곳에 숨어 있을 것만 같았다.

"들어가자." 창 박사가 말했다. "내가 앞장서마."

우주복 헬멧에는 해가 진 다음에도 오랫동안 달 표면 위를 걸어 다닐 수 있도록 조명이 장착되어 있었다. 창 박사가 조명을 켜고 구멍 안을 살폈다. 조명 덕분에 꺼림칙한 기분은 좀 덜해졌지만, 귀신이 나올 것 같은 으스스한 분위기는 그대로였다.

창 박사가 동굴 안으로 내려가기 시작했다. 그렇잖아도 한 덩치 하는 몸에 우주복까지 입어 더 뚱뚱해진 그에게 입구는 꽉 끼일 만큼 좁았다. 그래서 그는 고개를 수그려야 했다.

"됐다. 너도 내려오너라."

나도 헬멧 조명을 켜고 천천히 입구로 들어갔다. 내 체구는 창 박사보다 훨씬 작기 때문에, 안으로 들어가는 데 별 문제가 없었다. 하지만 안쪽으로 들쭉날쭉 삐져나온 돌들이 영 신경 쓰였다.

그때 식수 정화장치에 기대놓았던 금속판이 중력을 이기지 못하고 넘어져버렸다. 금속판이 떨어져 입구를 막아버리는 바람에, 동굴 안이 아까보다 더 어두워졌다.

어젯밤 니나 대장이 이곳에 왔을 때도 방금 전과 똑같은 일이 벌어진 것은 아닌가 하는 생각이 들었다. 금속판이 동굴 입구를 막아버렸으니 수색팀은 그냥 지나칠 수밖에 없었을 것이다.

동굴은 두께가 90센티미터나 되는 콘크리트로 된 기지의 바닥 아래쪽으로 가파른 내리막 경사를 이루고 있었다. 밑으로 내려가니, 작업동이 나타났다.

겉으로 보기엔 MBB의 작업동과 거의 똑같은 형태였다. 공간이 좀 더 작고 에어로크는 구형이었지만, 기본 형태는 똑같았다.

창 박사가 에어로크 문을 열었다. 나는 그를 따라 에어로크 안으로 들어갔다. 창 박사가 문을 닫고 기압 조정 버튼을 눌렀다.

그런데 기압 조정장치가 제대로 작동되지 않았다. 에어로크 내부는 고장 난 탈수기처럼 털털거리기만 했고, 천장에서는 빨간색 경고등이 깜박거렸다. 헬멧 밖의 소리가 들리는 걸 보면 산소가 공급되고 있는 것은 분명했는데, 그저 털털거리는 소리만 크게 들리는 것으로 봐선 아무래도 발전기 성능이 시원찮은 듯했다.

"경고." 컴퓨터에서 들려오는 소리는 낭랑했지만, 전력이 부족해서인지 차라리 속삭임에 가까웠다. "기압 조정이 끝났습니다만, 산소 공급장치의 이상으로 인해 산소 수치가 심각한 위험 수준까지 떨어졌습니다. 주의가 필요하니…."

경고를 알리는 메시지가 알아들을 수 없는 말로 변하더니 결국 컴퓨터가 먹통이 돼버렸다. 빨간색 경고등만이 계속 깜박이고 있었다.

나는 한꺼번에 많은 숨을 몰아쉬지 않기 위해 신경을 곤두세워야만 했다.

"젠장." 창 박사가 투덜거렸다. "엉망이구먼."

나는 우주복 소매에 장착된 센서를 확인했다. 우리 주위의 이산화탄소 수치가 위험할 정도로 높았고, 반면 산소 수치는 거의 감지되지 않을 정도로 낮았다.

"우주복은 계속 입고 있어야겠죠?"

"살고 싶다면 그래야지."

창 박사가 안쪽 문 측면에 부착된 빨간색 버튼을 눌렀다.

아무 변화도 일어나지 않았다. 문은 그대로 닫혀 있었다.

"이것도 수동으로 열어야겠네." 창 박사가 한숨을 쉬며 말했다. "전력이 바닥났나 보다. 아마 비상시엔 생명 유지장치에만 전력이 공급될 거야."

창 박사가 문에 설치된 플라스틱 덮개를 뜯어내니, 그 안에 수동 조작용 손잡이가 보였다.

"잡고 있어."

우리는 함께 손잡이를 잡고 힘주어 위로 올렸다. 쉽게 문이 열릴 줄 알았는데 이번에도 뭔가 뜻대로 되지 않았다. 우리는 젖 먹던 힘까지 보태며 손잡이를 세게 위로 밀어 올렸다.

마침내 에어로크 안쪽 문이 열렸고, 우리는 즉시 작업동 안으로 들어갔다.

작업동 내부는 전력 낭비를 막기 위해 조명이 꺼져 있었다. 헬멧 조명이 어둠을 뚫고 내부의 잡다한 것들을 비췄다. 예전에 아빠와 함께 하와이 해변에 있는 한 동굴에서 바닷속으로 잠수했을 때가 생각났다. 개인적으로 별로 즐거운 경험은 아니었다. 이 동굴도 소름끼칠 만큼 비슷하게 생겼지만, 두려운 정도로만 보면 천 배쯤 더 심했다.

안으로 들어가니 MBB 작업동에 비해 엄청나게 작다는 느낌이 들었다. 이런 곳에서라면 어른 네 명이 한 달은커녕 단 하루도 편히 지낼 수 있을 것 같지 않았다. 형편없이 작은 업무 공간과 그보다 더 작은 주방이 있었고, 뒤쪽에는 위에서 아래로 내려 사용하는 간이침대 4개가 설치되어 있었다.

내부 공간이 그렇게나 좁은데도 대번에 니나 대장의 모습을 발견할 수는 없었다. 작업동 내부는 엉망진창이었다. 니나 대장의 우주복(실제로는 릴리의 우주복이지만)은 구겨진 채로 에어로크 문 옆에 아무렇게나 놓여 있었고, 헬멧은 바로 옆 바닥에 놓여 있었다. 가리개에 지그재그로 길게 난 금이 보였다.

주방에는 닥치는 대로 뒤진 흔적들이 고스란히 남아 있었다. 불행 중 다행이랄까, 니나 대장은 최초의 인부들이 일부 남기고 간 음식들을 먹을 수 있었던 모양이다. 비상용 음식을 포장했던 은박지들이 여기저기 흩어져 있었다.

그것들을 보는 순간, 나는 니나 대장의 상태가 정말 심각할지도 모른다는 것을 직감했다. 그녀는 원래 깔끔하고 정돈에 민감한 성격이라, 이런 꼴을 그냥 두고 볼 리가 없었다. 뭔가 잘못되지 않았다면, 그냥 못 본 척할 그녀가 절대 아니었다.

"저기!" 창 박사가 연구동 뒤편을 가리키며 큰 소리로 말했다.

나는 혹시 니나 대장인가 싶어서 그쪽을 쳐다봤지만, 눈에 들어온 것은 대형 은박지에 쌓인 채 간이침대 위에 놓여 있는 부리토였다. 잠시 후, 나는 그게 음식이 아니라 비상용 보온 담요를 뒤집어쓰고 있는 니나 대장이라는 사실을 알아챘다. 또 작업동 내부에 난방이 전혀 되지 않고 있다는 사실도 깨달았다. 체온을 유지하기 위해 니나 대장은 담요로 온몸을 꽁꽁 싸매고 있었다.

창 박사가 간이침대로 향했다. 덩달아 마음이 급해진 나는 서둘러 뒤쫓아가다가 바닥에 놓여 있던 헬멧을 걷어차고 말았다. 내 발에 차여 날아간 헬멧이 벽에 부딪치더니 가리개가 산산조각 나버렸다.

그러고 보니, 니나 대장도 헬멧이 망가지기 직전에 이곳에 들어온 모양이었다.

"거기 그대로 있어라." 창 박사가 차갑게 말했다. "아무것도 건드리지 말고."

순간 또 다른 위험이 생긴 건 아닌가 싶어 덜컥 겁이 났지만, 알고 보니 창 박사는 일부러 내가 거리를 두게 한 것이었다. 혹시 니나 대장이 죽었을지도 모른다고 생각했는지, 그는 조심스럽게 그녀의 몸을 두르고 있던 담요를 걷어냈다.

창 박사가 담요를 치우자, 니나 대장의 머리가 얼핏 보였다. 젤까지 발라 완벽히 고정시킨 그녀의 머리카락은 생쥐 소굴처럼 엉망으로 변해 있었고, 피부도 핏기 하나 없이 잿빛이 돌았다. 바로 코앞에서 그녀의 얼굴을 본 창 박사가 헉하며 놀라는 것을 보니, 아무래도 상태가 많이 안 좋은 모양이었다.

창 박사가 몸을 숙이고 가까이에서 그녀를 살폈다. 내 위치에서는 그가 뭘 하는지 보이지 않았지만, 아마 맥박을 확인하는 것 같았다. 잠시 긴장되는 순간이 지나갔다. 마침내 창 박사가 안도의 한숨을 내쉬었다.

"아직 살아 있어."

나도 덩달아 한숨을 내쉬었다.

"그럼, 괜찮은 거예요?"

"별로 좋진 않아." 창 박사가 잔뜩 처진 목소리로 말했다. "조금만 늦었으면 큰일 날 뻔했다. 산소통 좀 가져오너라."

나는 그의 지시대로 산소통을 가져갔다. 산소통은 원래 우주복에 달린 밸브에 호스를 연결하게끔 되어 있지만, 작은 산소마스크를 사용할 수 있도록 어댑터가 추가로 장착되어 있었다. 산소마스크에는 비행기에서 흔히 볼 수 있는 비상용 마스크처럼 머리에 고정시킬 수 있는 얇은 플라스틱 끈이 달려 있었다. 창 박사가 산소통과 마스크를 연결했지만, 장갑을 낀 손으로는 마스크를 집는 것조차 어려웠다. 내가 니나 대장의 머리를 받치고 나서야, 그는 간신히 마스크 끈을 만지작거릴 수 있었다.

나는 그제야 의식이 없는 니나 대장의 얼굴을 바로 눈앞에서 볼 수 있었다. 그녀의 얼굴은 마치 나무를 깎아 만든 꼭두각시 인형 같은 몰골이었다. 우리가 그녀를 살리기 위해 부산스럽게 움직이는 와중에도, 그녀의 눈꺼풀은 미동조차 하지 않았다.

니나 대장의 머리에 마스크를 씌운 창 박사가 결국 해냈다는 듯

짧은 탄성을 질렀다. 마스크 속에 옅은 안개 같은 입김이 보였다. 니나 대장의 가슴 부위가 미세하게 부풀어 올랐다. 그러더니 그녀가 정상적으로 호흡을 하기 시작했다.

창 박사가 안도의 한숨을 길게 내쉬었다.

"큰일 날 뻔했네. 몇 분만 더 늦었으면 혼수상태에 빠졌을지도 몰라."

"박사님이 대장을 살리셨어요."

"아니. 니나 대장이 여기 있다는 걸 알아낸 사람은 바로 너잖니. 네가 대장을 살린 거야. 큰일 했다!"

"뭘요."

나는 씩 웃었다. 더 이상 두려운 기분은 들지 않았다.

"계속 지켜보고 있거라. 난 대장 헬멧을 고쳐야겠다. 그래야 밖으로 나가지."

창 박사가 헬멧 수리 키트를 놓아둔 반대편으로 가서, 릴리의 헬멧을 집어 들고 장갑 낀 손으로 낑낑거리며 가리개 교체 작업을 시작했다.

갑자기, 뭔가가 내 손을 잡았다.

나는 어찌나 놀랐던지, 하마터면 우주복을 뚫고 튕겨나갈 뻔했다. 내가 비명을 지르며 홱 돌아보니, 니나 대장이었다. 그녀는 두 눈을 뜨고 있었지만, 아직도 잠이 덜 깬 듯 몽롱한 얼굴이었다.

"대시?"

"네."

"나, 안 죽은 거니?"

"그럼요."

"다행이다." 그녀가 행복한 미소를 지었다. "나 때문에 난리가 났겠다, 그렇지?"

창 박사가 급히 돌아왔다.

"가만히 있어요, 니나. 지금 이렇게 함부로 말하면 안 돼요. 얼마나 끔찍한 일을 겪었는지…."

"말하고 싶어요." 그녀가 말했다. "해명이라도 하고 싶어요…."

"해명은 나중에 해도 돼요." 창 박사가 말했다.

"아뇨. 지금 해야겠어요." 숨 쉬기도 힘들 텐데, 그녀의 고집은 여전했다. "내가 왜 여기 왔는지 알아야 해요…."

"당신이 월석을 수집하고 있다는 사실을 우리도 알아요." 창 박사가 말했다.

순간 니나 대장이 깜짝 놀라 눈을 치켜떴지만, 이내 눈꺼풀이 축 처졌다.

"어떻게 그걸?"

"대시랑 키라가 발견했어요."

니나 대장이 눈을 껌벅거리며 나를 쳐다봤다.

"어차피 탄로 날 일이라는 걸 진즉 알았어야 했는데. 월석을 챙길 마음은 없었지만, 사정이 있어서 나도 어쩔 수 없었어요."

"무슨 사정이길래요?" 내가 물었다.

니나 대장은 대답하지 않았다. 그녀의 두 눈이 스르르 감겼다.

다시 의식을 잃은 것 같았다. 조마조마한 마음에 나도 모르게 몸에 힘이 들어갔다.

"니나?" 창 박사가 그녀의 이름을 불렀다.

"금전적인 문제." 그녀가 두 눈을 감은 채 중얼거렸다.

나는 그녀가 괜찮다는 것을 확인하자 마음이 놓였다.

"어머니가 큰 병을 앓고 계시거든." 그녀는 입을 떼는 것조차 힘겨워하면서도, 어떻게든 계속 말을 해보려고 안간힘 썼다. "그런데, 보험금 지급이 거절됐어. 난 보험금이 나온 줄로만 알았는데, 아니었어… 그래서 돈이 필요했어… 하지만, 내가 여기서 이러고 있는 한, 딱히 손쓸 방법이 별로 없었어."

"NASA에서는 그냥 보고만 있던가요?" 창 박사가 물었다.

니나 대장이 힘없이 고개를 끄덕였다. 그렇게 작은 동작 하나에도 매우 힘이 들어 보였다.

"그들이 제시한 제안은 내가 받아들일 수도 없는 것이었죠… 그러다, 우연히 기회가 생겼어요."

그녀가 털어놓은 금전적 사정이라는 게 나로서는 그리 놀라운 일도 아니었다. 우리 가족도 나름의 사정이 있기 때문이었다. 지구를 떠나 있다 보니, 무슨 일이 생기더라도 쉽게 처리하기가 곤란했다. 우리 가족은 살던 집을 세놓고 이곳으로 왔다. 그런데 세입자가 처음 몇 달은 월세를 잘 냈지만 그 이후로는 월세를 거르기 시작하더니 주방을 망가뜨리기까지 했다. 이 우주 한복판에서 그 수리 비용을 처리하는 것은 불가능에 가까웠다. 우리를 선발했을 때만 해도 NASA는 비슷한 경우에 대비해 처리를 도와줄 사람이 있다고 했지만, 그들도 전혀 도움이 되지 않았다.

그보다 더 어처구니없었던 것은, 사람들이 우리 가족은 꽤 돈이 많다고 믿고 있다는 것이었다. 우리 부모님은 NASA 소속 직원인데다, MBA에서 거주하는 동안에는 유명세를 이용한 돈벌이를 할 수 없다는 서약까지 한 상태였다. 그 말은 곧, 언론 인터뷰를 하더라도 대가를 요구할 수 없고, 회고록 따위를 집필해서 돈을 벌 수도 없다는 뜻이었다. 그러나 그 사실을 알고 있는 사람들은 많지 않았다. 우리 집 주방을 고쳐주겠다고 연락하는 도급업자들은 하나같이 우리 가족이 돈이 많다고 생각해서 수리 비용을 훨씬 높여 부르기 일쑤였다.

니나 대장의 경우에는 은행에 돈을 많이 쌓아놓은 것도 아니었고, 따로 돈을 벌기엔 여러모로 제한이 많은 직업이었다. 그렇다고 MBA 대장직을 그만두고 수입이 더 좋은 직장을 구할 수도 없는 노릇이었다. 지구로 귀환하려면 앞으로 2년 6개월 더 꼼짝없이 자리를 지켜야 하니까. 나는 그녀가 이런 범죄를 저지를 거라곤 생각도 못했지만, 그녀가 처한 사정만큼은 이해할 수 있을 것 같았다. 사실 다른 범죄와 비교할 때, 남에게 딱히 큰 피해를 주는 것도 아니고, 그 때문에 누가 다칠 일도 없었다. 솔직히 말하면, 그깟 돌멩이 몇 개 없어진다 한들 달이 어떻게 되는 것도 아니지 않은가.

"기회라면, 어떤?" 창 박사가 물었다. "혹시, 찰리 말이에요? 당신한테 음악을 보낸 사람?"

나나 대장은 우리가 그 사실마저 알고 있는 것에 살짝 놀란 표정을 보이더니 결국 고개를 끄덕였다.

"네."

"그 음악이 암호였던 셈이죠? 노래 제목의 '50'이란 숫자와 롤링'스톤'스를 합쳐, 월석 50개를 구하라는 암호 말이에요."

"맞아요."

"찰리라는 사람, 진짜 이름이 뭡니까?"

"나도 몰라요."

"정말이에요?"

"정말로요. 화물 부서에서 일한다는 것 말고는 나도 몰라요."

그녀는 잠시 말을 멈추고 깊게 숨을 들이마셨다.

"화물 담당이라면, 다른 사람들의 눈을 피해 얼마든지 빼돌릴 수 있겠군요."

"맞아요. 처음에 요구했던 양을 구하는 건 전혀 문제가 없었는데, 어젯밤에 추가로 더 실어 보내라는 문자를 받았어요… 그것도 별 문제 없을 거라고 생각했는데, 그만…."

그녀의 불안정한 상태로 봐서 단순히 말만 하는 것도 많이 힘들어 보였다.

"내가 맞혀보죠. 당신은 기지 밖으로 나가는 모습이 녹화되지 않도록, 에어로크 주변 감시 카메라의 작동을 중지시켰어요. 위치가 추적되지 않게 스마트워치까지 풀어놓고 말입니다. 게다가 당신 우주복이 아닌 릴리의 우주복을 입었어요. 아무도 그런 것까지

는 확인하지 않을 거라고 생각했을 테고, 설령 확인하더라도 당신
이 용의선상에서 제외될 수 있게 말입니다."

"저는 GPS 추적장치를 떼어냈을 거라고만 생각했어요." 내가 말
했다. "아니면, 실제로는 기지 밖에 있지만 기지 안에 있다는 신호
를 보내도록 추적장치를 조작했거나요."

"아니, 추적장치는 제대로 작동하고 있었어." 창 박사가 말했다.
"정확한 위치를 알려주고 있었지. 다만, 우리가 그게 무슨 뜻인지
모르고 있었다는 게 문제였지. 우린 그 신호를 보고 니나 대장이
기지 안에 있다고만 생각했지, 기지 아래에 있을 거라곤 전혀 생각
도 못했던 거야."

"아~" 순간 나는 이마를 탁 칠 뻔했다.

창 박사가 다시 니나 대장에게 고개를 돌렸다.

"아무튼 당신은 그렇게 릴리의 우주복까지 입었어요. 별일이 없
었다면야 아무도 눈치 못 채게 기지를 들락날락할 수 있었겠지만,
릴리 헬멧이 망가져 있었다는 게 문제였죠. 가리개에 금이 가 있었
을 거예요."

니나 대장이 놀란 토끼 눈으로 우리를 쳐다봤다.

"그걸 어떻게 알았어요?"

"세사르랑 패튼이 망가뜨렸어요." 내가 대신 설명했다. "헬멧 쓰
고 미식축구 하다가 망가뜨린 헬멧이 한두 개가 아니래요."

몽롱한 상태에서도 그녀의 눈빛이 이글거렸다.

"얼빠진 녀석들. 그 녀석들 때문에 내가 죽을 뻔한 거네."

"그 녀석들 때문에 죽을 뻔한 사람이 한둘이 아닙니다." 창 박사가 말했다. "그것도 당신 찾으러 나갔다가."

니나 대장이 입술을 꽉 깨물었다. 그녀가 당황했을 때마다 보이던 행동과 거의 흡사했다.

"난 정말, 이런 일들이 생길 거라곤 꿈에도… 헬멧에 문제만 없었더라면, 아무 일도 없었겠죠. 하지만, 나도 여기 와서야, 헬멧에 문제가 있다는 걸 알았어요."

"아말콜라이트를 찾으러 가시는 중이었죠?" 내가 물었다.

내가 그런 것까지 알고 있는 것에 놀랐는지, 그녀가 나를 쳐다보며 눈만 껌벅거렸다. 그러더니 고개를 끄덕였다.

"맞아. 그 와중에 헬멧에 금이 가기 시작했고, 우주복 컴퓨터 패널에 경고 메시지가 떴어. 기껏해야 일이 분밖에 여유가 없었지. 기지로 되돌아가기엔 너무 늦었고, 난 이곳이 아직 폐쇄되지 않은 걸 알고 있었어. 문제는 이 안으로 들어온 다음에야 내가 모든 통신 장비를 떼어놓고 나온 걸 알았다는 거지. 릴리 헬멧의 무전기로는 신호가 전혀 안 잡혔고, 내 스마트워치도 없었어. 결국 기지와 연락할 수 있는 방법은 전혀 없었던 거야."

"그래서 기지 바닥을 향해 소리 지르셨던 거군요?"

"맞아. 목이 쉴 때까지 몇 시간 동안이나 소리 질렀지. 내 목소리를 들은 사람은 바이올렛뿐이었어. 그런데 바이올렛이 사람들한테 알리지 않았나 봐."

"알렸어요." 창 박사가 말했다. "바이올렛이 하는 말을 우리가 제대로 알아듣지 못했을 뿐이죠."

니나 대장이 많이 지친 듯 한숨을 내쉬었다. 자신의 잘못을 인정할수록 점점 힘도 부치는 것 같았다.

"더 이상 소리 지를 힘도 없었어요. 이 안의 산소 공급장치도 제대로 작동되지 않아서, 난 숨 쉬는 것도 아껴야 했죠."

"잘 견뎌냈어요." 창 박사가 말했다. "여기 이산화탄소 수치가 장난 아니던데."

니나 대장이 눈을 파르르 떨더니 이내 눈을 감았다.

"이젠 어떻게 하죠?"

"당신이 기운 차릴 때까지 좀 기다리면서 헬멧을 수리한 다음, 다시 기지로 돌아갈 거예요."

"내 말은 그게 아니라, 이제 난 어떻게 되냐는 거예요. 내가 한 짓은 범죄 행위예요. 군법회의에 회부되겠죠?"

"그건 NASA에서 결정할 일이에요." 창 박사가 나한테 은밀한 눈빛을 보냈다. "그런데 우리가 입을 다물고 있으면, 여기서 무슨 일이 벌어졌는지 NASA에서도 알 방법이 없죠."

"사실대로 보고하세요. 대장 대행으로서 말이에요. 그건 당신의 의무예요."

"이젠 대행이 아닙니다. 당신이 이렇게 살아 있으니까요."

"난 더 이상 자격이…."

"실수는 누구나 할 수 있는 법이에요."

니나 대장은 한숨을 내쉬었지만, 더 따질 기운도 없는 모양이었다. 눈꺼풀이 스르르 감기더니 그녀는 다시 잠이 들었고, 가볍게 코까지 골았다.

창 박사가 그녀의 몸 상태를 살폈다. 그러곤 다시 릴리의 헬멧을 수리하기 위해 몸을 움직였다.

"박사님은 언제부터 부대장이 된 걸 아셨어요?" 내가 물었다.

"한 달쯤 됐지, 아마. 홀츠 박사님이 돌아가신 뒤에 곧바로 NASA에서 연락이 왔어."

"그런데 그 얘기를 아무한테도 안 하셨어요?"

"그래. 이미 말했듯이, 니나 대장은 NASA에서 공식 발표를 할 때까지는 굳이 알리지 않는 게 낫다고 판단했거든."

"그럼, 그때부터 한 번도 그 얘길 하신 적이 없어요?"

"그래."

"니나 대장님한테서 그 소식을 들었을 땐 어디 계셨는데요?"

"관제실." 창 박사가 뭔가 이상하다는 듯 나를 바라봤다. "그게 이 일하고 무슨 상관이라도 있니?"

"아뇨."

나는 일부러 거짓말을 했다. 사실, 창 박사가 내게 한 말은 엄청나게 중요한 단서였다.

나는 찰리가 누구인지 알 것 같았다.

기타 위험 요소들

　지금부터 언급되는 것들은 항상 위험하다고 볼 수는 없지만, 무심코 방심하면 피해를 입을 수도 있는 것들입니다. MBA에서 사고가 발생하면 으레 운석 또는 로켓의 폭발 따위로 인한 사고일 것이라는 편견을 갖기 쉽지만, 오히려 지구에서는 전혀 위험해 보이지 않는 것들로 인해, 훨씬 많은 사고가 발생합니다. 예를 들면, 바닥 위에 아무렇게나 놓아둔 물건에 걸려 넘어지거나, 사물함 문에 머리를 부딪치거나, 샤워 도중 바닥에 미끄러지는 경우입니다. 물론 진료실에 각종 의료장비가 구비되어 있어서, 그러한 사고를 당하더라도 적절한 치료를 받을 수 있습니다. 그러나 무엇보다, 애초에 그러한 사고를 당하지 않도록 대비하는 것이야말로 가장 좋은 방법입니다. 그러므로 언제 어디서든, 항상 주의를 기울이시기 바랍니다.

찰리의 정체

달 생활 217일째

저녁식사 시간

창 박사가 보기에, 니나 대장이 기지로 돌아갈 수 있을 만큼 기운을 회복했다고 느낀 것은 한 시간 전쯤이었다. 창 박사는 다른 사람들에게 무전으로 연락을 취해야겠다며 그녀와 나를 남겨놓고 동굴 밖으로 나갔다 왔다. 그러는 내내 니나 대장은 잠에 빠져 있었다. 우리가 깨우자, 그녀는 비로소 기운을 차린 듯했다. 창 박사와 내가 도와주겠다고 했지만, 그녀는 도통 말을 듣지 않았다. 결국 그녀는 스스로 우주복을 챙겨 입고 기지를 향해 나섰다.

우리가 기지에 도착했을 즈음, 수색하러 나갔던 어른들도 모두 기지로 복귀해 있었다. 우리가 에어로크를 통해 기지 안으로 들어가자, 대기구역에 한데 모여 있던 사람들이 니나 대장의 귀환을 환영하며 열렬히 환호성을 질렀다.

"어서 오세요!" 사람들이 동시에 큰 소리로 외쳤다.

"살아서 돌아오신 것을 축하드려요!" 로디가 말했다.

"열렬히 환영합니다!" 마르케스 박사도 소리 질렀다.

"그만하세요." 니나 대장이 정색을 하고 말했다. "이러실 필요 없습니다. 제가 뭘 했다고 이런 환영을 받습니까. 전 그동안 밀린 일이 많아서, 이만 실례하겠습니다."

그녀는 즉시 사람들을 헤치고 자기 숙소로 향했다.

"일이라뇨?" 엄마가 물었다. "아무리 그래도, 일단 좀 쉬어야죠."

"뭐라도 좀 먹어요." 다프네 박사가 거들었다. "제가 특별 환영 음식을 만들어놨단 말이에요!"

"쓸데없이 자원 낭비만 하셨군요." 니나 대장이 말했다. "갇혀 있는 동안, 비상식량을 충분히 먹었습니다. 이제 전 숙소로 돌아가 잠을 자야겠으니, 여러분도 그랬으면 좋겠습니다. 오늘 일 때문에 여러분이 미처 처리 못 한 일들이 잔뜩 쌓여 있을 텐데, 내일 그 일들을 다 처리하려면 정신없을 겁니다. 모두들 안녕히 주무세요."

그녀는 그렇게 말하고, 자기 숙소 안으로 들어가 문을 닫았다.

"나참." 키라가 말했다. "이 분위기 어쩔 거야."

"맞아." 바이올렛이 장단을 맞췄다.

"대장이 지금 우리한테 할 일을 안 했다고 짜증내는 거야?" 알바레스 박사가 투덜거렸다. "이게 다 누구 때문인데?"

"그냥 내버려둘걸, 괜히 찾아다녔네." 누구인지 모르겠지만, 그런 소리까지 들려왔다.

기껏 준비한 환영 분위기가 찬물을 끼얹듯 가라앉자, 하는 수 없이 사람들은 하나둘씩 각자의 숙소로 돌아갔다. 길고도 험난한 하루였지만, 니나 대장의 말처럼 내일 역시 정신없는 하루가 될 게 분명했다. 당장 나만 하더라도, 내일은 밀린 수업을 하느라 정신없는 하루가 될 것 같았다.

나는 배가 고팠다. 니나 대장은 비상식량이라도 먹었지, 나는 아침 이후로 뭐 하나 먹은 게 없었다. 그래서 식당으로 가서, 다프네 박사가 니나 대장을 위해 준비했다는 음식을 대신 허겁지겁 먹어 치웠다. 말이 음식이지 마분지를 물에 불려놓은 것과 다를 바 없었지만, 맛이야 어떻든 상관 않고 먹은 건 그때가 처음이었다.

아빠가 실랑이를 벌이며 바이올렛을 재우러 간 사이, 엄마가 내 옆에 있어줬다.

"니나 대장님은 다른 사람들이 자길 찾느라 고생한 게 고맙지도 않은가 봐요." 나는 접시를 싹 비우고 나서 엄마한테 말했다.

"너무 자기한테 관심이 집중되니까 부담스러워 그랬겠지." 엄마가 말했다. "그냥 돌아온 게 아니라, 구조돼서 온 상황도 그렇고. 열두 살짜리 애도 아닌데 말이야."

"그럴 수도 있겠네요."

"그만 자러 안 가니? 안 그래도 많이 피곤할 텐데."

"찝찝해 죽겠어요. 오늘 같은 날은 샤워 좀 해도 괜찮겠죠?"

"그럼. 이런 날도 못 하면 언제 하겠니?" 엄마가 대견하다는 듯 내 머리카락을 헝클어뜨리며 말했다. "음식 접시는 엄마가 치울 테니, 숙소에서 보자."

달 위에서 산다는 것은 이런 식이었다. 대단한 보상을 받아도 성이 찰까 말까 한데, 고작 샤워에 만족해야 하다니. 사실 말이 샤워지, 샤워기 밑에 서서 쫄쫄거리며 떨어지는 미적지근한 물에 몸을 적시는 게 다였다.

하지만 지금은 샤워에 긴 시간을 허비할 수 없었다. 나는 몸을 대충 씻어냈다. '찰리'가 아주 가까운 곳에 있었기 때문이다.

나는 물기를 닦아내고 옷을 입고 양치질을 한 다음, 관제실과 구내식당에 아무도 없는 것을 확인하고 온실로 향했다.

원래 아이들은 따로 허락을 받지 않으면 온실에 들어갈 수 없었다. 하지만 골드스타인 박사가 온실 안에 있으니, 딱히 문제가 되진 않을 것 같았다.

골드스타인 박사는 묘목이 심어진 화분들로 가득한 탁자에 기댄 채, 난장판이 된 토마토밭을 물끄러미 쳐다보고 있었다. 그녀의 얼굴에는 상심한 기색이 가득했다.

"골드스타인 박사님?"

그녀는 그제야 고개를 돌리고 깜짝 놀란 표정을 지었다. 그런 그녀의 모습을 보자, 잔이 내 앞에 나타날 때마다 나도 저런 표정을 지었을지 궁금해졌다.

이내 그녀가 억지 미소를 지었다.

"대시 왔구나. 여긴 어쩐 일이니?"

"박사님이 찰리예요?"

그녀의 얼굴에서 웃음기가 사라졌다. 그녀는 뭔가 이상한 낌새를 직감하고 둘러댈 핑계를 떠올리는 것 같았지만, 딱 봐도 티가 날 정도로 어색하기 그지없었다.

"그게 무슨 말이니?"

하지만 나는 이미 내 생각이 맞다는 것을 충분히 확인한 뒤였다.

"아무한테도 말 안 할게요. 저는 그저, 이유가 뭔지 알고 싶을 뿐이에요."

그녀가 나를 그저 빤히 바라봤다.

"니나 대장님을 몰아낼 작정이었던 거예요? 창 박사님을 대신 기지 대장으로 앉히려고요?"

그녀의 두 눈이 동그래졌다. 여태 자기가 애써 모르는 척하고 있었다는 사실마저 순식간에 잊은 듯했다. 아니면, 더 이상 감출 엄두조차 내지 못해 순순히 인정하기로 했든지.

"네가 그걸 어떻게 알았지?"

"창 박사님이 임시 부대장이 됐다는 사실은 창 박사님과 니나 대장님, 두 분밖에 몰랐어요. 두 분은 그 사실을 아무한테도 말한 적이 없고, 관제실에서 딱 한 번 얘기를 나눴다고 했어요. 그런데 아까 제가 관제실에 들어갔다가, 온실 안에서는 벽을 통해 관제실에서 하는 말이 들린다는 걸 알게 됐죠. 그렇다면 박사님이 들었을 수도 있겠다는 생각이 들었어요. 다른 사람들은 함부로 여길 들어

올 수 없지만, 박사님은 항상 이 안에 계시잖아요."

그녀가 뭔가 이상하다는 듯 나를 쳐다봤다.

"겨우 그런 추측만으로 이런 얘기를 하는 거니?"

"아뇨. 저는 박사님이 니나 대장님과 별로 사이가 좋지 않다는 것도 알고 있어요. 니나 대장님은 온실에서 수확이 없다면서, 박사님을 많이 몰아붙이는 편이었죠. 그런 걸로 보면, 니나 대장님이 힘을 잃게 되면 박사님이…"

"니나 대장을 죽일 생각은 없었어." 그녀가 참지 못하고 말했다. "난 그저, 그녀가 NASA의 눈 밖에 나게 해서 잘리게 할 생각이었을 뿐이야."

"저도 알아요. 월석을 훔치는 건 심각한 범죄니까요. 창 박사님 말로는, 찰리 같은 가짜 아이디를 만드는 건 그리 어려운 일이 아니라고 했어요. 마음만 먹으면 기지 안의 누구든 만들 수 있다고 했죠. 박사님의 인적 사항을 확인해보니, 전공이 원래 컴퓨터과학인데 원예학으로 바꾸셨더라고요."

그녀가 내 눈을 피해 고개를 돌렸다.

"네 얘기가 다 맞아. 니나 대장이 정말로 내 제안을 받아들일 줄은 몰랐어. 하지만 이왕 시작한 거, 한번 해볼 가치가 있다고 생각했지. 그녀가 많은 돈을 필요로 한다는 소문도 있고 해서…"

"어머니가 큰 병에 걸리셨대요. 그런데 보험금 지급에 문제가 생겼고요."

"오, 세상에." 그녀가 손으로 입을 막으며 몸서리를 쳤다. "정말

몰랐어. 난 그저, 어딘가 투자했다가 돈을 날렸나 보다 했어. 그런
데, 어머니가? 오, 내가 무슨 짓을 한 거니?"

그녀의 뺨 위로 눈물이 주르륵 흐르기 시작했다.

"설마 누가 다칠 거라는 생각은 못 했어. 너무나 단순해 보였거
든. 처음에 그녀한테 월석을 가져오라고 시킨 다음, 어떻게 하는지
지켜봤더니 겨우 10분 만에 일을 끝내더구나. 어젯밤에도 그때와
똑같을 거라고만 생각하고, 그녀가 기지로 돌아올 때에 맞춰, 난
우연히 그녀를 현장에서 목격한 것으로 하려고 했어. 그리고 NASA
에 보고할 작정이었지. 하지만 그녀는 돌아올 기미가 없었고, 난…
난 뭘 어떻게 해야 할지 몰랐어…."

그녀가 두 손으로 얼굴을 가리고 고개를 숙인 채 흐느꼈다.

내가 골드스타인 박사를 의심할 수밖에 없었던 또 하나의 이유
가 바로 이거였다. 눈물. 그녀는 하루 종일 심란해 있었다. 처음엔
그녀가 애지중지하던 식물들이 엉망이 돼버렸기 때문인 줄로만 알
았다. 그런데 가만히 생각해보니, 아무리 쇼버그 가족이 토마토밭
을 쑥대밭으로 만든 직후였다 해도 그녀의 반응이 너무 과하다는
느낌이 들었다. 그녀는 슬픈 표정이라기보다는, 뭔가에 완전히 넋
이 나간 것만 같았다. 마치 누군가를 위험에 빠뜨리기라도 한 것처
럼. 그중에서도 두드러졌던 점은, 그녀는 니나 대장이 실종됐다는
사실을 다른 사람들이 알기도 전에 이미 안절부절못하는 기색이
역력했다는 것이다. 나는 이미 그때 그녀가 무슨 일을 저지르고 잘
못됐다는 것을 깨달은 듯한 느낌을 받았다.

하지만 나는 이렇게 말했다. "박사님 잘못은 아니에요. 세사르랑 패튼이 헬멧을 망가뜨렸기 때문이지…"

"그렇지만, 니나 대장을 밖으로 나가게 만든 사람은 나야." 그녀가 여전히 울먹거리며 말했다.

"아뇨. 밖에 나간 건 대장님 스스로 결정한 거였어요."

"그거야 내가 돈을 주기로 했으니까 그렇지. 어차피 받지도 못할 돈인데 그녀는 그것도 모르고, 어떻게든 어머니 치료비에 보태겠다고… 게다가 일이 잘못됐다는 걸 알고도, 난 그 사실이 들통날까 봐 다른 사람들한테 알리지 않았어. 아, 난 정말 못돼 처먹은 인간이야!"

나는 일이 이 지경까지 올 줄은 예상하지 못했기 때문에, 무슨 말을 해야 할지 난감했다.

"아니에요. 아니라니까요."

"이럴 줄 알았으면, 처음 나갔다 왔을 때 덮치고 말 걸 그랬어."

"왜 안 그러셨어요?"

"니나 대장이 적당히 둘러대고 빠져나갈 거라고 생각했거든. 월석을 가져온 게 연구 목적이니 뭐니 하며 변명하면 되니까. 하지만 두 번이나 똑같은 짓을 하면 얘기가 달라지지… 그녀가 방 안에 월석들을 숨겨놨을 테니… 그래야 빼도 박도 못하게 만들 수 있을 것 같았어."

그녀가 손수건에 코를 풀고는 울기 시작했다.

"아이고."

나는 도대체 어떤 말을 해줘야 할지 몰랐다. 어른이 내 눈앞에서 이렇게 슬피 우는 것을 보기는 처음이었다.

골드스타인 박사는 이제 자기 자신에게 어쩔 줄 몰라 하는 눈치였다. 그녀는 북받쳐 오르는 눈물을 간신히 참아내며 눈언저리가 빨개진 눈으로 나를 쳐다봤다.

"내가 몹쓸 인간이야. 나도 하루 종일 만신창이가 됐었어. 내가 벌인 일 때문에 목숨이 위험했던 사람이 니나 대장만은 아니었으니까. 심지어 너랑 키라도 그녀를 찾으러 나섰다가 죽을 뻔했잖니. 나도 이렇게까지 줄줄이 일이 꼬일 줄은 몰랐어. 알았다면 시작도 안 했을 거야."

"저도 알아요."

"내 표적은 니나 대장, 한 사람뿐이었어. 그녀는 여기 일이 얼마나 힘든지는 전혀 알아줄 생각조차 안 했거든." 그녀가 팔을 휘저으며 온실 안을 가리켰다. "그깟 식물 키우면서 뭐가 그리 힘드냐는 반응이었어. 그저 흙 속에 심고 물 주면 끝이라는 식이었지. 하지만 절대 그렇지 않거든. 이 일이 얼마나 힘든 일인지, 직접 겪어보지 않으면 몰라. 그래도 내 딴엔 있는 고생, 없는 고생 다 하고 있는데, 알아주기는커녕 나를 실패자 취급 했지. 내가 게으름을 피우니 식물이 제대로 자라지 않는다는 듯이 말이야."

그녀의 두 눈에 슬픔은 어느덧 사라지고, 분노의 감정이 이글거리고 있었다.

"끊임없이 나를 몰아붙이고 또 몰아붙이는 걸로도 모자라, 내 능력을 비아냥거리기까지 했어. 나를 달에 데려온 게 실수였다고 생각하는 것까지 은연중에 느낄 수 있었지. 그래서 난 그녀보다 창 박사가 대장이 되는 게 좋겠다는 생각을 하게 됐어. 그는 나처럼 과학자니까 내 고충을 공감할 수 있을 것 같았거든. 그래도 내 딴 엔 니나 대장을 쫓아낼 다른 방법으로, 그녀의 윗선에 민원을 넣어 보기도 했어. 그랬더니 어떻게 됐는지 아니?"

"그냥 모르는 척하던가요?"

"차라리 그랬으면 낫지. 자초지종을 확인해볼 생각도 않고, 오히 려 나한테 명령 불복종이라며 징계를 내렸어. 게다가 그 사실을 니 나 대장한테 알리는 바람에, 난 보복성 대접까지 받아야 했지. 그 래서 그런 결심을 하게 된 거야. 가만히 앉아 있을 수만은 없었어. 찰리라는 가짜 아이디를 만들어 미끼를 던졌더니, 정말로 그녀가 미끼를 덥석 물어버렸어. 처음엔 내가 예상했던 것보다 일이 술술 풀렸지만, 그러다… 일이 꼬이고 말았지. 정말 미안해."

"괜찮아요."

그 말은 진심이었다. 골드스타인 박사 때문에 내 목숨이 왔다 갔다 했는데도 나는 그녀에게 화가 나지는 않았다. 나는 그녀가 왜 그런 일까지 벌여야 했는지 충분히 이해가 됐다. 나도 니나 대 장과 좋은 사이는 아니었기 때문에, 창 박사가 대장을 맡더라도 전혀 아쉬울 것이 없었다. 더구나, 오늘 있었던 모든 일들이 오롯 이 그녀만의 잘못도 아니었다. 세사르 마르케스와 쇼버그 남매에 게도 그 책임이 있었다.

어느덧 골드스타인 박사의 눈에서 적개심이 사그라지고 어떤 의지 같은 것이 느껴졌다. 중대한 결심이라도 내린 듯했다.

"내 얘기를 들어줘서 고맙다, 대시. 니나 대장이나 창 박사한테 가지 않고도 직접 해명할 기회가 생겼으니 말이야. 정말로… 도움이 됐어."

"뭘요."

"그래도 내가 직접 자백을 해야겠지. NASA에 모든 걸 자백하고 그에 따른 처벌을 감수해야겠지."

"니나 대장님도 똑같은 생각을 하고 있을 거예요."

그녀가 고개를 끄덕였다.

"말하는 게 어쩜 니나 대장하고 똑같니. 규칙이라면 하늘이 두 쪽 나도 지켜야 하는 사람처럼."

"글쎄요. 반드시 그런 건 아녜요."

내 말에 그녀가 소리 내어 웃다가 멈췄다. 자기가 웃고 있다는 사실에 깜짝 놀란 것 같았다.

"아무튼 NASA도 날 해고까지는 못 하겠지? 반경 40만 킬로미터 이내에서 나 말고 다른 원예 전문가를 구하긴 힘들 테니 말이야."

그녀가 문 쪽으로 가다 말고 엉망이 된 딸기밭 앞에 멈춰 섰다. "망할 놈의 쇼버그 집구석." 그녀가 투덜거렸다. "가뜩이나 심란해 죽겠는데."

마침 기다리기라도 한 듯, 라스 쇼버그 씨의 고함 소리가 기지 안에 울려 퍼졌다.

골드스타인 박사와 나는 무슨 일인가 싶어서 서둘러 온실 밖으로 나갔다.

그 소리를 들은 사람은 우리 둘만이 아니었다. 다른 사람들도 우르르 숙소 밖으로 몰려나오고 있었다.

쇼버그 가족의 숙소 앞에, 니나 대장과 창 박사가 서 있었다. 니나 대장은 라스 씨가 아무리 욕설을 퍼부어도 전혀 흐트러짐 없이 자리를 지키고 있었다. 가뜩이나 힘든 하루를 보냈는데도, 그녀는 이미 본연의 모습을 되찾은 듯했다.

"당신 가족이 지난 며칠간 저지른 행동을 더 이상 지켜볼 수만은 없어서 왔습니다." 니나 대장이 말했다. "당신 가족이 경쟁 회사의 여행 사업에 비밀리에 투자하고 고의로 기지의 로봇 작동을 방해한 점, 그리고 공동 재산인 먹을거리를 갈취한 사실이 인정되므로, NASA는 당신 가족의 컴링크 사용 특권을 제한하기로 결정했습니다. 지금 이 시간 이후로, 당신 가족의 모든 통신이 제한됩니다."

"말도 안 돼!" 라스 씨가 고래고래 소리 질렀다. "내가 낸 돈이 얼만 줄 알아?"

"당신 가족은 주어진 권리를 남용하고 있습니다." 니나 대장이 말했다. "이 조치는 더 이상의 권리 남용을 방지하기 위한 것입니다. 남은 체류 기간에, 지구의 어느 누구와도 연락이 금지됩니다."

"뭐라고요?"

순간 쇼버그 가족 모두 말문이 막혀 제대로 말을 못 했다. 그러다가 텔레비전, 인터넷도 안 되고 친구들과도 연락이 안 되면 도대체 어떻게 살라는 거냐며, 일제히 불평을 쏟아내기 시작했다.

"좋은 추억들이나 떠올리며 지내세요." 니나 대장이 말했다. "이 정도인 걸 다행으로 아세요. 물도 없이 건조식품과 요강 하나만 달랑 넣어주고, 남은 두 달 동안 집 밖에 얼씬도 못하게 하고 싶은 마음이 굴뚝같으니까요. NASA에서 그것까진 반대했으니 망정이지. 하지만 NASA에서 당신들을 상대로 맥시멈 어드벤처 여행사와 담합한 혐의, 그리고 연방 재산의 고의적 파괴 행위에 대한 소송을 제기할 예정이라는 사실을 알고 계시기 바랍니다."

"당신, 지금 엄청난 실수를 하고 있는 거예요." 소냐 아줌마가 협박조로 말했다. "우리한테 이런 식으로 나오면, 지구에 돌아가는 대로 이 기지를 폐쇄시켜버리고 말겠어요."

"NASA에서는 이미 당신들이 저지른 위법 행위에 대한 상세한 자료를 언론에 공개했습니다." 니나 대장이 말했다. "오늘 당신들이 엉망으로 만들어버린 온실 사건을 포함해서 말이죠. 당신들이 지구로 돌아갈 때쯤이면, 당신들이 얼마나 거짓말에 능하고 속임수를 써왔는지, 또 얼마나 형편없는 절도범에 지나지 않는지 전 세계 사람들이 알고 있을 겁니다. 그러니 기지에 대해 아무리 떠들어봤자, 누워서 침 뱉기일 뿐이죠."

소냐 아줌마가 한 대 얻어맞기라도 한 듯 움찔거렸다. 여태껏 소중하게 유지해온 자신의 이미지에 타격을 받을까 봐 겁이 나는 것 같았다. 나머지 식구들도 마찬가지였다.

"세상에, 이런 법이 어디 있어!" 라스 씨가 악을 쓰며 말했다.

"아뇨, 있습니다." 니나 대장이 말했다. "당신들이 서명한 계약서에 다 있는 내용입니다. 아, 한 가지 더. 내 권한으로는 당신들을 가둬놓지 못하더라도, 당신들한테 좀 더 강한 규제를 할 수는 있습니다. 만약 당신, 혹은 가족 중 누구라도, 이 기지 주민에게 무력으로 보복을 시도할 경우에는 수단과 방법을 가리지 않고 제압할 권한을 창 박사에게 부여합니다. 알겠습니까?"

라스 씨가 잠시 꿀 먹은 벙어리처럼 입을 꼭 다물고 있다가, 금세 으르렁대며 말했다. "지금, 엄청난 실수를 하고 있는 거야. 우리가 누구인지 알고 이러는 거야?"

"알다마다." 창 박사가 말했다. "그 이름도 유명한 '우주 최강 꼴통 4인조'지."

그 말을 남기고 창 박사와 니나 대장은 등을 돌렸다. 라스 씨가 또다시 고래고래 소리 지르며 협박과 욕설을 퍼부었지만, 다른 사람들 역시 더 이상 그런 협박 따윈 두렵지 않다는 듯, 들은 척도 않고 각자의 숙소로 발길을 돌렸다.

그런 행동이야말로 우리가 그들을 가장 비참하게 만들 수 있는 방법이 아닐까 싶었다.

"와, 세상에나." 골드스타인 박사가 말했다. 그녀는 최근 몇 주 동안을 통틀어 가장 밝은 표정을 짓고 있었다. "오늘 하루는 엉망진창이었지만, 그래도 속 시원한 일 하나 생겼네."

마지막으로 덧붙이며

MBA에서 지내는 동안, 여러분의 안전에 가장 중요한 열쇠는… 바로, 여러분 자신입니다! 매사에 조심하고 경계하면 안전을 보장받을 수 있습니다. 여러분은 물론이고, 동료들도 안전하고 안심할 수 있도록, 모든 것을 주의 깊게 살펴야 합니다. 걸으면서도 주변을 살피고, 계단을 오를 때도 긴장을 늦추지 마십시오. 바닥에는 어떠한 물건도 놓아두지 마십시오. 기압 조정이 완전히 끝난 것을 확인하기 전까지는 절대로 에어로크에서 나오지 마십시오. 기지 밖으로 나갈 때는 우주복을 올바르게 착용했는지 확실히 점검하십시오. 업무 공간이 아닌 공용 공간에 인화성 물질이나 폭발 위험이 있는 물질을 방치하지 마십시오. 어떤 행동을 하더라도, 보편적인 상식을 염두에 두고 행동하는 것이 가장 중요합니다. 우리 모두 힘을 합쳐, MBA를 사고 없는 안전지대로 만듭시다!

지구의 운명

달 생활 218일째

잠들 시간을 훌쩍 넘어서

"안녕, 대시." 잔이 말했다.

살며시 눈을 떠보니, 그녀가 내 수면 캡슐 안을 빠끔 들여다보고 있었다. 혹은 그런 그녀의 모습이 내 머릿속에 투영되고 있었다.

나는 스마트워치로 시간을 확인했다. 한밤중이었다. 단잠을 깨웠지만, 나는 그녀가 내심 반가웠다.

"오셨어요?"

나는 입으로 소리를 안 내려고 신경 썼다. 다른 식구들은 각자의 수면 캡슐에서 곤히 잠들어 있었다.

잠들기 전에 확인했는데도, 스마트워치에 여러 개의 메시지가 도착해 있었다. 그중 대부분은 쇼버그 가족의 인터뷰 영상을 보고 난 후의 내 반응을 궁금해하는 라일리의 메시지였다. 그 영상을 보고 난 후에도 나는 답장을 보낼 생각조차 못 하고 있었다.

"이 시간에 잠을 깨워서 미안해." 잔이 말했다.

"괜찮아요."

수면 캡슐 안에서 꼼짝 않고 머릿속으로만 그녀와 대화를 나누려니 좀 기이하다는 생각이 들었다. 그래서 나는 이불을 걷어내고 살며시 수면 캡슐 밖으로 나갔다.

"괜찮기는. 하루 종일 엄청난 스트레스를 받아놓고선. 그중 일부는 내 책임이기도 하고."

나는 어리둥절한 표정으로 잔을 쳐다봤다.

"책임이라뇨. 오히려 도움이 됐다면 모를까. 덕분에 니나 대장님이 살아 있다는 걸 알게 됐잖아요. 패튼한테서 구해주시기도 했고. 이번에 제대로 혼쭐내주신 덕분에, 앞으론 패튼이 저한테 손끝 하나 건드리지 못할 것 같아요."

"도움이 됐다니 다행이긴 한데, 나 때문에 네가 너무 혼란스럽다고 했던 말이 많이 신경 쓰여. 그동안 내가 너무 많은 것들을 숨겨서, 널 속상하게 만든 것 같아."

나는 티셔츠를 반쯤 입다 말고 그대로 멈췄다.

"뭐, 그렇긴 해요…."

"그래서 너한테 다 털어놓을까 해."

"지금요?"

"응."

나는 방 안을 휙 둘러봤다. 가족들은 여전히 곤히 잠들어 있었지만, 그렇게 중요한 대화를 굳이 다른 식구들이 있는 방 안에서 해야 할지, 찜찜한 기분이 들었다. 혹시라도 내가 흥분해서 입 밖으로 큰 소리를 냈다간 식구들이 깨어날 텐데. 어제도 바이올렛과 함께 있다가 간신히 위기를 모면하지 않았던가.

"다른 데로 가서 얘기하면 안 될까요? 아무도 없는 데요."

"좋아. 화장실만 아니라면 뭐."

"진료실이 어떨까 싶어요. 이 시간에 누가 있겠어요?"

"그래."

나는 식구들이 잠에서 깨지 않도록 조심조심 문 쪽으로 향했다. 어느 때보다 긴 하루를 보냈을 엄마와 아빠는 기절이라도 한 듯 미동조차 없었다. 바이올렛은 생생한 꿈을 꾸고 있는지 몸을 뒤척였다. "와." 바이올렛이 잠꼬대를 했다. "대빵 큰 펭귄이다!"

나는 문을 열고 복도를 힐끔 살폈다. 아무도 없었다. 잔과 나는 살며시 복도로 나가서 계단으로 향했다.

그렇게 늦은 시간인데도, 모든 사람이 잠들어 있는 것은 아니었다. 숙소 문틈 사이로 간간이 목소리가 들려왔다.

그중에서도 키라와 그녀 아빠의 목소리가 가장 또렷하게 들렸다. 두 사람은 웃음이 끊이질 않았는데, 함께 게임을 하고 있는 모양이었다. 하워드 박사는 낮에는 워낙 다른 것들에 정신 파는 산만한 성격이다 보니, 밤에라도 이렇게 게임을 하며 딸과 놀아주는 것인지 모른다는 생각이 들었다.

니나 대장도 아직 잠자리에 들지 않고 있었다. NASA에 보고서를 제출하고 있는 듯했다. "저는 달기지 알파의 대장 자격으로, 달기지 기준일 217일차에 벌어진 모든 사건들과 그에 따른 저의 책임에 대해 숨김없이…." 마치 로봇처럼 높낮이라곤 없는 그녀의 목소리는 여느 때와 다르지 않았다.

골드스타인 박사와 이와니 박사 부부의 숙소에서도 무슨 소리가 들렸다. 두 사람은 카모제가 깰까 봐 쉬쉬하면서 뭔가 심각한 대화를 나누고 있는 것 같았다.

"굳이 당신이 먼저 자백할 필요는 없어." 이와니 박사가 말했다. "따지고 보면, 누구 하나 다친 사람은 없잖아. 순전히 당신 잘못이라 할 만한 일은 하나도 없었는데."

"그래도 잘못은 잘못이지." 골드스타인 박사가 말했다. "다른 건 다 그렇다 쳐도, 니나 대장을 그렇게 만든 건 나잖아. 애초부터 그럴 능력도 없는 내 말을 믿고, 어머니 치료비를 벌 수 있다는 희망을 갖게 만들었어."

"그거야 우리가 다른 방법으로 도우면 되잖아. 지구로 돌아가면 의학계에 도움을 청할 데가 많이 있으니, 어떻게든 방법이…."

로디도 아직 잠들기 전이었다. 녀석은 고글을 쓰고 다목적실에 앉아 있었다. 이번에도 '로미오와 줄리엣' 게임의 막판까지 깨는 데 성공한 듯, 가상현실 속 여주인공과 키스를 하고 있었다. 확실히 실제 연극의 결말보다는 게임 속 결말이 백번 낫다는 생각이 들었다. "오, 줄리엣." 로디는 내 눈에 보이지 않는 웬 여자 때문에 탄성까지 지르고 있었다. "당신을 사랑하오."

"쟤, 뭐 하는 거니?" 잔이 물었다.

"알면 실망하실 거예요."

우리는 진료실에 도착해서 안으로 들어간 다음, 문을 잠갔다. 그리고 큐브에 각각 자리 잡고 앉았다.

"넌 인류가 어떤 위험에 처해 있냐고 물었지? 난 그렇지 않다고 대답했고… 하지만 그 말은 백 퍼센트 사실은 아니었어."

나는 소름이 끼쳤다.

"그럼… 위험하긴 위험한 거예요?"

"어떤 의미에서는."

"무엇으로부터요?"

"바로 너희, 인간들로부터. 인간들은 어떤 환경에서든 자연의 균형이 얼마나 중요한지 정확히 인식하고 있으면서도, 정작 그 자연을 위험에 빠뜨리고 있어."

"그건 그래요."

뭐, 그건 익히 알고 있는 사실이었다. 지구로부터 들려오는 소식들 중에는 동식물들이 대규모로 멸종 위기에 처했다거나, 환경 오염으로 인한 미세먼지의 습격이 심각한 수준에 도달했다거나, 해수면이 급격히 상승해 섬과 해안 도시들을 삼켜버렸다는 소식 등등, 환경 재앙에 관한 이런저런 뉴스들이 많았다.

"더 큰 문제는 그런 것들을 해결하기엔 인류에게 주어진 시간이 너무 빨리 흐르고 있다는 거야. 생각하는 것보다 훨씬 더 빠르게. 아까 나한테 혹시 지구를 향해 돌진하는 행성이라도 있냐고 물었지? 글쎄, 어떻게 보면 그렇다고 할 수도 있지. 인류 자체가 행성이나 마찬가지니까 말이야. 인간들은 행성이 지구에 충돌하는 것만큼이나 많은 피해를 스스로 입히고 있는 셈이야. 차이점이 있다면, 행성과 충돌하면 그 순간 모든 생명이 파괴되지만, 인류라는 행성은 수백 년에 걸쳐 지구를 파괴하고 있다는 거지."

"우리한테 시간이 얼마나 있을까요?"

"내가 미래까지 내다볼 수 있는 건 아니야. 그렇다고 현재 인류가 가고 있는 길에 결말이 정해져 있는 것도 아니지."

나는 그녀의 말에 뼈가 있다는 생각이 들었다.

"그럼 인류가 살아남을 방법이 있긴 있다는 뜻이에요?"

"바로 그거야."

나는 비로소 그녀가 왜 그렇게 뜸을 들였는지 알 것 같았다.

"당신 때문에요?"

"가능할지도 몰라." 잔은 빤히 나를 쳐다보며, 내가 그녀의 생각을 읽을 수 있게 했다. "비슷한 위기를 겪은 종족이 꼭 인류뿐이라고 할 순 없어. 어찌 보면, 인간들은 일종의 성장통을 겪고 있다고나 할까. 우주에는 인간들이 미처 발견하지 못한 에너지를 이용할 수 있는 방법들이 많이 있어. 그것들을 잘 이용하면, 인간들도 스스로 발생시킨 문제점들을 해결할 수 있을지 몰라."

"정말요? 우리가 뭘 어떻게 해야 할지 알려주실 수 있어요?"

잔은 곧바로 대답하지는 않았다. 그 속에 답이 있는 것 같았다.

"그 방법이 뭔지는 얘기 안 하실 작정이죠? 그렇죠?"

"하는 거 봐서."

"왜요? 무슨 우주 능력 평가 시험이라도 치러야 돼요? 우리 스스로 답을 찾지 못하면 살아남을 자격도 없다, 뭐 그런 건가요?"

잔이 소리 내어 웃었다.

"아니, 그런 건 아니야. 그건 수많은 종족들 간에 전해져온 방법이야. 우리 종족에게도 전수됐던 방법이고. 선물처럼 말이야."

"그런데 왜 우리한테는 안 주려고 하세요?"

"그건 과연 우리가 너희 종족을 믿을 수 있을지, 아직 확신이 서지 않아서야. 인간들에겐 우리가 마음 놓지 못하게 하는 유별난 특징들이 좀 있거든. 특히, 새로운 기술을 받아들이는 방식이라든가, 종족 간에 서로 잡아먹지 못해 안달하는 태도 같은 거."

"에휴."

"인간이 처음 강철을 발명했을 때만 해도, 사실상 제일 먼저 만든 것은 바로 검이었어. 비행기를 발명했을 때도, 고작 몇 년 만에 그 비행기를 서로에게 폭탄을 퍼붓는 데 사용했지. 원자를 분리해 낼 수 있는 방법을 발견했을 때도 그래. 얼마든지 좋은 목적에 활용할 수 있는데도, 수백만 명을 한꺼번에 살상할 수 있는 원자폭탄을 개발하느라 여념이 없었잖아. 결국 그로 인해 너희 행성의 모든 종족들의 생명을 위협하는 지경까지 이르렀지."

나는 부끄러움을 느끼며 그저 고개만 끄덕였다.

"그래도 어차피 인간은 언젠가 죽기 마련인데, 한번 믿어보는 건 어때요? 혹시 알아요? 이번엔 새로운 기술이 생겼다고 덜렁 무기부터 만드는 건 아닐지도?"

"하지만 만들 가능성도 있지. 게다가 그렇게 만든 무기가 단지 인류에게만 위험한 건 아니야. 다른 행성들까지 덩달아 위험해질 수 있다는 게 더 큰 문제지. 내가 얘기한 에너지에 대해 인간들이 알게 되는 순간, 그 위험성은 인간들만의 작은 세상이 아닌, 우주 전체로까지 미치게 될 거야."

"다른 행성들이 지구와 수십, 수백 광년 떨어져 있는데도요?"

"그거 아니? 지구와 몇 광년 떨어져 있는 행성일지라도, 일단 폭발하면 거기서 방출된 방사선이 지구의 대기층까지 산산조각 내서 지구 위의 모든 생명을 앗아갈 수 있다는 걸?"

"알아요."

이렇게 작은 기지 안에서 지구에서 내로라하는 과학자들과 함께 밥을 먹으며 지내다 보면, 그런 얘기쯤은 자연스럽게 주고받게 마련이었다. 그나마 다행인 것은, 내가 알기로는 지구와 그렇게 가까운 거리에는 그런 영향을 줄 만한 행성이 없다는 사실이었다.

"그런데 그보다 더 강력하고 파괴적인 에너지가 있다고 생각해 봐. 그것도 빛의 속도보다 더 빠른 에너지 말이야. 그런 에너지가 엉뚱한 데 쓰이면, 단순히 지구만 파괴하는 걸로 끝날 일이 아니거든. 은하계 전체의 무고한 생명들까지 말살시킬지도 몰라."

나는 상상만으로도 끔찍한 기분이 들어 어깨를 축 늘어뜨렸다.

"그럼, 제가 뭘 어떻게 하면 되죠?"

"내가 누누이 말했듯이, 우린 꽤 오래전부터 너희 종족을 관찰해 왔어. 지켜보는 것만으로도 많은 것을 알 수 있었어. 지켜보는 동안 인간들은 왜 그런 식으로 행동할까 하는 의문이 들었지만, 확실한 이유는 알 수는 없었지. 그러다 보니 우리 종족은 물론이고 다른 종족들까지, 그동안 봐온 것들을 그대로 믿는 부류가 생겨났어. 그동안 인간들이 보여준 방식을 봤을 때, 인간들은 우리가 도와준다고 해서 딱히 달라질 게 없다는 것이 그들의 판단이었어. 하지만 인간에겐 우리가 온전히 이해하지 못하는 것들이 있을지도 모른다고 생각하는 부류도 있었지. 바로 나처럼 말이야."

"그럼, 저한테 그걸 설명하라는 말이에요? 우리를 믿을 수 있게?"

"맞아."

그런 말을 듣고 나니 왠지 우쭐거리며 잘난 척을 해야 할 것 같았지만, 나는 오히려 마음이 무거워졌다. 엄청난 책임감이 내 어깨를 짓누르는 기분이었다.

"그걸 왜 저 같은 사람이 해요? 그 많고 많은 사람들 중에서요? 저보다 훨씬 똑똑한 사람들이 얼마나 많은데. 이 기지만 해도 똑똑한 사람이 정말 많아요."

"네가 그들만큼 똑똑하지 않다고, 누가 그래?"

"어쨌든 그 사람들은 어른이잖아요. 저 같은 애가 뭘 알겠어요!"

"단지 어리다는 이유만으로 자격이 없다고 말할 순 없지. 그런 무기를 만들고 휘두르는 사람이 어른이니, 애니?"

나는 어떻게든 침착함을 유지하려고 입술을 깨물었다. 인류의 미래를 나더러 책임지라니. 그건 인류 전체를 위험에 빠뜨리는 것과 다름없는 무책임한 발상이었다.

"물론, 너무나도 중요한 문제라는 거 알아." 잔이 내 눈치를 살피며 말했다. "그동안 내가 너한테 비밀로 해야 했던 건 바로 그 때문이었어."

"제가 뭘 어떻게 설명하면 되죠? 딱히 알고 싶으신 거 있어요?"

"단순히 이렇다 저렇다 할 성질의 것이 아니야. 너를 통해 직접 느끼고 싶다는 게 더 맞을 거야."

나는 걱정스러운 표정으로 잔을 쳐다봤다.

"그 말은, 제 머릿속에서 얘기하는 거랑은 좀 다르다는 거죠? 당신이… 내가 된다?"

"그렇게 말할 줄 알았지. 하지만 그것도 정확한 표현은 아니야. 혹시 누군가에게 어떤 질문을 했을 때, 상대방이 다 털어놓지 않아서 대답이 좀 아쉽게 느껴진 적이 있니?"

"물론이죠."

"그럼 어떤 질문을 해도 매번 온전한 대답을 듣는 느낌을 떠올리면 될 것 같은데? 어쩌면 그 이상일 수도 있고."

"뭔지 알 것 같아요."

"인간에겐 우리가 안심할 수 없는 것들이 많이 있어. 물론, 지금 너하고 그런 문제를 따지자는 건 아니야. 바로 이 기지만 보더라도 그런 것들은 알 수 있으니까. 폭력성, 탐욕, 시기, 오만, 잔인함….”

“그건 라스 쇼버그 같은 사람에게나 해당되는 말이죠.”

내가 그렇게 투덜거리자, 잔이 웃음을 터뜨렸다.

“알아. 그리고 어쩌다 가끔씩 일어나는 일일 뿐이라는 것도. 뭐, 다시는 일어나지 않을 거라고 장담은 못 하더라도 말이야. 어쨌든, 인간에겐 그에 못지않게 괜찮은 구석들이 많이 있다는 것도 알게 됐어. 인간에겐 너무 당연한 것일지도 모르지만, 다른 행성에서는 그렇지 않은 것들.”

“그게 뭔데요?”

“예를 들면, 음악?”

“당신 행성에는 음악이 없어요?”

“인간을 알기 전까지는 그랬지. 어느 누구도 그런 걸 만들 생각 조차 못 하고 있었으니까. 음악이라는 걸 알고 난 이후에도, 우리 에겐 너희만큼 뛰어난 재능이 없는 것 같아. 우린 모차르트처럼 아 름다운 음악은 아예 흉내도 못 내겠더라고. 비틀스나 코로널 매스 이젝션도 마찬가지고.”

“코로널 매스 이젝션이 마음에 드세요?”

“아주 많이. 그리고 인간들은 음악 말고도 멋진 것들을 많이 만 들었어. 회화, 연극, 조각, 시. 음식도 놀라울 따름이야. 공감이나 사랑 같은 감정들도 그렇고.”

그녀가 목록을 읽어 내려가듯 꺼낸 것들은 충격적이었다. 그중 에서도 나는 마지막 말에 마음이 꽂혔다.

"사랑이라는 것도 없어요?"

"비슷한 게 있긴 한데, 내 생각엔 인간의 것이 더 강력해 보여. 내 경험으로는, 네가 부모님이나 바이올렛한테, 혹은 나한테… 느끼는 것만큼 강한 느낌을 받아본 적이 없어."

나는 깜짝 놀라서 그녀를 뚫어져라 쳐다봤다. 그 말을 듣기 전까지는 미처 나도 몰랐던 느낌이었다. 이제 생각해보니, 그동안 나도 모르게 잔에게 마음이 끌리고 있었던 것은 사실이었다.

"저를 선택하신 게 그 때문이었어요? 제가 당신을 좋아해서?"

"이왕이면 다홍치마잖아." 잔이 빙그레 웃으며 말했다.

나는 얼굴이 화끈 달아올라 급히 고개를 돌렸다.

"부끄러워할 필요 없어. 오히려 뿌듯하게 느껴야지. 솔직히, 그런 감정을 느낄 수 있다는 걸 고맙게 생각해야 해. 난 그러고 싶어도, 너랑 비교하면 콩알만큼밖에 느낄 수 없거든. 그렇지만, 사랑이란 감정은 정말 놀라운 것 같아."

"항상 그런 건 아니에요."

"그럴지도 모르지. 어떨 때 보면, 꽤나 복잡하고 미묘하게 느껴지니까. 내가 어떻게든 이해하려 노력하는 게 바로 그 부분이야. 인간들이 갖고 있는 다른 좋은 특징들도 마찬가지지만, 특히 사랑이란 감정의 잠재력은 정말 놀라워. 인간들이 파괴적인 본능보다 그런 감정들을 잘 이용할 수만 있다면, 내가 여태껏 만났던 그 어떤 문명보다도 더 놀라운 일들을 이뤄낼 수 있을지 몰라."

"정말이에요?"

"난 그렇다고 믿어."

"그럼, 다들 지구로 오면 되잖아요. 인간과 직접 접촉하는 거죠. 그 기술을 우리가 좋은 쪽에 쓸 수 있도록 말이에요."

"그건 내가 결정할 수 있는 문제가 아니야. 하지만 너를 통해 내가 느낀 바로는, 길게 보면 그런 결정을 이끌어낼 수 있다는 희망이 있긴 해."

"희망요?"

"네가 알아야 할 게 한 가지 더 있어. 솔직히 말하면, 우주에서 지능을 가진 대부분의 종족들은 인간에 대해 이미 손을 뗐어. 그들은 오래전 인간을 처음 알게 됐을 때부터 이미 그런 결론을 내렸지. 그들은 내가 경험한 것들은 보지 못했어. 그럴 마음도 없었고. 사실, 그들은 내가 이렇게 너랑 만나는 것도 전혀 모르고 있어. 왜냐? 전혀 계획에 없는 일이기 때문이지."

나는 점점 더 불안해져서 침을 꼴깍 삼켰다.

"그럼, 허락도 받지 않고 여기 오신 거예요?"

"꼭 그렇진 않아. 내가 혼자 일하는 건 아니니까. 나처럼 스스로 옳다고 믿는 것을 위해 싸우는 부류가 있어. 규모가 워낙 작은 게 문제지만."

"영화 〈스타워즈〉에 나오는 저항군, 그런 거예요?"

잔이 소리 내어 웃었다.

"네가 그런 말 할 줄 알았다."

"악의 제국이니, 뭐 그런 걸 상대로 싸우는 중이에요?"

"아니. 악이란 말도 인간들이나 갖고 있는 특징들 중 하나 같은데? 우리에게 다스베이더 따윈 없어. 아돌프 히틀러도 마찬가지고. 물론 라스 쇼버그 같은 사람도. 그래도, 뭐가 옳고 그른 것인지 판단할 줄은 알지. 그리고 내가 옳다고 믿으며 지금 하고 있는 이 일이 잘못이라고 말하는 무리들 역시 많이 있지."

"어째서요?"

"그야, 인간은 구제 대상이 아니라는 생각 때문이지. 기껏 도와줘봤자, 아까 내가 말한 것처럼, 결국 재앙을 불러오고 말 거라고 생각하는 거지."

나는 눈을 꼭 감고 이제까지 나온 모든 말들을 이해하려 애썼다. 인간의 운명은 결과를 알 수 없는 불확실한 상황에 처해 있다는 생각, 그리고 내 선택이 그 운명을 좌우할 수 있다는 생각을 떨쳐버릴 수가 없었다. 공연히 잔에게 진실을 말해달라고 보챘던 나 자신이 후회스러웠다. 더 나아가, 애초에 그녀를 만난 사실까지도. 그녀가 나 아닌 다른 사람을 선택했으면 더 좋았을 거라는 생각마저 들었다. 아니, 애초에 내가 여기, 달기지 알파에 올 일이 없었다면 더 좋았을 것을.

"대시? 괜찮니?"

나는 아무 대답도 하지 않았다. 아니, 대답할 필요가 없다고 생각했다. 내 머릿속에서, 내게 모든 것들을 이해시키기 위해, 그녀가 나를 밀어붙이고 있다는 것을 느낄 수 있었다. 하지만 나는 도무지 뭐가 뭔지 이해가 되지 않았다. 내 머릿속에는 수십 가지의 복잡한 감정들이 서로 뒤죽박죽 엉켜 있을 뿐이었다. 그나마 확실하게 느낄 수 있는 것은, 미치도록 지구가 그립다는 사실이었다. 나는 달을 떠나 지구로 돌아가, 새파란 하늘 아래에서 상쾌한 공기를 마시고 싶었다. 하와이의 해변에 서서, 발가락 사이로 느껴지는 고운 모래와 바다에서 밀려오는 시원한 파도의 감촉에 취하고 싶었다. 동물도 보고 싶고, 꽃의 향기도 맡고 싶었다. 내가 살아 있다는 느낌에 에워싸이고 싶었다. 내 친구들을 만나고 싶었다.

"대시?"

내 머릿속에서 그녀가 아까보다 더 강하게 나를 밀어붙이는 것이 느껴졌다.

그러다 갑자기, 내 모든 감정이 한데 뒤엉켜, 예전엔 한 번도 경험하지 못했던 놀라운 느낌이 들었다. 그 순간, 내가 뭔가 다른 존재가 돼버린 것만 같았다. 그 느낌을 딱히 뭐라고 표현할 수는 없지만, 채 1초도 안 되는 짧은 시간 동안, 아주 멀고 먼 곳까지 순식간에 이동해버린 듯한 기분이 들었다.

코끝을 간질이는 따스한 바람이 느껴졌다.

나는 두 눈을 떴다.

나는 하와이의 하푸나 비치에 서 있었고, 해변의 모래와 파도가 내 발등을 휘감았다. 해가 지기 직전의 반짝이는 바다는 발갛게 물들어 있었다.

내 앞에는, 서핑보드를 든 라일리 복이 깜짝 놀란 표정으로 나를 쳐다보고 있었다.

"대시?" 그녀가 거친 숨을 몰아쉬며 말했다. "어떻게 온 거야?"

나는 대답을 하고 싶었지만, 미처 그럴 틈이 없었다. 뭔가가 다시 나를 끌어당겼다. 눈이 부실 만큼 번쩍이는 불빛이 내 두 눈을 질끈 감게 만들었다.

눈을 다시 떴을 때, 나는 달기지 알파의 진료실 안으로 돌아와 있었다. 하와이로부터 40만 킬로미터 떨어진 곳이었다.

나는 몸에서 기운이 다 빠져나간 것처럼 지쳐 있었지만, 기분만은 하늘을 날고 있는 것처럼 짜릿했다.

"어떻게 된 거예요?"

"내가 생각만으로 우리 행성에서 여기까지 날아올 수 있다는 거, 너도 알지?"

"네."

잔은 흥분을 쉽게 가라앉히지 못하겠다는 듯, 파란 눈을 반짝이며 말했다.

"네가 방금, 똑같이 한 것 같아."

(다음 편에 계속)

_작가의 말

'달기지 알파' 시리즈를 집필하면서, 나는 미래의 우주여행(언젠가는 겪게 될지 모를 외계인과의 만남까지도)과 관련된 내용을 최대한 현실적으로 표현해내는 데 최선을 다했다. 한때 우주비행사였고 지금은 스페이스X 사(社)에서 인간의 우주비행 프로그램 관리자로 일하고 있는 나의 절친 개릿 라이스만의 도움을 받으며, 언제든지 내가 궁금해하는 것에 대한 대답을 들을 수 있었다. 또한, 콜로라도 광업대학에서 우주인력 개발센터의 책임자로 있는 엔젤 아부드 마드리드 박사, 그리고 같은 학교의 지질공학부 조교수를 맡고 있는 조엘 G. 던컨 박사로부터, 달에 기지를 건설하면 공사가 어떤 식으로 진행될 수 있는지에 대해 많은 조언을 얻었다. 나의 인턴인 캐롤라인 요스트 역시, 나를 위해 너무나도 특별한 자료들을 찾아 줬다. 그들에게 깊은 감사의 마음을 전한다.

마지막으로, 우주비행에 관한 자료를 찾기 위해 케네디 우주센터를 방문하고, 달의 암석에 대한 자료를 찾기 위해 그리피스 천문대를 찾는 것은 물론, 용암 동굴에 대한 정보를 얻기 위해 하와이 화산국립공원까지 찾아다니며 오랫동안 가족의 곁을 떠나 있어야 했던 아빠를 너그럽게 이해해주고 응원해준, 대시와 바이올렛의 실제 모델이기도 한 나의 아이들에게 고마움을 전한다. 얘들아, 사랑한다!